Mémoires d'un quartier

• TOME 8 •

Laura

la suite

Du même auteur chez le même éditeur :

Mémoires d'un quartier, tome 7 : *Marcel*, 2010

Mémoires d'un quartier, tome 6 : *Francine*, 2010

Mémoires d'un quartier, tome 5 : *Adrien*, 2010

Mémoires d'un quartier, tome 4 : *Bernadette*, 2009

Mémoires d'un quartier, tome 3 : *Évangéline*, 2009

Mémoires d'un quartier, tome 2 : *Antoine*, 2008

Mémoires d'un quartier, tome 1 : *Laura*, 2008

La dernière saison, tome 1 : *Jeanne*, 2006

La dernière saison, tome 2 : *Thomas*, 2007

Les sœurs Deblois, tome 1 : *Charlotte*, 2003

Les sœurs Deblois, tome 2 : *Émilie*, 2004

Les sœurs Deblois, tome 3 : *Anne*, 2005

Les sœurs Deblois, tome 4 : *Le demi-frère*, 2005

Les années du silence, tome 1 : *La Tourmente*, 1995

Les années du silence, tome 2 : *La Délivrance*, 1995

Les années du silence, tome 3 : *La Sérénité*, 1998

Les années du silence, tome 4 : *La Destinée*, 2000

Les années du silence, tome 5 : *Les Bourrasques*, 2001

Les années du silence, tome 6 : *L'Oasis*, 2002

Les demoiselles du quartier, nouvelles, 2003

De l'autre côté du mur, récit-témoignage, 2001

Au-delà des mots, roman autobiographique, 1999

Boomerang, roman en collaboration avec Loui Sansfaçon, 1998

« Queen Size », 1997

L'infiltrateur, roman basé sur des faits vécus, 1996

La fille de Joseph, roman, 1994, 2006 (réédition du *Tournesol*, 1984)

Entre l'eau douce et la mer, 1994

Visitez le site Web de l'auteure :
www.louisetremblaydessiambre.com

LOUISE TREMBLAY-D'ESSIAMBRE

Mémoires d'un quartier

• TOME 8 •

Laura

la suite

1966 – 1968

Guy Saint-Jean
ÉDITEUR

Catalogage avant publication de Bibliothèque et Archives nationales du Québec
et Bibliothèque et Archives Canada

Tremblay-D'Essiambre, Louise, 1953-
Mémoires d'un quartier
Comprend des réf. bibliogr.
Sommaire : t. 8. Laura (la suite), 1966-1968.
ISBN 978-2-89455-406-7 (v. 8)
I. Titre. II. Titre : Laura (la suite), 1966-1968.
PS8589.R476M45 2008   C843'.54   C2008-940607-9
PS9589.R476M45 2008

Nous reconnaissons l'aide financière du gouvernement du Canada par l'entremise du Fonds du
livre du Canada (FLC) pour nos activités d'édition ainsi que celle de la SODEC pour nos
activités d'édition. Nous remercions le Conseil des Arts du Canada de l'aide accordée à notre
programme de publication.

Gouvernement du Québec — Programme de crédit d'impôt pour l'édition de livres — Gestion
SODEC

© Guy Saint-Jean Éditeur inc. 2011
Conception graphique : Christiane Séguin
Révision : Lysanne Audy
Page couverture : Toile de Louise Tremblay-D'Essiambre, « L'univers de Laura », inspirée des
toiles de John Joy.

Dépôt légal — Bibliothèque et Archives nationales du Québec, Bibliothèque et Archives
Canada, 2011
ISBN : 978-2-89455-406-7
ISBN ePub : 978-2-89455-407-4
ISBN PDF : 978-2-89455-463-0

Distribution et diffusion
Amérique : Prologue
France : De Borée/Distribution du Nouveau Monde (pour la littérature)
Belgique : La Caravelle S.A.
Suisse : Transat S.A.

Guy Saint-Jean Éditeur inc. 3154, boul. Industriel, Laval (Québec) Canada. H7L 4P7.
450 663-1777 • Courriel : info@saint-jeanediteur.com • Web : www.saint-jeanediteur.com

Guy Saint-Jean Éditeur France 30-32, rue de Lappe, 75011, Paris, France.
(1) 43.38.46.42 • Courriel : gsj.editeur@free.fr

Imprimé et relié au Canada

ASSOCIATION
NATIONALE
DES ÉDITEURS
DE LIVRES

À Lucie A., cousine, amie et fidèle lectrice,
avec toute mon affection.

NOTE DE L'AUTEUR

Cette chère Laura !

Vous rappelez-vous le moment où vous l'avez rencontrée pour la première fois ? Elle n'avait que dix ans et elle sautait à la corde devant la demeure de sa grand-mère, une femme qu'elle voyait aussi grande qu'un géant, aussi féroce qu'un ogre. Évangéline Lacaille faisait peur à bien des gens autour d'elle avec sa voix rauque et ses répliques cinglantes. Laura n'était pas différente des autres. Elle craignait viscéralement sa grand-mère et elle avait la conviction profonde que celle-ci était le maître absolu dans sa famille. Un vrai dictateur ! Après tout, la maison où Laura habitait appartenait à cette vieille dame sévère, et à ses yeux d'enfant, cela faisait foi de tout.

Que de chemin parcouru depuis ce jour, n'est-ce pas ?

Évangéline s'est bonifiée, Marcel s'est adouci et l'atmosphère dans la maison est nettement plus sereine qu'auparavant, à l'époque où Laura était encore une enfant.

Pourtant, à certains égards, Laura a encore l'impression, parfois, d'être cette petite fille craintive qui ne sait comment dire les choses pour se faire comprendre.

Quelques années d'études universitaires en psychologie, après avoir touché à la pédagogie, n'y ont rien changé, et Laura éprouve encore bien de la difficulté à parler de ses émotions, de ses sentiments. Alors, devoir expliquer à sa famille qu'elle pense s'être trompée d'orientation, encore une fois, ressemble à un cauchemar.

Et s'il n'y avait que cela !

Depuis deux semaines, Laura admet qu'il y a pire que

d'avoir à annoncer qu'elle songe à quitter l'université sans avoir obtenu de diplôme.

Francine, son amie de toujours, a disparu sans laisser la moindre trace à l'exception de son petit garçon, Steve, qu'elle a confié à sa gardienne avec la vague promesse de venir le chercher dès que sa situation se serait stabilisée. Ce sont les mots que Francine a utilisés : dès que sa situation se serait stabilisée. C'est à n'y rien comprendre.

Après en avoir discuté avec Cécile, Laura et Bébert ont donc décidé d'aller chercher le petit Steve. Le temps d'y voir un peu plus clair, ou le temps de retrouver Francine, le petit garçon vivra chez Cécile.

C'est pour tout cela que Laura ne pense plus vraiment à ses études. Elle se laisse porter par la routine, un œil fixé sur le dimanche à venir, car depuis la disparition de Francine, Bébert et elle passent leurs dimanches à Québec à arpenter le quartier où Francine habitait, élargissant le cercle de leurs recherches d'une semaine à l'autre. Même Évangéline, qui voue une rancune féroce aux Gariépy, a démontré de la sollicitude et de l'inquiétude quand Laura a parlé de la disparition de son amie. Quant aux policiers qu'ils ont avisés, ils n'ont rien trouvé.

De toutes mes forces, je vais tenter de soutenir Laura. Tant pour les décisions à prendre concernant ses études que pour partager ses inquiétudes au sujet de Francine, je serai là pour elle. Et je sais que vous aussi, vous y serez. Ensemble, nous allons accompagner encore une fois la famille Lacaille dans sa quête de bonheur. Nous sommes à l'automne 1966. L'époque du *peace and love* bat son plein, les gens parlent de retour aux sources en vivant à la campagne et Montréal s'apprête à recevoir le monde entier à l'occasion de l'Expo 67…

PREMIÈRE PARTIE

Automne 1966

CHAPITRE 1

Montréal, lundi 26 septembre 1966

À tout hasard, Laura avait choisi l'hôpital Notre-Dame. À ses yeux, là où ailleurs, ça n'avait pas grande importance. Tout ce qu'elle souhaitait, c'est que ces stages de formation l'aident à trouver un certain agrément à tous ces cours qui lui pesaient de plus en plus. Pour l'instant, c'était bien le seul intérêt que Laura accordait à ces stages.

Tout au long de l'année, il y en aurait trois. Deux en milieu hospitalier, hôpital général et hôpital psychiatrique, puis, en mai prochain, un dernier, en milieu scolaire. Laura avait délibérément choisi de faire ce dernier stage à la toute fin de l'année académique, car c'était celui qu'elle avait vraiment hâte de suivre. L'attendre et l'espérer lui donneraient peut-être l'énergie nécessaire pour passer à travers tous les cours théoriques qui lui restaient à faire.

Après des heures et des heures de réflexion et presque

autant de temps perdu en discussion avec Bébert lorsqu'ils prenaient la route vers Québec, Laura avait finalement décidé de poursuivre son cours.

— Ça serait ben gauche de ta part de pas aller chercher c'te diplôme-là, voyons don! Depuis le temps que t'étudies à l'université…

Bébert avait bien de la difficulté à suivre les raisonnements de Laura qui, après avoir passé des années à argumenter en faveur des études universitaires, mettait aujourd'hui la même énergie à les pourfendre.

— Pis ça? Si c'est pas fait pour moi, la psychologie, qu'est-ce que ça me donne de continuer? Tu trouves pas que c'est juste une perte de temps, toi?

— Non, c'est pas une perte de temps. Sacrifice, Laura, allume! Ça va te donner un papier qui va petête te servir un jour. Je te l'ai déjà dit: y a rien de pire que de regretter quèque chose. S'y' fallait que tu regrettes de pas avoir fini ton cours, tu t'en voudrais pour un moyen boutte. Me semble que la vie est trop courte pour perdre son temps à regretter des choses. Tu trouves pas, toé? *Come on,* Laura! Y' te reste juste un an!

Quand Bébert lui parlait sur ce ton, un peu doctoral, Laura avait l'impression d'entendre sa grand-mère lui faire la morale. Curieusement, le jeune homme et la vieille dame entretenaient, chacun à sa façon, une vision de la vie qui ressemblait étrangement à celle de l'autre.

Est-ce pour cette raison que Laura avait fini par se rendre aux arguments de Bébert?

Probablement. Elle était arrivée à la conclusion que si Évangéline Lacaille et Robert Gariépy, en apparence fort différents l'un de l'autre, tenaient sensiblement le même discours sur la question, c'était qu'il devait y avoir un fond de vérité dans leurs dires. Sans grand enthousiasme, néanmoins, elle avait donc repris le chemin de l'université et dans un même état d'esprit, elle avait choisi l'hôpital Notre-Dame.

C'est pourquoi, ce matin, elle s'était présentée à l'hôpital pour son premier jour de stage.

Même si les premières heures de la journée, passées en compagnie du docteur Lachance, s'étaient avérées plutôt intéressantes, Laura était encore mal réveillée. Hier soir, après un voyage stérile à Québec, elle avait regardé la nouvelle émission animée par Henri Bergeron, *Les Beaux Dimanches*. En compagnie d'Évangéline qui commentait tout ce qu'elle voyait et exigeait des réponses à chacune de ses interrogations, Laura s'était couchée passablement tard, épuisée. Ce matin, le réveil avait donc été pénible et en ce moment, elle faisait la file avec un plateau pour son repas du midi, l'esprit embrumé.

— Laura ?

Cela prit quelques instants avant que ce prénom, lancé sur un ton interrogatif, ne se fraie un chemin jusqu'à l'esprit de Laura et qu'elle comprenne que c'était bien à elle que l'on s'adressait. Il y eut un moment de valse-hésitation où la jeune fille fronça les sourcils avant de redresser les épaules, imperceptiblement, troublée.

Cette voix, elle l'aurait reconnue entre mille. Elle l'avait espérée, désirée, attendue. Puis, devant un silence entêté qu'elle n'avait jamais vraiment compris, Laura avait eu amplement le temps de la regretter avant de se mettre à la détester à cause de la peine qu'elle ressentait.

Par la suite, elle s'était efforcée de l'oublier, mais en vain.

Durant des années, Laura avait cru entendre des accents d'amitié sincère dans cette voix chantante. C'est peut-être pour cette raison qu'elle n'avait jamais pu l'oublier complètement, qu'elle n'arrivait pas à y être indifférente. Pas plus ce midi que toutes les autres fois où elle y avait repensé au cours des dernières années. Pourtant, elle ne croyait plus vraiment en cette prétendue amitié.

Une amitié qu'elle avait probablement été la seule à percevoir.

Malgré cela, ce fut plus fort qu'elle, Laura se retourna lentement.

Elle ne s'était pas trompée. Un peu plus loin, dans la file derrière elle, Alicia la regardait intensément.

Laura sentit aussitôt le rouge lui monter aux joues. Rougeur d'embarras et de colère entremêlés.

Le cœur voulait lui sortir de la poitrine. Elle hésita un long moment avant de répondre et quand elle se décida enfin, elle se contenta d'un signe de tête à peine visible pour le faire. Puis, détournant les yeux, elle attrapa la première assiette devant elle, sans se soucier de ce qu'elle contenait, ajouta un bol de Jell-O et un verre de lait sur le plateau. Toujours sans un regard derrière elle, Laura se précipita vers l'autre extrémité du comptoir, bousculant ce faisant quelques personnes au passage.

Quand elle donna les cinquante sous que lui coûtait ce repas, sa main tremblait légèrement.

Du regard, se sentant toujours aussi fébrile, Laura chercha une chaise vacante dans la grande salle de la cafétéria de l'hôpital. Ce qu'elle espérait, surtout, c'était repérer rapidement une table où il n'y aurait qu'une seule place de libre.

— Laura ! S'il te plaît, attends-moi, ne te sauve pas.

La supplique d'Alicia se heurta à une apparente indifférence. Accélérant le pas, Laura se dirigea vers le fond de la salle où elle venait d'apercevoir une chaise libre au centre d'une longue table occupée par une joyeuse bande d'étudiantes infirmières, facilement identifiables au léger voile blanc qui couvrait leur tête. Tout en s'excusant, Laura se coula sur la petite chaise droite.

À peine assise, du coin de l'œil, elle tenta de retrouver Alicia dans la foule. Celle-ci semblait hésiter. Un plateau à bout de bras, elle survola des yeux les gens attablés avant de fixer Laura durant un bon moment quand elle l'eut trouvée. Puis, comme si ce moment était d'une banalité quelconque, sans insister autrement, Alicia tourna les talons pour se diriger vers la section de la salle qui était réservée aux médecins, internes et autres résidents.

Les épaules de Laura s'affaissèrent.

Pourquoi ?

Pourquoi l'avoir interpellée et recherchée si Alicia n'avait pas l'intention bien arrêtée de lui parler ? Et que s'était-il passé pour que, du jour au lendemain, deux ans plus tôt, elle cesse de l'appeler et ne rende même pas ses appels ? Un voyage annulé ne pouvait faire autant de dégâts.

Laura regretta aussitôt son attitude. C'était puéril d'avoir agi comme elle venait de le faire. Sans se jeter dans les bras d'Alicia comme s'il ne s'était rien passé, elle aurait pu faire preuve d'une certaine ouverture d'esprit.

Laura l'admettait facilement: elle était déçue qu'Alicia n'ait pas plus insisté tout à l'heure.

Elle leva les yeux. À l'autre bout de la salle, Alicia discutait vivement avec un jeune homme assis à sa droite, comme si de rien n'était.

La déception de Laura fut encore plus vive. À croire qu'elle venait de rêver les minutes précédentes !

Quelques instants plus tard, Laura retournait à la cuisine une assiette à peine entamée et sans hésiter, elle se fit porter malade, ce qui n'était pas vraiment un mensonge. Elle avait le cœur au bord des lèvres et les larmes aux yeux.

En courant, elle dévala l'escalier et quitta l'hôpital comme on fuit un sinistre.

Sans être chaude, la journée resplendissait de soleil et la brise, qui bruissait dans les arbres multicolores, était encore douce. En fermant les yeux, on aurait même pu croire qu'on était toujours en été.

Laura renonça aussitôt à prendre l'autobus. Tant qu'à manquer une journée de stage, elle profiterait de cette température idyllique pour retourner tranquillement chez elle, s'efforçant d'apprécier ce qui serait probablement une des dernières belles journées de la saison estivale. Pourquoi se presser ? De toute façon, il n'y avait plus jamais personne à la maison l'après-midi, sauf parfois sa grand-mère quand celle-ci décidait de préparer le souper et pour l'instant, Laura n'avait pas particulièrement envie de voir quelqu'un. Surtout pas Évangéline, qui lisait en elle comme dans un grand livre ouvert. Laura prendrait donc tout son temps.

La longue promenade suffit pour que son habituelle logique reprenne le dessus sur les émotions que l'apparition d'Alicia avait fait naître. D'un pas à l'autre, traversant le parc Lafontaine, le trouble ressenti s'estompa et Laura permit à des tas de souvenirs emballés dans des fous rires d'adolescentes de lui revenir à la mémoire.

Les longues discussions sur leurs études qu'Alicia et elle poursuivaient jusque tard dans la nuit, les soirées au cinéma qu'elles commentaient énergiquement, les confidences partagées, chuchotant leurs espoirs amoureux...

Comment un malentendu avait-il pu détruire une si belle complicité ? Parce que pour Laura, cette longue bouderie découlait d'un banal malentendu.

Cette question, Laura se l'était posée des milliers de fois. Pour y répondre, elle avait tenté de rejoindre Alicia des dizaines de fois, toujours sans résultat. Même Charlotte, la mère d'Alicia, n'y comprenait rien. Avec le temps, Laura s'était lassée d'essayer de revoir quelqu'un qui, de toute évidence, l'avait reniée à cause d'un voyage.

Et voilà que ce matin, tout aurait pu s'arranger. À tout le moins, Laura aurait enfin eu une réponse à ses interrogations. Au lieu de quoi, elle avait agi en enfant boudeur, rancunier, et tout était à refaire.

— Pas reluisant, pour une fille qui veut être psychologue, marmonna Laura sans se soucier des passants qui la regardaient.

La colère qu'elle avait soigneusement entretenue à l'égard d'Alicia était maintenant braquée sur elle-même.

— Maudite marde que je peux être niaiseuse, moi, des fois ! Il me reste juste à l'appeler pour m'excuser pis voir si…

À ces mots, Laura arrêta net de marcher.

— C'est un comble ! Voir que c'est à moi de m'excuser ! Mais j'aurai pas le choix si je veux régler ce problème-là une bonne fois pour toutes ! Ça m'apprendra, aussi, à faire ma tête de linotte !

Durant une fraction de seconde, Laura eut l'impression bien tangible, et surtout bien désagréable, que sa vie actuelle n'était plus qu'une suite ininterrompue de problèmes et de déceptions en tous genres.

L'université, qui ne correspondait plus à ses aspirations, l'épicerie de son père dont elle s'ennuyait de plus en plus, la petite Michelle, qu'elle n'avait pas vue depuis plus d'un an, Alicia, qu'elle venait de repousser, et Francine, qui...

Le simple fait de penser au nom de son amie et le cœur de Laura se serra. Elle poussa un profond soupir.

Laura venait de comprendre que parfois, dans la vie, on ne place pas les priorités aux bons endroits. Avoir à s'excuser auprès d'Alicia n'était qu'une bagatelle à côté de l'inquiétude qui l'envahissait, sournoise et douloureuse, chaque fois qu'elle pensait à Francine.

Présentement, elle savait où se trouvait Alicia, alors que pour Francine, on nageait toujours en plein mystère.

Si Laura termina sa promenade à pas lents, comme elle l'avait commencée, la jeune fille n'appréciait plus, cependant, la douceur de l'air. Pour une sempiternelle fois, elle tentait de s'expliquer ce qui avait poussé Francine à abandonner son petit garçon derrière elle en partant sans laisser d'adresse. Ça n'avait aucun sens.

C'est une senteur sucrée et tenace de tarte aux pommes qui accueillit Laura dès la première marche de l'escalier menant à la porte arrière de la maison.

Un bref sourire détendit les traits crispés de son visage songeur. Si ça sentait les pommes, c'est que sa mère était à la maison. Les mains déformées par l'arthrite, sa grand-mère ne faisait plus de tartes depuis des années déjà.

Laura attaqua l'escalier le cœur plus léger. Avec Bernadette, elle pouvait toujours parler de Francine, ce qui n'était pas le cas avec sa grand-mère, et pour l'instant, c'est tout ce dont elle avait besoin. Et peut-être aussi d'une oreille attentive pour annoncer qu'Alicia venait de réapparaître dans sa vie.

Tel qu'escompté, Bernadette se montra intéressée par les

propos de Laura. Installée devant quelques biscuits et un verre de lait, la jeune fille commença par lui raconter toute sa journée. Sans pour autant cesser de préparer le repas, Bernadette n'en posait pas moins une multitude de questions. Si elle n'avait pas toujours de réponse à donner à sa fille, elle se disait que le simple fait de parler faisait du bien. Alors elle questionnait, s'exclamait, approuvait.

— Ben ça me fait plaisir de voir qu'Alicia t'avait pas oubliée. Je me disais, avec, que ça se pouvait pas, une affaire de même.

— Pas oubliée, pas oubliée… Faut quand même pas partir en peur. Elle aurait pu venir me voir à ma table, non ?

— Avec ta manière de la saluer, juste un p'tit signe de tête ben frette, c'était rien pour l'encourager. Je pense que ça y a calmé les ardeurs.

— Tant qu'à ça…

— Crains pas, ma belle. Si a' t'a fait savoir qu'a' l'était là, juste en arrière de toé, dans la file de la cafétéria, c'est qu'a' l'a envie de te revoir. Y a rien qui l'obligeait de te parler, mais a' l'a fait pareil. Pour moé, tu sauras, ses intentions sont aussi visibles que le nez au beau milieu de la face. C'est ben clair qu'Alicia va trouver une manière quelconque pour te relancer encore une autre fois.

— Tu penses ?

— Chus sûre.

— Dans ce cas-là, si je l'appelais, à la place ?

Tout en parlant, du bout de l'index, Laura ramassait toutes les miettes de biscuit tombées au fond de son assiette. Après son dîner escamoté et sa longue promenade, elle avait l'estomac dans les talons. Bernadette l'observait du coin de l'œil avec un petit sourire moqueur.

— C'est sûr que ça éviterait que tu te morfondes pour rien en attendant, approuva-t-elle tout en nettoyant le comptoir.

— C'est ce que je me disais, aussi.

Laura repoussa l'assiette, suffisamment repue pour attendre le souper.

— Pis ça serait peut-être une manière de faire qui t'enlèverait l'obligation de t'excuser, ajouta Bernadette.

Laura leva un regard interrogateur.

— Comment ça ?

— Ben tu vois, moé, je trouve que ça serait plutôt à elle de te faire des excuses. Tu penses pas, toé ? Une bouderie de plus de deux ans, c'est pas rien, pis ça mérite des explications à défaut de ressentir des regrets. Si tu te décides de l'appeler, pis ça, y a rien que toé qui peux le décider, ben t'auras juste à dire que t'es restée ben surprise de la voir là, juste en arrière de toé, que tu t'attendais pas à ça, depuis le temps que t'as pas eu de ses nouvelles, pis que ça t'a enlevé les mots de la bouche. À mon avis, Alicia devrait comprendre ce que tu veux dire pis se contenter de ça comme excuse. Si c'est pas le cas pis qu'a' fait des manières, la belle Alicia, ben t'auras juste à pas la revoir. T'as survécu à son absence pendant deux ans, t'auras juste à continuer de faire pareil. C'est toute.

— Plutôt direct comme approche.

— Ben, c'est de même. Entre toé pis moé, Laura, a' l'a pas été ben ben fine, ton amie Alicia. D'autant plusse que si t'as pas faite c'te voyage-là en Angleterre avec elle, c'était pas par caprice. C'était pour une ben bonne raison, rappelle-toé ! Ton sacrifice a permis à ton frère d'aller à Paris pis on voit ce que ça donne aujourd'hui. C'est en partie grâce à toé que sa carrière est en train de commencer.

Mal à l'aise, Laura se mit à rougir.

— Ben voyons don, moman ! se défendit-elle. T'exagères toujours. C'est à cause de son talent si Antoine s'en va à...

— C'est sûr que c'est à cause de son talent, c'est pas ce que j'ai dit, interrompit Bernadette, bien décidée à rendre à Laura tous les mérites qui lui revenaient même si elle savait pertinemment que celle-ci était plutôt discrète quand venait le temps de parler de sa générosité. Je le sais très bien que ton frère est bourré de talent. Mais en même temps, c'est aussi à cause de toé si, aujourd'hui, y' peut penser à exposer ses peintures à New York. J'exagère pas pantoute, ma belle, quand je dis ça. Si t'avais pas été là, ton frère aurait pas pu partir pour Paris, ça c'est ben clair. À c'te moment-là, on avait besoin de toutes les cennes qu'on avait. Pis si y' était pas allé à Paris, ben personne aurait vu ses peintures. Pas plus le Gabriel du Portugal qui l'a présenté aux monsieurs des galeries de New York. C'est à partir de son voyage dans les vieux pays que toute a déboulé...

— C'est une façon de voir les choses.

— C'est la seule manière de voir ça. Bon, astheure que c'est dit pis que ma deuxième tarte est en train de cuire, que c'est qu'on mange pour souper ?

Laura ébaucha un sourire. Il n'y avait que sa mère ou sa grand-mère pour passer du coq à l'âne avec autant d'ingénuité.

— Si je partais le hibachi que popa nous a acheté durant l'été ? proposa-t-elle en repoussant sa chaise pour se relever. Y' fait ben assez beau pour faire cuire de la viande dehors. Faut en profiter ! Ça achève, les belles journées.

— Tu veux manger sur le charcoal ? J'ai rien pantoute dans le frigidaire que je pourrais mettre sur...

— Je vais aller chercher des beaux steaks à l'épicerie, proposa Laura. Tu sais comment popa aime ça, non ? C'est comme rien qu'il regardera pas à la dépense !

— Voyez-vous ça ! Espèce de ratoureuse… mais c'est vrai que ça serait bon en verrat, des steaks. Icitte, j'ai des patates pis des p'tites fèves. Les beaux légumes frais du jardin, ça avec, ça achève. OK, Laura, prépare-moé le hibachi dans le fond de la cour pis passe à l'épicerie. Moé, pendant c'te temps-là, j'vas mettre les patates dans le papier de plomb pis j'vas équeuter les p'tites fèves. Pis j'vas nous faire une belle grosse salade, avec plein de ciboulette dedans. Arrosé avec de la crème épaisse, du sel pis du poivre, c'est ben bon avec les steaks.

Laura était déjà debout, heureuse que sa suggestion ait été retenue. Non parce qu'elle aimait particulièrement le steak grillé, mais bien parce que son subterfuge lui donnerait une occasion en or pour aller humer l'air de l'épicerie.

S'approchant de Bernadette, Laura entoura la taille de sa mère avec son bras et déposa un baiser bruyant sur sa joue.

— Merci, moman. T'es ben fine d'accepter ma proposition. Pis merci, avec, de m'avoir écoutée. Ça m'a fait du bien de te parler. Je pense que je vais faire comme t'as dit. Vendredi soir, je vais appeler Alicia. On verra bien ce que ça va donner.

Les démonstrations affectueuses étaient rares dans la famille, ce qui leur donnait une valeur inestimable. Émue, Bernadette ébouriffa les cheveux de sa fille.

— C'est sûr que ça fait du bien de parler, ronchonna-t-elle en reprenant son torchon. C'est pas moé qui vas t'apprendre ça, hein ? Une étudiante en psychologie comme toé, ça sait toute ça, ces affaires-là !

Il y avait tellement de fierté dans la voix de Bernadette que

Laura détourna la tête pour que sa mère ne voie pas son embarras. Comment, grands dieux, allait-elle annoncer à sa famille qu'elle ne voulait plus être psychologue ?

Sans rien ajouter, elle se précipita vers la porte qui donnait sur la cour.

C'est en passant devant la maison des parents de Francine, quelques minutes plus tard, que Laura repensa à son amie. Finalement, elle n'en avait pas parlé avec sa mère. Dommage qu'Alicia ait eu plus d'importance que Francine.

Laura s'en voulut aussitôt et ce fut comme si un nuage passait devant le soleil. La joie qu'elle ressentait à se rendre à l'épicerie en fut assombrie.

Laura fit alors demi-tour et s'engagea dans la ruelle qui passait à côté de la maison des Gariépy. Ce serait peut-être un peu plus long par ce chemin-là, mais l'envie qu'elle ressentait de revoir la petite cour poussiéreuse était impérative.

Derrière la maison de Pierre-Paul Gariépy, là où elle avait passé tant d'heures en compagnie de Francine, rien n'avait changé. Ou si peu.

La balançoire construite par le père de son amie était peut-être un peu plus bancale que dans ses souvenirs, mais quelle importance ? Les plants de tomates avaient séché sur place, mais cela n'était pas nouveau. La brise soulevait des tourbillons de poussière du sol en terre battue, mais c'était normal qu'il en soit ainsi. Laura les revoyait mentalement presque chaque fois qu'elle repensait à ses jeunes années vécues en compagnie de Francine, alors qu'elles savouraient des heures sans fin à se balancer dans cette même cour décrépite tout en parlant d'avenir ou de musique, tout en parlant du jour féerique où elles seraient enfin grandes.

Malgré cela, ou peut-être à cause de cela, le soleil baissant, jaunâtre et incertain, arriva à envelopper ce décor délabré d'un voile de nostalgie.

Laura s'arrêta un instant, le cœur gros, se rappelant curieusement qu'avait déjà existé une époque où elle enviait Francine d'avoir un père si habile de ses mains et une mère toujours souriante, toujours prête à accueillir les amis de ses enfants.

Du haut de ses douze ans, quand elle comparait ses parents à ceux de son amie, elle aurait changé de famille n'importe quand !

Un long frisson secoua les épaules de Laura. Aujourd'hui, avec son regard d'adulte, elle comprenait qu'à la loterie de la vie, c'est elle qui avait tiré le gros lot.

Aujourd'hui, son principal souci était d'essayer de trouver une manière d'annoncer qu'elle voulait quitter l'université, alors que Francine, abandonnée par sa famille à la naissance de son fils, avait disparu, laissant le petit Steve derrière elle.

Le cœur rempli de tristesse et d'inquiétude, Laura reprit sa route en direction de l'épicerie de son père. Ce soir, le repas serait bon, sans aucun doute, et la discussion autour de la table serait probablement animée, soutenue par les projets de tous et chacun, mais Laura n'avait plus le cœur à la fête.

Depuis un mois, quand Laura pensait à son amie Francine, elle n'avait plus jamais envie de se réjouir.

*　*　*

Chaque fois que Laura se présentait à l'épicerie pour une course quelconque, Marcel ne pouvait s'empêcher d'espérer que cette fois-ci serait la bonne. Si sa fille était venue jusqu'ici, c'était pour lui faire part de son intention de reprendre sa place à ses côtés.

Chaque fois qu'elle repartait, les courses faites, un sac de papier brun à la main, il était invariablement déçu.

C'est pourquoi, hier, quand Laura était venue lui demander de préparer quelques beaux steaks pour le souper, la courte visite n'avait pas échappé à la règle: dès que sa fille avait tourné les talons pour s'en retourner à la maison, Marcel s'était empressé de se terrer dans la chambre réfrigérée, persuadé que toutes les clientes allaient s'apercevoir de sa déconvenue.

— Maudit calvaire! Pourquoi c'est faire que chus de même, moé, coudon? Ça me ressemble pas de me morfondre pour des niaiseries. D'habitude, chus pas comme ça!

Pourtant, la question était inutile et Marcel savait fort bien ce qui engendrait une telle déception.

Si son rêve d'une belle grande entreprise familiale, comme celle des Steinberg, était en train de se concrétiser, il manquait encore quelque chose...

Bernadette s'acquittait avec compétence de toutes les tracasseries administratives ayant trait aux commandes et à la tenue de livre et en plus, elle semblait aimer ça; Antoine commencerait très bientôt à faire les livraisons, puisqu'il devait passer ses examens la semaine prochaine afin d'obtenir son permis de conduire, et Antoine aussi était enthousiaste à l'idée de travailler avec lui, disant que ça le changerait de ses pinceaux et de l'odeur de la gazoline; la tante Estelle, assise derrière la caisse, ne jurait plus que par ce nouvel emploi qui la sortait enfin de chez elle et, de ce fait, elle était d'une amabilité obligeante et empressée, ce qui plaisait grandement aux clientes, de plus en plus nombreuses.

Quant à lui, c'est en poussant un soupir de soulagement qu'il avait repris son poste derrière le comptoir de la boucherie, son domaine, ce qui, élément non négligeable dans l'équation, avait fait grimper en flèche le nombre et l'assiduité des clientes.

En fait, aux yeux de Marcel, le petit quelque chose qui manquait pour compléter ce qu'il voyait comme l'équipe idéale, comme la vie idéale, c'était la présence de Laura auprès de lui.

— Mais chus toujours ben pas pour y demander de lâcher son université pour venir travailler icitte. Des plans pour qu'a' m'écoute pis qu'a' lâche un cours qu'a' l'aime juste pour me faire plaisir. Est de même, ma fille, a' l'aime ça, faire plaisir au monde, comme moé pis sa mère. On l'a trop ben élevée, calvaire! Mais ça change rien au fait que chus mal pris. Que c'est que je pourrais don faire pour que Laura comprenne que je veux qu'a' revienne travailler avec moé, mais qu'en même temps, a' pense que l'idée vient d'elle? Comme ça, a' pourrait rien me reprocher plus tard. Maudit calvaire que c'est compliqué, des fois!

Il poussait même sa démarche de persuasion détournée jusqu'à ramener régulièrement du baloney à la maison, uniquement parce que sa fille adorait ça, ou à s'installer avec elle devant la télévision, tous les mardis soir, pour regarder *Moi et l'autre,* sachant que c'était son émission préférée. Heureusement, Dominique Michel et Denise Filiatrault étaient suffisamment drôles pour que le sacrifice n'en soit pas vraiment un.

Mais comme toute la famille se retrouvait au salon, religieusement tous les mardis soir, ses efforts passaient inaperçus.

Marcel en était là. Pas une semaine, pas une seule journée, sans qu'il n'ait, sous un prétexte ou un autre, une pensée pour Laura.

Ça empoisonnait une existence qui autrement aurait été parfaite.

En effet, qu'aurait-il pu demander de plus à la vie ?

Son frère Adrien, avec qui il ne s'était jamais particulièrement bien entendu, était parti depuis plus d'un an et aux dernières nouvelles, tout portait à croire qu'il ne reviendrait pas de sitôt de son Texas d'adoption.

Une bonne chose de réglée.

Sa mère Évangéline qui, contrairement à lui, avait toujours eu un faible pour son fils aîné, semblait s'être remise de son départ. À preuve, elle n'en parlait plus systématiquement tous les soirs au souper et son humeur journalière était à peu près égale. La semaine dernière, elle avait même cuisiné un bon bouilli de légumes, sachant que c'était là un des repas préférés de son plus jeune fils. Seul le nom de la petite Michelle émaillait encore parfois les discours de sa mère et cela, Marcel pouvait très bien le comprendre. Michelle était une enfant attachante et après tout, Évangéline était sa grand-mère et elle s'était longtemps occupée d'elle.

Antoine, lui, resterait toujours Antoine. Réservé, voire renfermé, il continuait de travailler comme pompiste au garage de Bébert et le reste du temps, il peignait en solitaire dans le logement qu'Évangéline avait mis à sa disposition. Même s'il y passait des heures interminables, de jour comme de nuit, Marcel pouvait, là aussi, comprendre la situation. Son fils s'était engagé à fournir un bon nombre de peintures pour une exposition à New York, et il respecterait sa parole. C'était un bon point pour lui. Pourvu qu'Antoine soit à l'heure pour faire ses livraisons, à partir de la semaine prochaine, Marcel ne voyait pas de quoi il aurait pu se plaindre.

Et tant mieux pour lui si Antoine pouvait espérer vivre de

son art. Par contre, sur le sujet, Marcel gardait une certaine réserve.

Le petit Charles, pour sa part, n'avait de petit que l'épithète ajoutée à son nom. Il poussait comme de la mauvaise herbe, débordait d'énergie et ne jurait que par le sport. Il venait d'avoir onze ans et il possédait une collection de ballons à faire pâlir d'envie n'importe quel joueur professionnel. D'un autre côté, il avait des notes plutôt passables à l'école. Si cet état de choses faisait pousser quelques cris à Bernadette, Marcel, lui, ne se faisait aucun souci pour lui. À ses yeux, l'avenir de son plus jeune était déjà tout tracé. Ou Charles lui succéderait à la tête de l'épicerie, et pour cela pas besoin de longues études, Marcel lui-même en était la preuve vivante, ou il deviendrait joueur de hockey dans la ligue nationale. Avec sa grandeur et sa force, et surtout sa passion pour les sports, toutes les équipes se l'arracheraient.

Puis venait Bernadette. Avec elle, depuis son arrivée au commerce comme associée, car c'est ainsi que Marcel voyait sa femme au sein de son entreprise, tout se jouait en calculs et en projets. Jamais il n'aurait pu imaginer qu'un jour, il y aurait autre chose que la famille entre sa femme et lui. Mais c'était un fait: depuis que Bernadette partageait quotidiennement son travail, tout allait pour le mieux entre eux.

S'il y avait encore des discussions régulièrement, des discussions parfois même musclées, il n'y avait plus de disputes.

S'il n'y avait pas plus de mots d'amour qu'auparavant, il y avait cependant quelques gentillesses qui étaient apparues et les remplaçaient harmonieusement.

Entre eux, il y avait maintenant une complicité qui faisait chaud au cœur.

Marcel n'avait aucune difficulté à l'admettre: dorénavant,

la survie de la famille dépendait tout autant de Bernadette que de lui.

C'est pourquoi, depuis quelques mois, Marcel voyait désormais sa femme d'un tout autre œil. Elle n'était plus uniquement la mère de ses enfants ou celle qu'il avait choisie en catastrophe pour éviter la conscription, non, maintenant, elle était une compagne. Au même titre que ses amis Bertrand et Lionel.

Et pour Marcel, l'amitié était quelque chose de sacré.

Ne restait plus que Laura pour que le tableau soit parfait.

Cependant, Marcel n'aurait su dire pourquoi il tenait tant à avoir sa fille auprès de lui. Après tout, à l'âge qu'elle avait, Laura avait le droit de voir l'avenir comme elle l'entendait, là n'était pas la question. C'était autre chose.

C'était une sorte de pressentiment basé sur les remarques que Laura avait passées, sur la pertinence de ses analyses et l'insistance de ses suggestions. C'était une impression qui revenait chaque fois que Laura se présentait à l'épicerie et que son regard croisait le sien. Marcel l'aurait juré : il y avait de l'envie dans les yeux de sa fille. De l'envie et du regret.

C'était comme une intuition, et c'est là que le bât blessait.

— Comment c'est que tu veux que j'explique ça, astheure ? C'est comme rien que le monde va rire de moé. Pis ça, calvaire, y'en est pas question !

Alors Marcel ne disait rien. À personne.

En attendant, il profitait quand même tous les jours du plaisir de se retrouver derrière son comptoir de boucherie, de la satisfaction de savoir que Bernadette partageait ses projets comme ses inquiétudes, de la fête de retrouver son petit Charles tous les soirs à la même heure et de partager quelques moments de détente avec lui.

Dans sa vie maintenant, il y avait bien des sujets de réjouissance.

Et la semaine prochaine, l'épicerie Perrette, qui n'attendait que la nouvelle affiche lumineuse pour devenir l'épicerie Lacaille, reprendrait son service de livraison, au grand plaisir des clientes.

Service qui serait rendu par son fils Antoine.

Qui l'eût cru ?

À cette dernière pensée, quand même satisfait de la tournure des événements, Marcel releva les épaules et quitta la chambre réfrigérée. Encore une heure de travail et il pourrait quitter l'épicerie.

— Pis en plusse, calvaire, on mange du steak sur le charcoal. Ça va être bon !

CHAPITRE 2

We skipped the light fandango
Turned cartwheels' cross the floor
I was feeling kind of seasick [...]
And so it was that later
As the miller told his tale
That her face, at first just ghostly
Turned a whiter shade of pale

A whiter shade of pale
PROCOL HARUM

Mardi 4 octobre 1966, dans la région de Québec

Les poings sur les hanches, les deux pieds bien campés dans la terre fraîchement remuée, Francine regardait tout autour d'elle.

À perte de vue, ce n'était que champs et petits boisés, toits de granges et poulaillers. Dans l'air frisquet de cette matinée d'octobre, meuglements et caquètements se répondaient sans discontinuer, secondés de temps en temps par le cri lugubre d'une corneille, juchée un peu plus loin sur un arbre isolé et déjà dépouillé de ses feuilles.

C'était sinistre, et Francine n'arrivait tout simplement pas à s'y faire. Toute cette étendue de terre labourée, se perdant devant elle, sans frontière, et toute cette absence de ce qui avait été les bruits de sa vie urbaine lui semblaient inusitées, anormales, inquiétantes.

Un long soupir souleva alors les épaules de Francine en même temps qu'un frisson incontrôlable l'ébranla jusqu'à l'âme. Impulsivement, elle remonta les pans de la grosse veste de laine empruntée à Jean-Marie et les croisa étroitement sur sa poitrine. Puis, les mains jointes sous son menton, Francine détailla le paysage autour d'elle une seconde fois.

La beauté naturelle et brute de ce grand espace vide lui échappait totalement et lui échapperait probablement pour le reste de sa vie. Même la flambée des couleurs automnales, visibles au loin dans le boisé d'une érablière, la laissait indifférente.

Francine Gariépy était une fille de la ville. Une vraie. Contrairement à Jean-Marie qui appréciait le sentiment de liberté que la campagne lui procurait, du moins, c'est ce qu'il prétendait, ce ciel sans limites oppressait la jeune femme et la présence sécurisante des murs de pierres ou de briques d'un quartier urbain lui faisait cruellement défaut. Même le crépitement exaspérant de sa machine à coudre commençait à lui manquer.

Pourtant, en août dernier, Francine avait eu la conviction profonde que sa vie venait enfin de prendre un tournant inespéré.

La proposition de Jean-Marie, bien que surprenante, avait titillé en elle une envie de changement aussi intense qu'irrésistible, et elle y avait adhéré sans trop se faire prier, sans trop réfléchir.

Fini les maux de dos et les migraines causés par sa machine à coudre. Fini les longues semaines sans son fils qu'elle devait confier à une gardienne pour pouvoir travailler et subvenir à leurs besoins. Dorénavant, elle pourrait gérer son temps sans contraintes autres que certains devoirs domestiques, tâches qui ne la rebutaient aucunement. Une femme devait voir à son intérieur, Francine en avait toujours convenu.

En quelques jours à peine, elle avait donc été prête à suivre Jean-Marie même si elle trouvait un peu curieux qu'il exige une discrétion absolue sur le projet. Par contre, comme elle savait qu'il détestait argumenter sur ses décisions et qu'il le faisait parfois de façon un peu malencontreuse, voire violente s'il y était forcé, Francine s'en était remise à lui sans autre forme de questionnement. La simple perspective de ne plus avoir à se lever à l'aube avait suffi à lui faire accepter bien des choses, comme le fait de reconnaître qu'il lui faudrait quand même un petit moment pour adapter une vieille maison de campagne aux besoins d'un gamin de trois ans et demi. Dans un premier temps, donc, elle devait laisser son fils derrière elle.

À l'aube d'un samedi pluvieux, Francine avait finalement empilé son maigre butin dans une camionnette bringuebalante que Jean-Marie venait d'acheter à bon compte, et sans trop s'en faire, elle avait parcouru la distance assez longue entre son petit appartement du quartier Saint-Roch à Québec et la maison de campagne qui serait désormais la sienne. Seul détail déconcertant, Jean-Marie avait exigé qu'elle ait les yeux bandés pour faire la route. Il avait alors présenté sa demande comme un jeu qui lui réserverait bien des surprises.

— Fais-moi plaisir, Francine, mets le foulard sur tes yeux. Je suis tellement heureux que tu aies accepté et j'aimerais ça que ça se passe comme je l'entends.

Il y avait eu, en effet, une première semaine remplie de surprises en tous genres pour une citadine comme Francine. Les bruits, les odeurs, la maison assez vétuste qu'elle n'aurait pas le choix de nettoyer de fond en comble avant d'accueillir

Steve, les travaux au jardin. Mais comme durant cette première semaine, Jean-Marie avait été assez présent, Francine avait perçu ce moment comme de petites vacances imprévues.

Le mot *rédemption* n'était apparu dans le vocabulaire de Jean-Marie qu'une dizaine de jours plus tard, alors que Francine devait voir aux légumes du potager préparé par Jean-Marie en début d'été. La corvée ne lui laissait aucun moment de liberté pour rafraîchir la vaste maison qu'elle découvrait chaque jour un peu plus délabrée.

— Je finirai ben jamais par aller chercher mon p'tit, avait-elle soupiré à la fin d'une journée particulièrement remplie, alors que Jean-Marie, lui, avait quitté les lieux tôt le matin pour ne revenir qu'à la tombée du jour. Sainte bénite, Jean-Marie, comment c'est que tu veux que j'arrive à toute faire ? Je connais pas ça, moé, des légumes dans un jardin, pis toé, depuis quèques jours, t'es pus là pour m'aider. Ça fait que j'ai ben juste assez de ma journée pour voir au jardin, justement, pis à mon ordinaire. Pis comme t'avais raison quand tu disais que la maison aurait besoin de rafraîchissement avant de recevoir un enfant, ben je vois pas quand c'est que j'vas pouvoir aller chercher mon Steve. Je commence à m'ennuyer en pas pour rire, tu sauras, pis en plus, j'ai même pas de ses nouvelles pasqu'on a pas le téléphone. Ça fait que…

Jean-Marie l'avait alors interrompue brusquement et d'une voix sèche :

— Le téléphone, tu sais ce que j'en pense. Ici, entourés de nature, on n'a pas besoin de téléphone. On vit au rythme du soleil, de la pluie et du beau temps. Le va-et-vient affolant de la ville, on peut l'oublier. Alors, ne viens plus jamais me parler d'un téléphone qui nous relierait à une vie qu'on doit laisser tomber.

— Mais Steve, lui ?

— Ton fils est entre bonnes mains et tu le sais.

— Mais quand même !

— Laisse tomber les *quand même* et les *peut-être*. Désormais, ce seront des expressions à bannir de ton vocabulaire et je ne veux plus jamais les entendre dans ta bouche. Fie-toi sur moi, je sais ce qui est bon pour toi. Quand tu acceptes de m'écouter, sans récriminer, tout va pour le mieux. N'est-ce pas, Francine, que tout va bien quand tu fais ce que je dis sans discuter ?

La jeune femme n'avait osé répliquer que tout irait bien avec n'importe qui, à suivre quelqu'un, tel un chien de poche heureux de son sort, comme elle le faisait avec lui.

— C'est vrai, Jean-Marie, avait-elle enfin acquiescé. Tu as souvent de bons conseils pour moi pis mon p'tit.

Heureusement pour elle, Jean-Marie n'avait pas perçu la petite nuance que Francine avait apportée à son propos. Ce *souvent* malencontreux, échappé à un autre moment, aurait pu déclencher une avalanche de reproches. Mais comme Jean-Marie était plutôt d'humeur déclamatoire, ce soir-là, il avait repris son discours sans porter attention à ce que Francine venait de dire.

Il s'était alors lancé dans une dissertation interminable où la Bible et les évangiles avaient eu une place de choix. Francine savait que Jean-Marie avait énormément de respect pour la religion, mais à ce point…

Elle l'avait laissé discourir sans l'interrompre, même si elle ne comprenait pas un traître mot de ce qu'il racontait. Plus Jean-Marie parlait et plus il s'enflammait. C'est à la fin de ce long soliloque particulièrement ennuyeux aux yeux de Francine que le mot *rédemption* était apparu.

— Quand on a péché, Francine, il faut accepter de souffrir pour obtenir le pardon. Comme le Christ en croix a souffert pour la rédemption du monde.

Francine, qui avait eu de la difficulté à suivre le discours échevelé de Jean-Marie, avait ouvert tout grand les yeux.

— J'ai péché, moé ?

Francine avait échappé ces quelques mots bien mal à propos, et, malheureusement pour elle, Jean-Marie les avait subtilement rattrapés au bond.

— Comment ? Comment oses-tu mettre ma parole en doute quand c'est le Seigneur Lui-même qui me l'inspire ? Ah oui ?

À ces mots, les yeux de Francine avaient semblé sortir de leurs orbites tant ils étaient grands ouverts. Elle n'avait jamais été portée sur l'introspection et les interprétations, mais à ce moment-là, les propos de Jean-Marie lui avaient paru complètement illuminés. De quoi parlait-il, au juste ? Entendait-il des voix ou les messages lui parvenaient-ils en rêve ?

Pendant ces courts instants où Francine s'était questionnée, inquiète, Jean-Marie avait poursuivi sans lui prêter attention.

— Oui, Francine, tu as péché. Concevoir un enfant en dehors des liens sacrés du mariage est le pire des péchés. Faut-il que ton âme soit entachée pour ne pas le comprendre ! Heureusement, dans sa grande clairvoyance, Dieu m'a mis sur ta route pour t'apporter Ses lumières. C'est pour cette raison que nous sommes ici. Je suis là pour t'aider à obtenir le pardon. Je suis là pour ta rédemption, Francine, comme le Christ est venu pour notre rédemption à tous. Et ta croix à toi, c'est de souffrir de l'absence de ton fils.

Debout, marchant de long en large dans la cuisine, les bras

au ciel, Jean-Marie avait l'air tellement convaincu de ses paroles que Francine, intimidée, n'avait rien dit. En fait, Jean-Marie avait l'air d'un halluciné et cela lui faisait peur. Jamais, de toute sa vie, Francine n'avait autant regretté de s'être confiée à quelqu'un. Si elle s'en était tenue à sa première version des faits, pour Jean-Marie, elle aurait toujours été une veuve éplorée et, ainsi, elle n'aurait pas eu à subir cet inquiétant discours. Elle n'aurait peut-être même pas été ici…

Le lendemain matin, dans la lignée de ses nouvelles dispositions, Jean-Marie avait obligé Francine à s'agenouiller pour une longue prière avant de commencer sa journée.

— Demande au Seigneur de t'éclairer, Francine. Tu en as grand besoin.

Il n'avait quitté la maison qu'au moment où il avait jugé que Francine avait suffisamment imploré Dieu de lui accorder son pardon.

— Désormais, c'est ainsi que tu devras commencer toutes tes journées. Pendant que je mangerai, toi, tu prieras.

Le ton de Jean-Marie était doctoral et Francine avait vite compris que l'illuminé de la veille n'était pas très loin.

— Maintenant, tu peux manger avant de voir au jardin, avait-il ajouté avec une pointe de commisération dans la voix. Aujourd'hui, tu retourneras les rangs de laitue après avoir jeté les plants. On n'en a plus besoin.

— Comment ça, jeter la salade ? C'est bon pis est encore ben belle, tu sauras. J'ai ben de la misère avec ça, le gaspillage.

— Ce n'est pas gaspiller que de vivre avec les saisons. C'est la volonté de Dieu. Il n'a pas créé quatre saisons pour rien. La laitue est un légume léger parfait pour l'été. À compter d'aujourd'hui, on passe aux légumes d'hiver.

— Pasqu'y' a des légumes pour chaque saison ?

Le regard que Jean-Marie avait alors lancé à Francine était empreint de morgue, de condescendance et d'impatience.

— Pauvre Francine, il faut tout t'apprendre, tout t'expliquer... Une vraie petite fille sans discernement. Nous y verrons ce soir. En attendant, fais ce que je te dis sans chercher à comprendre. Moi, j'ai autre chose à faire.

Jean-Marie avait alors quitté la maison sans dire où il allait. Comme tous les jours. La seule réponse que Francine avait réussi à lui soutirer était qu'il partait en mission.

C'est ce jour-là qu'elle avait pris la décision de quitter Jean-Marie avant de devenir complètement folle. Car c'est ce qui lui arriverait, Francine en était persuadée. De toute façon, si c'était là la vie que Jean-Marie avait à lui offrir, elle n'en voulait pas.

Alors, pourquoi rester ?

Elle n'emporterait que le strict minimum avec elle et reviendrait plus tard, en compagnie de Bébert, pour récupérer ses biens personnels. Un seul désir guidait ses pensées : retrouver son fils au plus vite. Avec lui, elle reprendrait le cours sécurisant d'une vie simple et sans prétention, celle qu'elle avait réussi à bâtir pour lui à coups de sacrifices et de privations. Si c'était dans la douleur que Dieu allait effacer sa faute, comme l'avait dit Jean-Marie, Francine jugeait qu'elle devait être pardonnée depuis bien longtemps. Elle avait assez souffert pour cela.

Et tant pis si le patron de la *factory* ne voulait plus d'elle comme couturière, puisqu'elle l'avait laissé tomber sans préavis. Il y avait suffisamment d'usines à Québec pour se trouver un autre emploi. Et puis, il y avait Cécile pour l'aider, et la tante Gisèle, et Bébert, et Laura...

Francine avait quitté la ferme quand le soleil était au

zénith. Elle n'avait aucune idée de l'endroit où elle vivait depuis deux trop longues semaines. Elle ne savait même pas par où elle était arrivée ni si elle allait dans la bonne direction. Elle s'était fiée uniquement au vent qui lui apportait le carillon des cloches d'une église sonnant l'angélus.

Et qui dit église, dit village, et qui dit village, dit probablement téléphone.

Il faisait chaud comme en juillet, et la cacophonie des grillons qui grésillaient à qui mieux mieux dans les ravins et les champs aurait pu rendre la promenade agréable.

Il n'en fut rien.

Comme une coupable, Francine avait longuement marché, les yeux au sol, une toute petite valise à la main.

Au bout du compte, d'un rang à un autre, puis d'une route de terre à une route pavée, le village était beaucoup plus loin qu'elle ne se l'était imaginé.

Quand Francine était enfin arrivée devant ce qui ressemblait à une petite place publique, le soleil flirtait déjà avec la cime des arbres. Mais elle ne s'était pas préoccupée de ce détail. Tant pis si l'après-midi était bien entamé, car elle avait atteint son but. Près d'une maison qui affichait P. P. Moisan, marchand général, il y avait une cabine téléphonique.

Son cauchemar allait prendre fin. Rien d'autre n'avait d'importance.

C'est en refermant la porte à battants sur elle que Francine avait pris conscience qu'elle n'avait pas d'argent. Pas même un petit dix sous pour contacter l'opératrice.

Le temps d'un battement de cœur déçu, Francine fut désemparée.

— C'est ben moé, ça. Pas plusse de tête qu'une linotte, sainte bénite !

Puis, son regard remonta le long de la façade du magasin jusqu'au long panneau de bois blanc, accroché sous la frise du toit.

P. P. Moisan, marchand général.

Qu'à cela ne tienne, linotte ou pas, elle n'avait pas marché durant des heures pour rien. Elle allait demander au commerçant la permission de faire un appel à Québec. Ça ne durerait pas longtemps, à peine deux minutes. Et quand Cécile viendrait la chercher, ce qui ne faisait aucun doute, Francine savait fort bien que celle-ci accepterait de rembourser l'appel.

Malheureusement, cela avait été peine perdue.

En l'absence du propriétaire, le vieux commis mal rasé, se dandinant derrière le comptoir, s'était montré inflexible. Il ne pouvait autoriser une telle démarche.

— Comprenez-moi, ma p'tite dame, avait-il tenté d'expliquer en se grattant le menton, visiblement déstabilisé par la demande. C'est pas que j'veux pas vous aider, c'est juste que chus pas chez nous, moi, icitte. Je peux pas décider à place de m'sieur Moisan. Pis dans ma maison, ben, j'ai pas le téléphone. Sinon, c'est sûr que je vous dirais oui pour faire un appel à partir de là. Revenez demain, m'sieur Moisan va être là. C'est le mieux que j'peux dire.

Francine s'était alors accrochée à cette dernière proposition. Demain! Elle allait revenir demain. Peut-être même qu'avec un peu de chance, elle allait pouvoir dégoter une pièce de monnaie au fond des poches de Jean-Marie et ainsi, elle ne serait plus à la merci de qui que ce soit.

Tout au long de la route la ramenant à la ferme, marchant à grands pas mal assurés, l'oreille aux aguets pour le moindre bruit de moteur qui aurait pu survenir, Francine avait tenté d'imaginer ce qu'elle pourrait inventer pour expliquer son absence, au cas où Jean-Marie serait de retour. Finalement, elle avait décidé de s'en tenir à une version édulcorée des faits: elle avait tenté de découvrir un peu mieux ce coin de pays où, de toute évidence, elle allait vivre les prochaines années de sa vie. Ses pas l'avaient menée tout naturellement jusqu'au village, guidée qu'elle était par les cloches de l'église. Jean-Marie ne pourrait lui reprocher cette audace, lui qui se plaignait régulièrement qu'elle manquait de curiosité naturelle.

Avant d'arriver devant la maison, Francine avait même eu la présence d'esprit de cacher sa petite valise dans un bosquet touffu, près du chemin. Puis, le cœur battant la chamade, elle avait remonté l'allée menant à la maison où une lumière brillait à la fenêtre de la cuisine.

Jean-Marie l'avait écoutée avec attention, sans l'interrompre. Puis, toujours sans un mot, il s'était relevé pour s'approcher d'elle.

La première gifle avait surpris Francine, qui s'attendait plutôt à une accolade. La seconde lui avait fait très mal.

— Menteuse !

Instinctivement, Francine avait reculé de plusieurs pas. Puis, ainsi éloignée de Jean-Marie et se sentant dans une relative sécurité, elle avait même osé répliquer.

— Non, je ne mens pas. Je…

Jamais Francine n'avait réfléchi aussi vite.

— Ça m'a pris moins de temps que je pensais pour faire le jardin. C'est là que j'ai décidé d'aller me promener pour…

— Arrête de mentir, Francine.

Plus inquiétante qu'une voix en colère, celle de Jean-Marie était glaciale, sans émotion.

— Ou c'est maintenant que tu me mens pour cacher

quelque chose ou c'était hier quand tu disais t'ennuyer de ton fils. Si tu avais tellement de temps libre, comme tu le prétends, c'est la maison que tu aurais dû commencer à préparer pour Steve, au lieu de partir en promenade. Je déteste qu'on me prenne pour un imbécile et c'est la désagréable impression que j'ai quand je regarde ton visage cramoisi, en ce moment.

Une telle perspicacité, une telle logique avaient laissé Francine sans voix et sans réaction. C'est alors que Jean-Marie, dans un geste imprévu et vif, avait fait les quelques pas qui le séparaient de la jeune femme et qu'il avait levé le bras pour une troisième fois.

Sous l'impact, Francine avait plié comme un jeune arbre sous la tempête. Elle s'était agrippée au dossier d'une chaise pour garder son équilibre. La joue en feu, elle n'avait pas osé porter la main à son visage, de crainte que le geste n'attise la colère de Jean-Marie.

Mais elle n'avait pu retenir les grosses larmes qui s'étaient mises à couler.

— Et ça, c'est pour le souper qui n'est pas prêt, avait enchaîné Jean-Marie sans se soucier de Francine qui le dévisageait avec une visible crainte au fond du regard. Tu me déçois, Francine, et tu dois décevoir le Seigneur aussi. Ta tâche est toute simple et tu trouves moyen de ne pas l'accomplir correctement. C'est de ta faute, uniquement de ta faute, si je dois te rappeler à l'ordre. Comme le Christ a dû le faire, Lui aussi, avec les vendeurs du temple.

Puis, au bout de quelques minutes, comme chaque fois après un épisode de violence, le visage de Jean-Marie avait retrouvé ses rides habituelles et sa voix s'était faite plus douce, presque sirupeuse, comme enveloppante.

— Je ne voulais pas, je ne veux pas te faire de mal, Francine, mais tu ne me laisses pas le choix. C'est parce que je t'aime que j'agis ainsi.

Ça, c'était un bout du discours que Francine entendait très bien, mais qu'elle ne comprenait pas. Pourquoi la frapper s'il disait l'aimer ?

Tandis que Jean-Marie s'approchait d'elle, la main tendue, Francine avait instinctivement courbé les épaules. Mais cette fois-là, Jean-Marie l'avait prise tout contre lui.

— Je t'aime, tu sais, je t'aime. C'est pour ça que je veux faire de toi une femme parfaite, une mère parfaite, et qui sait, une épouse parfaite.

Je t'aime…

Il n'en avait jamais fallu plus pour que Francine consente à pardonner.

Elle s'était donc abandonnée à la caresse d'une main ferme qui frottait son dos, reconnaissant intérieurement que Jean-Marie n'avait pas tout à fait tort, même si sa façon de le dire était démesurée : elle aurait dû commencer à préparer une chambre pour accueillir son fils.

Trois gifles et une caresse lui avaient fait oublier qu'en réalité, elle voulait s'enfuir.

Le lendemain, Jean-Marie était parti sans lui avoir reparlé. Mais il n'avait pas fermé la porte depuis plus de cinq minutes qu'il revenait et lançait à la volée, en travers de la cuisine, la petite valise de Francine récupérée dans le bosquet qui n'était pas très loin de la maison.

— Depuis quand part-on en promenade avec une valise, Francine ? Il me semblait aussi… On en reparle ce soir. Si tu as du temps libre, encore une fois, profites-en donc pour prier. Tu en as encore plus besoin que tout ce que je pensais. Ah oui ! Si tu veux revoir ton fils, un jour, il faut que tu m'écoutes,

Francine. C'est la volonté du Seigneur. Et n'oublie jamais que le salut de notre âme a plus de poids et d'importance que la vie elle-même.

Si tu veux revoir ton fils, un jour…

Francine n'avait plus jamais osé quitter la ferme, d'autant plus que Jean-Marie l'avait prévenue que leur voisin, dont on ne voyait qu'une partie du toit de tôle grise, avait accepté de surveiller les allées et venues d'une grande amie dépressive qu'il abritait le temps de l'aider à se remettre sur pied.

— Je fais ça pour ton bien, Francine, avait-il expliqué au soir de ce même jour. Quand on ment comme tu le fais, c'est que notre âme est malade, très malade. Alors, moi, je vais t'aider à guérir parce que je t'aime. Et je ne mens pas en demandant de te surveiller, car tu es vraiment malade. Un jour, tu me remercieras.

C'est pourquoi ce matin, la vieille veste de Jean-Marie sur le dos, Francine se languissait devant des terres dépouillées de leur verdure en écoutant le cri lugubre d'une corneille.

La peur était devenue son unique compagne, l'ennui de Steve, son unique refuge.

Le jardin était maintenant au repos, la terre était retournée et la maison commençait à ressembler à une maison normale. Bien sûr, pas question de télévision ni de téléphone, mais, depuis l'autre soir, Jean-Marie se montrait quand même gentil avec elle. Francine le savait depuis longtemps déjà: elle n'avait qu'à obéir et tout irait pour le mieux. Pourquoi lui arrivait-il de l'oublier?

Alors, elle priait tous les jours, de plus en plus souvent. Non pour se faire pardonner une faute qu'elle considérait avoir expiée depuis longtemps, mais bien pour que le Seigneur lui ramène son fils. À être aussi obéissante, aussi respectueuse des consignes, elle devrait revoir son petit Steve bientôt.

Mais, en attendant ce jour béni, cet immense ciel bleu était sa prison et un peu plus bas, derrière la petite colline, sous un toit de tôle grisâtre, habitait son geôlier.

* * *

Si le temps semblait stagner aux yeux de Francine, il en allait de même pour Évangéline. Depuis que sa sœur Estelle travaillait à l'épicerie, ses journées s'étiraient à n'en plus finir.

— C'est ça, viarge, être rendue une p'tite vieille !

Car, à son avis, c'est ainsi que les gens autour d'elle devaient la percevoir : une vieille femme inutile qui n'avait plus qu'à se bercer en attendant la mort. Sinon, Marcel l'aurait intégrée au personnel de l'épicerie, lui qui disait combien il était fier d'avoir les siens autour de lui.

— Mais comment c'est que je peux y faire comprendre que moé avec, j'aimerais ça travailler avec toutes eux autres ? Comment c'est que je peux y dire ça sans perdre la face, comme de raison ? On a toutes notre orgueil ! Ça fait que si lui y' a pas cru bon de me demander pour l'aider, c'est pas moé qui va aller le supplier, viarge ! Mais laissez-moé vous dire qu'y a des affaires, de même dans vie, qui sont pas faciles à prendre. Pas faciles pantoute. Après ça, Marcel se demande pourquoi c'est faire que chus raide avec lui, par bouttes. Y' a juste à s'ouvrir les yeux pis y' va comprendre.

Et cette vie de langueur, état catastrophique aux yeux d'Évangéline, durait depuis un an déjà. Une longue, une trop longue année où Évangéline Lacaille, femme active et audacieuse s'il en était une, avait eu l'impression que la vie, que sa vie, fuyait de partout à la fois.

Assise au salon, après avoir péniblement tiré et poussé son fauteuil préféré jusque devant la fenêtre, Évangéline faisait le point avec elle-même.

Le ciel n'avait à offrir qu'un temps de cafard. Depuis quelques jours, il tombait une pluie diluvienne qui empêchait la moindre sortie.

— J'peux même pas aller me désennuyer en mangeant un sundae au casse-croûte de monsieur Albert ou ben en écoutant de la musique chez madame Anne, des fois qu'a' serait chez elle, murmura-t-elle d'une voix lasse. Comment c'est que tu veux que je me sente ben, après ça ?

En soupirant à fendre l'âme, Évangéline contempla la rue détrempée.

— Comment c'est que je peux avoir le moral au beau quand j'ai rien à faire de mes grands' journées pis qu'y' fait un temps de chien dehors ?

Cet état neurasthénique avait commencé il y a un an, quand Adrien était parti. La promesse qu'il reviendrait bientôt, elle n'y avait jamais cru. Une fois la petite Michelle en compagnie de sa mère, Maureen, l'idée d'un retour devenait inconcevable. Aucune mère ne laisserait repartir sa fille sans se battre. Surtout une enfant aussi adorable que Michelle. Il n'y avait bien que Bernadette et Adrien pour oser croire en cet improbable retour, et avec humeur, Évangéline se doutait bien du pourquoi de la chose. Rien ne semble impossible aux amoureux. Mais elle s'interdisait d'y penser et encore moins d'en parler.

Par contre, pour être honnête jusqu'au bout, que son fils soit de nouveau parti ne l'affligeait pas tellement. Avec la vie qu'il avait menée, Adrien l'avait habituée à ses absences plus ou moins prolongées.

Mais le départ de la petite Michelle, par contre, c'était une tout autre chose.

Évangéline s'était occupée d'elle depuis la naissance ou peu s'en faut. Elle avait suscité son premier sourire, lui avait appris ses premiers mots, l'avait soutenue pour ses premiers pas, avait tremblé lors de son opération, avait applaudi à ses moindres prouesses.

Ce petit bébé, arrivé à l'improviste, lui avait redonné une jeunesse qu'elle croyait à jamais disparue. La petite Michelle était devenue sa raison d'être. Quand elle était partie avec son père pour le Texas, sans le savoir, la bambine avait emmené dans ses bagages la nouvelle jeunesse de sa grand-mère et le but quotidien de sa vie.

Du jour au lendemain, Évangéline s'était retrouvée désœuvrée.

Dans les premiers temps, et pour quelque temps, il y avait eu sa sœur Estelle pour partager ses désillusions… quand elle ne tricotait pas. Car c'était là où le bât blessait entre les deux sœurs. Si Évangéline pouvait aller et venir à sa guise sur ses deux jambes, il était impensable pour elle de se remettre aux travaux manuels, ses doigts déformés par l'arthrite le lui interdisant. Pour Estelle, clouée à son fauteuil roulant, c'était tout le contraire. Incapable de se mouvoir librement, il ne lui restait que les travaux manuels.

Par contre, l'été, ça pouvait toujours aller, et les promenades à deux se multipliaient. Mais quand venait l'hiver, Évangéline se retrouvait seule plus souvent qu'autrement parce que sa sœur s'entêtait à ne confectionner que des vêtements délicats, aux points compliqués, qui demandaient toute son attention. C'était très clair et Estelle le signifiait sans ambages : quand elle tricotait, elle préférait être seule.

S'il n'y avait eu que cela, Évangéline aurait pu s'y faire. Mais non! Il avait fallu que la vie y mette le paquet, comme elle le disait régulièrement, et s'amuse à s'acharner sur elle!

C'est ainsi que peu de temps après le départ d'Adrien, sa grande amie Noëlla avait quitté le quartier. Elle s'était enfin trouvé un appartement convenable, un peu plus dans l'est de l'île, là où habitaient la majorité de ses enfants.

Un véritable coup dur pour Évangéline, aussi dur que le départ de son fils.

Même si elle comprenait les raisons et les explications de son amie, Évangéline n'arrivait pas à se faire à l'idée que sa plus fidèle amie ne serait plus à distance de marche de chez elle.

On ne casse pas des habitudes vieilles d'à peu près quarante ans sans grimacer de douleur. Néanmoins, quelques semaines plus tard, Évangéline voyait réapparaître, à la messe dominicale, une Noëlla à la mine revêche sous son chapeau à plumes, celui qu'elle sortait dans les grandes occasions.

Ce dimanche-là, curieuse, Évangéline n'avait pas retenu grand-chose du sermon.

Heureusement, elle n'avait pas eu à attendre longtemps pour avoir quelques explications sur cette visite inopinée. À peine la messe terminée, sur le parvis de l'église, Noëlla se lançait dans l'analyse d'une situation qu'elle qualifiait elle-même d'infâme.

— Crains pas, tu vas me voir de même à toutes les semaines, Évangéline, pasqu'imagine-toé don que ousque je demeure astheure, c'est un jeune curé qui s'occupe de la paroisse. Un curé à go-go, comme y' disent. Tu peux-tu croire ça, toé, que durant ses messes, y' a changé l'orgue pour une guitare pis des tambours? Ouais, ouais, fais pas c'te face-là, des tambours ! C'est laite en jériboire, tu sauras. Pis si moé, je trouve ça laite, je me demande comment c'est que le p'tit Jésus doit trouver ça, Lui, de l'autre bord dans Son ciel. Ça a pas une miette d'allure de massacrer de la musique d'église de même. C'est pour ça que je te dis qu'on va se revoir à tous les dimanches. Martial, mon plus vieux, a promis de venir me reconduire icitte à toutes les semaines. Y a pas un curé dans toute la ville de Montréal qui peut battre notre bon curé Ferland. Y' est petête vieux, pis même vieux jeu par bouttes, c'est sûr, mais ça l'empêche pas de ben parler. Hein qu'y' parle ben en s'y' vous plaît, notre curé Ferland ? Astheure, Évangéline, amène-toé, je te paye à dîner chez Albert. Pis si tu y vois pas d'inconvénient, on va dîner de même ensemble à toutes les semaines.

Non, Évangéline n'y voyait aucun inconvénient, bien au contraire, et connaissant Noëlla depuis des lustres, elle avait compris, à travers ces quelques mots, que son amie aussi s'ennuyait. De le savoir avait posé une mince couche de baume sur ses déceptions même si ça ne changeait pas grand-chose à l'ensemble de ses journées.

Puis, au printemps suivant, comme si tous ces chambardements ne suffisaient pas, Bernadette lui avait annoncé que désormais, elle travaillerait aux côtés de Marcel sans pour autant négliger la vente de ses produits Avon. Elle allait donc avoir besoin d'un peu d'aide. Évangéline pourrait-elle, pour sa part, voir à Charles quand il revenait de l'école et préparer le souper à l'occasion ?

Que répondre à cela, sinon un oui qu'Évangéline avait tenté de rendre enthousiaste ?

Ceci ne l'avait pas empêchée de penser, nostalgique, qu'elle était bel et bien en train de passer de l'autre côté de la colline. Voilà à quoi se résumerait, désormais, son apport à la vie familiale: quelques repas à préparer et un gamin turbulent à surveiller.

— Pas de quoi tuer le veau gras, grommela Évangéline tout en continuant de fixer la rue devant elle. Pis en plus, depuis quèques semaines, je peux même pus m'enrager devant Estelle qui tricote pasqu'elle avec, a' travaille à l'épicerie pis a' l'a pus le temps de tricoter… Pourquoi elle pis pas moé? Hein? Y a-tu quèqu'un qui peut répondre à ça, viarge?

Évangéline regarda ses doigts déformés puis, impulsivement, elle se mit à pianoter dans le vide, à bout de bras, devant elle.

— Je peux petête pu coudre pis tricoter, mais je pourrais encore pitonner sur une caisse pis rendre de la monnaie!

Avec Charles qui avait retrouvé les bancs d'école en septembre, Laura qui étudiait comme jamais, Antoine qui traversait la maison en coup de vent, Estelle qui n'avait plus que le mot *épicerie* à la bouche, ce qui n'avait rien en soi pour améliorer la situation entre les deux sœurs, et Bernadette qui brûlait la chandelle par les deux bouts, Évangéline était laissée à elle-même.

Les journées se suivaient, toutes semblables les unes aux autres, interminables d'ennui. Même la télévision n'arrivait plus à la sortir de sa morosité.

— Pis dire qu'y a pas ben ben longtemps de ça, je me sentais comme une jeune femme, avec la p'tite Michelle avec nous autres.

Michelle…

D'une main maladroite, Évangéline essuya la larme brûlante qui essayait de se frayer un chemin à travers le sillon des rides de son visage. Dire qu'elle s'ennuyait de sa petite-fille aurait été un euphémisme. Évangéline se mourait à petit feu depuis que Michelle était partie et qu'elle avait compris, en même temps, que les autres, tous les autres, n'avaient plus besoin d'elle.

À quoi bon vivre si personne, autour de vous, n'a besoin de vos services?

C'est au moment où elle essuyait une seconde larme avec le revers de sa vieille veste de laine qu'Évangéline aperçut la silhouette de Laura qui marchait contre le vent et la pluie à l'autre bout de la rue.

— Veux-tu ben me dire... A' serait pas supposée d'être à l'école, elle?

L'intérêt suscité par cette apparition aida à tarir les larmes. Évangéline renifla un bon coup, se redressa sur son siège et, les sourcils froncés sur sa curiosité, elle surveilla la progression de sa petite-fille qui avançait péniblement contre le vent. Depuis quelque temps, elle trouvait que Laura avait l'air épuisée et cela l'inquiétait. Ce n'était plus la Laura avec qui elle aimait discuter, vive, débrouillarde, rieuse. Quand celle-ci arriva près de la maison, Évangéline étira même le cou pour la voir s'engouffrer dans la ruelle. Quelques instants plus tard, la porte de la cuisine se refermait avec fracas.

Évangéline décida aussitôt de jouer les ingénues. Jusqu'à aujourd'hui, cette manière d'être l'avait plutôt bien servie et lui avait permis d'assouvir sa curiosité naturelle sans pour autant passer pour une écornifleuse. Se calant contre le dossier de son fauteuil, elle prit donc le journal qui traînait sur le bras du divan pour assurer une certaine mise en scène et, d'une voix qu'elle s'efforça de rendre craintive, mal assurée, Évangéline demanda:

— Qui c'est qui est là?

— C'est moi, grand-moman, Laura.

— Laura ? Ah bon…

Le soulagement exagéré qu'elle prêta à sa voix était probablement perceptible d'un bout à l'autre de l'appartement.

Évangéline ferma les yeux d'exaspération envers elle-même. Trop en mettre ne valait guère mieux qu'une indifférence mal calculée. Retrouvant alors son intonation bourrue coutumière, elle poursuivit son interrogatoire.

— Veux-tu ben me dire ce que tu fais là, toé ? Tu serais pas supposée être dans ton université, à c't'heure-citte ?

— Pas aujourd'hui.

La jeune fille venait de paraître dans l'embrasure de la porte du salon.

— J'avais un stage à l'hôpital, mais le médecin que je devais accompagner était malade. Ça me fait donc une journée de congé imprévue. Et bienvenue. Depuis quelque temps, je me sens fatiguée comme c'est pas possible.

— C'est l'automne qui fait ça, ma pauvre enfant, annonça Évangéline d'une voix convaincue. Moé, c'est pareil. Profites-en pour faire une sieste. C'est ce que je me paye tous les après-midi, tu sauras. Ça fait du bien pis ça aide à tuer le temps.

Perdue dans ses pensées, Laura ne releva pas l'allusion que sa grand-mère venait de faire à propos du temps qu'elle semblait avoir en trop. Cependant, elle ajouta en soupirant:

— J'aimerais bien ça, dormir un peu, mais j'ai trop d'étude pour…

— Je t'arrête drette là ! C'est pas logique ce que t'es en train de dire.

— Comment ça, pas logique ?

Appuyée contre le chambranle de la porte, Laura regardait sa grand-mère avec une interrogation au fond des yeux.

Évangéline balaya la question du bout des doigts sans y répondre.

— Viens, ma Laura, viens t'assire une menute. Tu dois ben avoir ça, une menute, pour ta vieille grand-mère, non ?

Le sourire de la jeune fille éclaira la pièce et, par le fait même, toute la journée d'Évangéline.

— C'est sûr que j'ai une minute pour toi, grand-moman. Je peux même en trouver une bonne dizaine, si c'est ça que tu veux. Le temps d'aller chercher une serviette pour m'éponger les cheveux et je reviens. Ça sera pas long.

L'instant d'après, Laura s'installait sur le divan, les jambes recroquevillées sous elle. Tout en se frictionnant vigoureusement la tête, elle leva les yeux vers sa grand-mère.

— Pourquoi t'as dit que j'étais pas logique ?

Évangéline lui rendit son sourire.

— Parle-moé de ça, quèqu'un qui a de la suite dans les idées ! Chus sûre que tu vas aller loin dans la vie, toé, ben loin. Mais j'ai pas dit que t'étais pas logique, Laura, j'ai dit que ce que tu venais de dire était pas logique. C'est pas pantoute la même affaire.

— Alors, qu'est-ce que tu voulais dire par là ?

— Juste ce que ça disait, ma pauvre enfant. Tu venais de m'annoncer que t'étais fatiguée pis en même temps, t'avais l'air ben contente d'avoir une journée de congé qui te tombait du ciel. Me semble que c'est pas dur à comprendre que c'te journée-là, tu devrais l'employer à te reposer. Ça, ça serait logique, non ? Ben non ! Au lieu de ça, t'as dit que t'allais étudier. C'est ça qui est pas logique. Normalement, t'aurais pas eu c'te temps-là pour étudier, rapport que t'étais supposée passer la journée à l'hôpital. Ben, fais comme si pis repose-toé, viarge, vu que t'as dis que t'étais fatiguée… Tu me suis-tu, toé, là ?

— Comme ton ombre, grand-moman, comme ton ombre.

Avec le sourire qui persistait au coin des lèvres de Laura, Évangéline ne sut si celle-ci se moquait d'elle ou adhérait à sa vision des choses. Détestant perdre la face, comme elle le répétait si souvent, la vieille dame se hâta de changer de sujet.

— Bon, astheure que c'est dit, parle-moé de toé, Laura. On a beau vivre dans même maison, c'est à peine si on a le temps de se parler pis de se voir depuis un boutte. Comment c'est que ça va, ma Laura ?

— Moi ?

Curieusement, la jeune fille sembla se rembrunir, se replier sur elle-même. La main qui frottait les cheveux le faisait maintenant avec une certaine nonchalance, avec une certaine indifférence.

— Ça va, grand-moman. Ça va.

— Pas sûre, moé. À vue de nez, comme ça, t'as pas la voix de quèqu'un qui pète le feu, ma pauvre p'tite-fille, ni même qui va pas pire. J'ai comme qui dirait l'impression que t'es plusse fatiguée que tu le penses. Ben plusse !

— Y a de ça.

— Pasqu'y aurait d'autre chose que de la fatigue, dans ton affaire ?

Laura leva les yeux vers sa grand-mère. La jeune fille savait qu'à elle, elle pouvait tout dire ou presque. Elle détourna les yeux une fraction de seconde, essayant d'imaginer combien elle se sentirait soulagée de partager ses interrogations face à son avenir.

Oser enfin avouer que les cours ne correspondaient pas à ses attentes, qu'elle s'ennuyait de l'épicerie de plus en plus.

Évangéline était là, attendant qu'elle réponde enfin. Pourtant, devant ce qu'elle voyait comme une montagne infranchissable, Laura recula et se rabattit sur Alicia qu'elle n'arrivait toujours pas à joindre et dont elle fit le bouc émissaire de sa fatigue.

— Y a de la fatigue, c'est bien certain, j'étudie comme une forcenée, mais il y a aussi le nom d'Alicia qui me trotte sans arrêt dans la tête. Je comprends pas, grand-moman. Pourquoi est-ce qu'elle a voulu me parler l'autre midi alors que depuis, elle a recommencé à me fuir ? Savais-tu qu'elle n'habite même plus chez ses parents ? Elle vit à l'hôpital. C'est sa mère qui me l'a dit et j'ai facilement compris, à sa voix, que ce n'était pas de gaieté de cœur qu'elle acceptait cette situation. Il s'est passé quelque chose dans la vie d'Alicia, j'en suis certaine. Mais quoi, je serais bien en peine de le dire.

Laura avait parlé vite et fort. Trop vite et trop fort. Évangéline n'était peut-être pas très instruite, elle avait cependant une intuition vive qui se trompait rarement.

— Je vois…

Volontairement, Évangéline laissa traîner sa voix de façon évasive.

— Pis selon toé, ça serait à cause de ton amie que tu serais fatiguée de même ?

— Ben quoi ? C'est fatigant, non, le prénom de quelqu'un qui te revient sans cesse à l'esprit, sans jamais lâcher ? Tu trouves pas, toi ?

Pour donner un certain crédit aux paroles qui allaient suivre, Évangéline hocha vigoureusement la tête. Elle se doutait bien que le malaise qu'elle ressentait présentement face à Laura n'avait rien à voir avec le nom de la jeune Alicia, mais si elle voulait amener sa petite-fille à se confier, elle devait faire semblant d'y croire.

— Ouais, si tu veux, admit-elle en opinant toujours aussi

vigoureusement. C'est vrai que ça peut devenir achalant. Moé avec, ça m'arrive, des fois, d'avoir des idées qui veulent pas lâcher. Mais faudrait pas, par exemple, que ça te fasse retomber malade comme tu l'as été l'autre année.

Laura, visiblement mal à l'aise, se redressa sur le divan.

— Quand même ! C'est pas à ce point-là.

— Heureuse de te l'entendre dire. Avec toutes tes cours, faudrait surtout pas que tu te retrouves au lit pour une couple de mois. Ça serait ben de valeur si tu pouvais pas avoir c'te diplôme-là, à la fin de l'année. T'as travaillé assez dur pour ça. Tu le mérites.

— Tu penses ?

— Comment, si je pense ? T'es ben drôle, toé ! C'est sûr, Laura, que je pense que si y a quèqu'un qui mérite d'avoir un diplôme icitte, c'est ben toé. Je vois pas comment je pourrais penser autrement. C'est quoi toutes ces questions-là, à matin ?

Laura ébaucha le début d'un haussement d'épaules.

— C'est juste que moi, je ne suis plus certaine de le vouloir.

Les mots avaient échappé à Laura et sa voix n'était plus qu'un murmure. Rouge comme un coquelicot, elle détourna vivement la tête. Voilà, c'était dit. Cependant, elle ne se sentait pas soulagée pour autant.

L'affirmation était tellement déconcertante qu'Évangéline resta silencieuse un moment, doutant d'avoir bien entendu. Grommelant intérieurement contre ses oreilles capricieuses, elle jeta un regard en biais vers Laura. L'attitude de cette dernière, un coussin malmené entre les mains et un regard évasif posé fixement sur le mur devant elle, lui laissa croire que son intuition était la bonne. Elle ne pouvait se tromper, car Laura semblait vraiment malheureuse.

Était-ce vraiment ses études qui causaient autant de ravages?

Après toutes ces années, c'était pour le moins surprenant, pour ne pas dire confondant. S'agitant sur son fauteuil, Évangéline cherchait ses mots. Après quelques instants d'indécision, elle demanda simplement:

— Ça te tente-tu d'en parler?

Une vie de veuve, où elle était seule avec elle-même quand venait le temps des décisions graves, lourdes de conséquences, avait appris à Évangéline que se confier peut parfois avoir plus de poids et d'importance que les longs sermons ou les conseils les plus judicieux. Et souvent, quelques mots tombés dans une oreille attentive suffisaient pour y voir clair!

Devant le silence de Laura qui s'éternisait, elle répéta donc:

— Tu veux en parler, Laura? Tu peux toute me dire, tu sais. Pis promis que je te ferai pas de reproches, pis que je te couperai pas la parole. Je le sais ben que des fois, chus pas mal prime, mais quand c'est le temps, chus capable de me taire pour écouter.

Laura esquissa un sourire contraint.

— En parler?

Après un bref regard en direction d'Évangéline, Laura avait reporté les yeux devant elle. Sur le mur, au-dessus de la télévision, une des plus récentes toiles d'Antoine finissait de sécher. Dans moins d'un mois, son frère partirait pour New York où ses toiles seraient exposées. Durant une brève mais fulgurante seconde, Laura l'envia farouchement. Lui, au moins, il savait fort bien ce qu'il voulait dans la vie et tous ses efforts convergeaient dans une même direction.

Puis Laura revint à sa grand-mère, tentant de se montrer drôle pour détendre l'atmosphère.

— C'est le monde à l'envers. C'est moi qui étudie en psychologie et c'est toi qui me dis de parler. Peux-tu comprendre ça ?

— Ouais, je pense que je peux comprendre. La psychologie, comme tu dis, expliqua Évangéline en se calant dans son fauteuil, ça peut s'apprendre de ben des façons, tu sauras. Des fois, on fait ça sur des bancs d'école, pis d'autres fois, c'est la vie qui devient notre école. Moé, j'ai pas faite de grandes études comme toé. J'ai ben juste une cinquième année. Mais j'ai toujours eu des yeux pour voir pis des oreilles pour entendre. Pis je pense, avec, que j'ai assez de jugeote pour comprendre le monde autour de moé. Ça fait que si t'as envie de parler, tu peux le faire sans te gêner. Pis dis-toé, avec, que chus ben bonne, ouais vraiment bonne, pour garder des secrets, des fois que ce qui te tracasse ferait partie de c'te famille-là.

Malgré tout ce que sa grand-mère venait de dire, Laura hésitait encore.

Était-ce parce qu'elle-même n'arrivait pas à y voir clair et que ce faisant, elle doutait que les autres puissent le faire à sa place ?

Avait-elle vraiment envie de laisser ses études ou n'était-ce qu'un passage à vide que le temps ferait vite oublier ?

Qui pourrait répondre à cela si elle-même n'y arrivait pas ?

D'un autre côté, Laura avait une confiance absolue en cette vieille dame qu'elle avait appris à connaître et à aimer au fil des années. Alors, dans un souffle, évitant tout de même son regard, elle déclara :

— J'aimerais ça parler, grand-moman, c'est bien certain. J'aimerais ça être capable de le faire. Me semble que ça me ferait du bien. Mais je sais pas par où commencer parce que j'arrive pas à me comprendre moi-même. J'ai l'impression que je ne me ressemble plus. Tout ce qui a toujours été important pour moi, les études, un bon travail, une vie plus facile que celle des parents, bien, depuis quelque temps, ça veut plus rien dire du tout.

Les yeux perdus dans le vague devant elle, Évangéline écoutait sans interrompre, tel que promis. Même si la langue lui démangeait, elle ne dirait rien. C'est ce qu'elle avait promis de faire et elle tiendrait sa promesse. Elle n'interviendrait que si Laura le lui demandait. Pourtant, ce qu'elle aurait eu envie de dire n'était pas bien méchant. Il n'y avait que des mots de réconfort qui lui venaient à l'esprit, des mots d'encouragement. Après toutes ces années de travail acharné, Laura avait le droit d'être fatiguée d'étudier. C'est ce qu'elle pensait, elle, Évangéline Lacaille, et quand elle pourrait enfin parler, c'est exactement ce qu'elle dirait à Laura. Elle avait le droit d'être fatiguée d'étudier, mais elle estimait que ça serait bien gauche de tout laisser tomber si près du but. Malgré cela, si Laura avait vraiment besoin de se reposer, elle y avait droit. Les études pourraient attendre un peu.

— Le pire, grand-moman, c'est que je ne suis même pas certaine d'avoir fait le bon choix, poursuivait Laura, d'une voix hésitante.

Ce fut plus fort qu'elle: Évangéline glissa un regard en coin vers sa petite-fille. Laura n'était plus certaine d'avoir fait le bon choix? Voilà qui compliquait les choses…

— L'histoire de Francine est en train de me rendre folle, expliquait Laura, et celle d'Alicia n'arrive plus à me sortir de la tête. Comment veux-tu que moi, j'arrive à aider les gens maintenant si je m'implique personnellement à chaque fois? C'est moi qui vas devenir folle à la longue.

— Ben là, je t'arrête, Laura.

Évangéline n'avait pu se retenir. Laura allait trop loin dans ses suppositions en oubliant un petit détail qui lui semblait de la première importance.

— Je sais ben que j'avais dit que je me tairais, mais me semble que t'oublies de quoi, toé là. Un p'tit quèque chose de ben important. Quand tu parles de Francine ou ben d'Alicia, c'est pas juste du monde de même, du monde ordinaire, des inconnus qui viendraient te consulter pour leurs problèmes. C'est tes amies, viarge ! C'est pas pareil. C'est juste normal que tu soyes pas capable de rester frette face à ce qui se passe.

À son tour, Laura jeta un regard en coin à sa grand-mère.

— J'y ai pensé, grand-moman, crains pas. Je le sais que je peux pas être indifférente à Francine ou à Alicia. Mais ce que je ressens là et là, fit la jeune fille en se pointant la tête et le cœur avec l'index, ce que je ressens vraiment va plus loin que ça. Pas mal plus loin.

Un long silence suivit ces quelques mots, silence qu'Évangéline, cette fois-ci, respecta jusqu'au bout.

— Je... Si je m'étais trompée en voulant devenir psychologue ? Plus le temps passe et plus j'ai l'impression de me retrouver devant un mur. Tellement que je me demande, parfois, à quoi ça sert de continuer si je ne suis pas pour travailler comme psychologue. J'aimerais tellement ça que quelqu'un puisse répondre à ma place et puisse prendre la décision à ma place, tu sais. Est-ce que c'est normal de se sentir toute croche, par bouttes ? Tu le sais-tu, toi, pourquoi je me sens aussi mêlée depuis quelque temps ?

Trop heureuse d'être consultée, Évangéline se redressa sur son fauteuil.

— Non, je le sais pas, ma pauvre p'tite-fille. Malheureusement, y a juste toé qui peux savoir ça. Ce que je peux dire, par exemple, c'est que ça arrive à tout le monde de passer des bouttes plus *rough,* des bouttes où on se comprend pus soi-même. Chus passée par là, ta mère est passée par là, ton père avec pis...

Évangéline allait ajouter le nom d'Antoine à sa liste. Elle s'arrêta juste à temps. L'histoire de son petit-fils n'appartenait qu'à son petit-fils. Point à la ligne! Quand elle avait dit à Laura qu'elle savait garder un secret, Évangéline n'avait pas menti. Elle se hâta donc d'enchaîner la suite avant que Laura intervienne et embrouille la situation.

— ... Pis y a aussi une autre affaire que tu dois jamais oublier, Laura, jamais. La vie est trop courte pour cultiver les regrets. Ben que trop courte. Tu me diras petête qu'y a certaines rancunes qui ont la couenne dure, c'est vrai, mais c'est pas pareil. Quand je parle des regrets, je parle de ceux qu'on entretient par devers soi. Les choses qu'on aurait dû faire quand c'était le temps de les faire ou ben celles qu'on a pas faites, mais qu'on aurait dû faire pis qu'y' auraient petête apporté du changement dans nos vies. C'est de ça que je parle quand je te parle de regrets. Un peu comme toé devant ton cours. Ça fait ben des années que tu t'escrimes à étudier, ma pauvre p'tite-fille, ben des années. Pis tu serais prête à toute lâcher ça avant d'en avoir vu la fin? Ça, pour moé, ça serait un des regrets que tu pourrais avoir un jour. Un de ceux que je viens de parler. Pis en plus, t'aurais jamais de preuve que t'es allée à l'université, vu que t'aurais pas ton diplôme. Ça avec, me semble que c'est ben important, avoir son diplôme.

Immobile, Laura buvait les paroles de sa grand-mère. Quand celle-ci se tut enfin, la jeune fille dessina un second sourire. Mais, cette fois-ci, il reflétait une certaine gaieté qui fit chaud au cœur de la vieille dame.

— C'est drôle, grand-moman, mais tu as dit exactement les mêmes mots que Bébert, l'autre jour. Les mêmes mots, dits de la même manière.

Oubliant momentanément les tiraillements de sa petite-fille, Évangéline fronça aussitôt la forêt broussailleuse de ses sourcils, ombrageant son regard.

— Ah ouais ? Un Gariépy a assez de jarnigoine pour penser à des affaires de même ?

— Et pourquoi pas ?

— Parce que c'est juste une gang de... de... Pis laisse don faire. J'ai mon opinion sur c'te genre de monde-là, pis c'est pas toé, à matin, qui va venir m'en faire changer.

Toujours la même rengaine ! C'en était ridicule, à la fin.

Laura aussi en avait oublié ses problèmes et elle dut faire un effort magistral pour ne pas soupirer d'impatience, ce qui n'aurait qu'attisé le feu.

Renfrognée, la jeune fille détourna la tête.

Tout au long de son enfance, elle avait rêvé du jour où sa grand-mère accepterait que Francine puisse venir jouer chez elle. Ça n'était jamais arrivé. Malgré cela, le temps qui passe aidant, depuis un certain moment, Laura se surprenait à oser croire que Bébert, lui, pourrait venir. C'était un jeune homme droit et sincère, travaillant et honnête, de la trempe de ceux qui devraient plaire à une Évangéline Lacaille. C'était surtout son meilleur ami. Mais elle n'avait jamais osé solliciter la permission.

Alors, justement parce que ce matin elle parlait de regrets stériles avec sa grand-mère, Laura osa enfin lui demander :

— Et si je te disais que tu gagnerais à connaître Bébert,

grand-moman ? Si je te disais, à mon tour, que la vie est trop courte pour entretenir des regrets pis que…

— Que c'est que je viens de te dire, Laura ?

C'était au tour d'Évangéline d'avoir l'air maussade, sombre. Sous ses sourcils en zébrure touffue dans son visage, ses yeux lançaient des éclairs.

— Ma parole, on dirait que t'as pas toute écouté, Laura. Les Gariépy, pour moé, c'est pas une question de regrets, c'est une question de rancune. C'est pas pantoute pareil, tu sauras. Je te l'ai dit t'à l'heure. Y' ont assez massacré ma vie pis celle de ta pauvre tante Estelle pour qu'on aye pas envie de leur voir la face icitte durant toute une vie pis même l'éternité, tant qu'à y être ! Des fois, dans vie, y a des rancunes, de même, qui valent la peine de les entretenir juste pour se rappeler que…

Exaspérée et déçue, Laura sauta sur ses pieds, interrompant Évangéline qui leva la tête vers elle, surprise.

— Ben voyons don, toé ! C'est quoi c'te saute d'humeur-là ? Me semble que j'ai rien dit de neuf là-dedans pis je vois pas pourquoi t'aurais pu croire que je…

— Laisse faire, grand-moman, laisse faire. J'ai tout compris. J'espère juste pour toi qu'un jour, ta vieille rancune se transformera pas en regrets. Parce que ça aussi, ça peut arriver, tu sauras. Maintenant, tu vas m'excuser. Justement à cause de tout ce que tu viens de me dire, je vais aller étudier. J'aurais préféré faire une sieste, mais je peux pas. J'ai un diplôme à aller chercher. C'est même toi qui viens de me le rappeler. Comme quoi, la logique n'est pas toujours de bon conseil.

L'instant d'après, la porte de sa chambre se refermait bruyamment.

— Ben voyons don, toé !

Décontenancée, Évangéline fixait le couloir dans l'espoir, peut-être, d'y voir apparaître Laura prête à reprendre leur discussion là où elle avait pris le mauvais virage.

Puis, devant le silence qui avait envahi la maison, ses épaules s'affaissèrent.

Si elle n'était même plus capable d'être de bon conseil, c'est qu'elle était encore plus vieille qu'elle ne l'aurait cru.

Évangéline reporta les yeux sur la rue, sur ce qu'elle avait toujours appelé « sa rue ». Les voisins qui étaient les siens à l'origine étaient tous partis maintenant. Pourtant, durant quelques années, elle avait cru qu'une nouvelle vie de quartier allait commencer. Gérard Veilleux et sa femme Marie venaient d'emménager, Anne la musicienne aussi. Mais les choses avaient changé, beaucoup changé depuis ses jeunes années, et la vie au quotidien, dans une grande ville comme Montréal, n'était plus du tout la même.

Lentement, du regard, Évangéline survola chacune des maisons de la rue, se rappelant parfois un visage, parfois un nom.

Puis son regard se durcit.

— Maudite engeance, grommela-t-elle en fixant la maison de briques brunes qui abritait la famille Gariépy depuis quelques générations. C'est toujours de leur faute quand ça va mal dans ma vie. C'est encore à cause d'eux autres, à matin, si je me suis chicanée avec ma Laura. Pis après ça, on viendra me dire que j'ai pas raison de les haïr !

Le reste de la journée fut encore plus sinistre que tout ce qu'elle avait connu jusqu'à ce jour. Boudeuse, elle fit même semblant d'avoir oublié qu'elle avait le souper à préparer.

Le lendemain, la pluie tombait de plus belle. Évangéline n'eut même pas à ouvrir les tentures pour le savoir. Le tambourinement contre la vitre était saccadé et régulier.

— Encore une maudite journée plate, soupira-t-elle en laissant retomber sa tête sur l'oreiller.

Pourtant, dans une maison comme la sienne, il y aurait eu mille et une choses à faire. Mais même le grand ménage qu'elle attaquait religieusement depuis toujours en octobre lui semblait une corvée cette année.

— Pourquoi c'est faire que je m'éreinterais à frotter partout? avait-elle expliqué l'autre jour à Bernadette. C'est même pas notre bon curé Ferland qui va venir faire la visite paroissiale, c'est juste le p'tit vicaire.

— C'est petête décevant, la belle-mère, mais vous devez avouer avec moé qu'y' est pus toute jeune, notre curé. Ça peut se comprendre que ça soye pus lui qui fasse la tournée de la paroisse.

— C'est sûr. Mais y a quand même des traditions qui se perdent, ma belle fille, pis c'est ben triste de voir ça.

Évangéline se tira du lit à l'instant où elle entendit la porte se refermer sur Bernadette et Charles qui partaient ensemble, comme tous les matins. Laura avait déjà quitté les lieux et hier, au souper, Antoine avait prévenu qu'il coucherait en bas, vu qu'il comptait travailler à sa peinture une bonne partie de la nuit. Quant à Marcel, il était toujours le premier à déserter la maison.

Encore une fois, Évangéline se retrouvait seule.

Consciente qu'elle serait probablement laissée à elle-même jusqu'à midi, Évangéline ne prit pas la peine de s'habiller. À quoi bon le faire puisqu'il n'y avait personne avec elle? Ses vieux chaussons de laine aux pieds, elle se traîna jusqu'à la cuisine.

— J'vas m'habiller t'à l'heure, juste avant que le monde

revienne pour dîner, annonça-t-elle aux armoires tout en versant de l'eau dans la bouilloire.

Puis, une fois le thé infusé, elle se prépara une tasse à l'anglaise, avec lait et sucre, et repassa par le corridor pour reprendre son poste d'observation à la fenêtre du salon. C'est tout ce qui lui restait comme désennui: observer la rue.

— Pas riche pour occuper toute une journée, constata-t-elle en s'assoyant. Pis en plusse, viarge, y' pleut. Probablement que je verrai pas un diable de toute la journée!

Une heure plus tard, le thé qui restait au fond de la tasse était froid, et effectivement, personne n'avait traversé son champ de vision. Il pleuvait toujours.

— Pis y' est juste neuf heures et demie, viarge! Que c'est que je vas faire de c'te maudite journée-là, plate comme la pluie, c'est le cas de le dire? Faudrait petête que je déjeune, mais j'ai pas faim… Envoye don! Une autre tasse de thé, ça va me réchauffer. Si ça continue de même, on aura pas le choix de partir le chauffage. En plein mois d'octobre, j'ai jamais vu ça!

Le temps que l'eau se mette à bouillir, Évangéline passa dans la salle à manger attenante à la cuisine. Du bout du doigt, elle traça une ligne bien visible sur le bois verni du buffet.

— Voir si ça a de l'allure. Je pense que c'est la première fois de ma vie qu'y a autant de poussière dans ma maison. Pis je peux même pas en vouloir à Bernadette: est comme une queue de veau depuis le printemps dernier. C'est comme rien que j'vas devoir m'y mettre même si ça me tente pas. Ça a beau être juste le vicaire qui va venir faire sa visite, y' a des yeux pour voir comme tout le monde. Si jamais y' trouvait ma maison pas propre, c'est sûr qu'y' en parlerait au curé. Pis ça, y' en est pas question. J'irai pas perdre ma réputation de bonne paroissienne devant notre curé Ferland pour une affaire de poussière. Ça non !

Quelques instants plus tard, Évangéline reprenait son poste de garde, ses ambitions de ménage reléguées au rang de projets futurs.

— Après toute, notre rue va être la dernière à être visitée. J'ai le temps… J'ai ben du temps devant moé pour faire le ménage.

C'est là, devant la fenêtre du salon, que Bernadette retrouva sa belle-mère en train de somnoler, la tasse de thé en équilibre précaire sur le bras du fauteuil.

Un sourire ému traversa brièvement le visage de Bernadette.

Elle ne s'était pas trompée. Pour être déjà devant la fenêtre, à tout juste neuf heures quarante-cinq du matin, encore en robe de chambre et ses vieux chaussons aux pieds, c'est qu'Évangéline n'allait pas très bien. Déjà que d'avoir oublié de préparer le souper, hier, ne laissait rien présager de bon…

— Va falloir que je trouve moyen d'être icitte plus souvent, murmura Bernadette en s'approchant silencieusement de sa belle-mère. Y' est pas dit que c'te vieille dame-là va être malheureuse à cause de nous autres. A' l'en a trop faite pour tout le monde, ici dedans, pour qu'on l'oublie.

S'accroupissant sur ses talons, Bernadette posa délicatement une main sur le bras d'Évangéline et de l'autre, elle récupéra la tasse qui menaçait de tomber.

— La belle-mère ? Réveillez-vous. C'est moé, Bernadette.

À peine un effleurement, mais Évangéline sursauta tout en portant une main à sa poitrine. Puis, elle leva les yeux et tomba sur Bernadette.

— Viarge que tu m'as fait peur, toé là ! Voir qu'on réveille le monde de même, sans prévenir... Y' est quelle heure, coudon ? Ça serait-tu déjà le dîner ?

Mal éveillée, bourrue parce qu'elle avait passé une mauvaise nuit à la suite de sa discussion avec Laura, Évangéline avait l'air un peu perdue. Elle regarda un moment tout autour d'elle puis vint fixer Bernadette avec une drôle de lueur au fond du regard. Comme une inquiétude qui ne dura que le temps d'un questionnement de la part de Bernadette. Aussitôt après, la vieille dame avait repris son attitude habituelle, un peu revêche. D'une main impatiente, elle repoussa celle de Bernadette toujours posée sur son bras et elle se redressa.

— Pis ? Le chat t'a-tu mangé la langue, Bernadette ? C'est-tu déjà l'heure du dîner ?

Devant cette humeur grincheuse, Bernadette, rassurée, se redressa.

— Pantoute, la belle-mère, pantoute ! Y' est pas encore dix heures, rassurez-vous. C'est juste que j'avais une grosse envie de quèque chose pis que cette envie-là, ben, je pouvais pas en parler à personne d'autre qu'à vous. J'avais pas le goût pantoute de faire rire de moé.

— Ben regardez-moé don ça !

Une lueur malicieuse brillait au fond des prunelles d'Évangéline, qui était tout à fait éveillée maintenant.

— T'aurais des envies inavouables ? Eh ben ! Toé, Bernadette Lacaille, t'aurais des envies coupables... J'aurais jamais cru. De quelle sorte d'envie, veux-tu ben me dire, tu veux parler ? Surtout des envies que moé, Évangéline, je pourrais partager avec toé. Va falloir que tu m'expliques ça, ma pauvre p'tite fille, pasque moé, je vois rien en toute.

De toute évidence, Évangéline s'amusait ferme au détriment de sa belle-fille. Celle-ci se mit à rougir aussitôt.

— Voyons don, la belle-mère! Que c'est que vous allez vous imaginer là, vous? Mes envies, c'est pas des envies coupables, comme vous venez de dire. C'est pus de mon âge, ces affaires-là. Pis je verrais pas en quoi ça pourrait vous regarder, vous. Non, c'est juste une idée que j'ai eue, l'autre matin, en lisant le journal. Une idée ben tentante, rapport qu'on en parle depuis des années pis qu'enfin, c'est faite.

Évangéline, qui ne voyait pas du tout où Bernadette voulait en venir, se dandina sur son fauteuil, impatiente. À la fin, n'y tenant plus, elle l'interrompit cavalièrement.

— Envoye, aboutis, viarge! Tu tournes pis tu tournes autour du pot, comme une chèvre au boutte de sa corde, pis moé, je vois pas pantoute où c'est que tu veux t'en aller avec ton histoire. Ça m'achale ben gros d'écouter quèqu'un qui parle sans que je comprenne, tu sauras.

— J'y arrive, la belle-mère, j'y arrive. C'est à propos du métro.

Évangéline ouvrit tout grand les yeux.

— Le métro? Le métro du maire Drapeau? Celui qu'y' a faite construire pour l'Exposition universelle, comme y disent, pis qui va commencer dans pas longtemps?

— En plein ça!

— Que c'est que ça a à voir avec moé, c'te métro-là?

— Ça vous tenterait pas, vous, d'aller l'essayer? Ça fait déjà une semaine que le maire Drapeau l'a inauguré, pis moé, je serais ben curieuse de voir ça. Mais j'ai pas osé en parler à Marcel pis aux enfants pasque j'avais peur de faire rire de moé.

Évangéline resta bouche bée durant quelques secondes.

Puis, fronçant les sourcils, elle dévisagea Bernadette durant quelques secondes supplémentaires avant de demander :

— L'essayer ? Moé, Évangéline Lacaille, je prendrais le métro ? J'ai-tu ben compris, moé là ?

Tout en parlant, Évangéline secouait la tête de façon négative.

— Pas sûre, moé, que ça me tente d'embarquer là-dedans. C'est pas dangereux, ces machines-là ? Paraîtrait que ça va ben vite pis que ça mène ben du train.

— Pis ça ? Aux jours d'astheure, toutes les machines vont vite pis font du bruit.

— Tant qu'à ça…

Évangéline détourna la tête et porta les yeux sur la rue qui accompagnait le cours de sa vie depuis près d'un demi-siècle.

« Pis dire que le jour où chus arrivée pour vivre icitte, c'est des chevaux qui passaient en bas de ma fenêtre. Pas un métro, viarge ! Le temps a passé bien que trop vite », pensa Évangéline en détaillant quelques maisons.

Un long frisson qui ressemblait à un vertige secoua ses épaules. Puis, elle leva lentement les yeux vers Bernadette.

— Ça serait quand même drôle de dire, à soir au souper, qu'on a pris le métro, toé pis moé. Me semble que j'vois d'icitte la face à Marcel.

Un sourire fripon éclaira brièvement son visage, allumant une étincelle de gaminerie dans son regard.

— Ouais, juste pour avoir le plaisir de voir la face à Marcel, m'en vas te suivre, Bernadette. Même si ça me fait peur un brin. Mon gars nous a ben épatées avec son char neuf en 1955, hein ? Ben astheure, c'est à notre tour. Donne-moé juste une couple de menutes pour m'habiller, pis je te suis.

Mais Évangéline n'avait pas fait trois enjambées dans le

corridor qu'elle revenait sur ses pas, la mine soucieuse.

— T'es ben certaine qu'y' marche, au moins, le métro ? T'es sûre qu'on va pas sortir à la pluie battante pour rien d'autre que de se faire détremper ?

— Ben sûr de ça, la belle-mère. C'est vendredi dernier, le 14 octobre, que le maire Drapeau a fait l'inauguration, comme c'était écrit dans le journal. Pis en plusse, y' ont mis un plan. C'est comme ça que j'ai vu ousque nous autres, on peut aller pour embarquer dedans. On va se rendre en char jusqu'à la station Berri-de-Montigny.

— C'est où, ça ?

— C'est en ville, proche de Sainte-Catherine pis de Saint-Denis. C'est comme rien que ça doit être annoncé. On devrait trouver ça assez facilement.

— Si tu le dis.

— Pis après, c'est vous, la belle-mère, qui va décider par où on va aller.

— Comment ça, c'est moé qui vas décider ? Je comprends pas, moé là. Tout un chacun peut-tu décider d'une direction ? C'est pas comme pour les p'tits chars avec un conducteur ?

— C'est sûr qu'y' doit y avoir un chauffeur. Ça doit pas marcher tuseule, une affaire de même. Pis vous avez pas tort quand vous comparez ça aux p'tits chars. Avec le métro, on peut juste aller vers l'est ou ben l'ouest, ou encore vers le nord pis le sud. Comme dans le temps. Un métro, ça viraille pas dans la ville comme un autobus.

— Plusse t'en parle, pis plusse ça a l'air d'une ben belle invention… Mais pour ce qui est de l'ouest, si ça te fait rien, on va laisser tomber, rapport que c'est rempli d'Anglais pis que je comprends jamais c'est quoi y' me disent quand y' essayent de me parler. Mais vers l'est, par exemple… Ça va me rapprocher de chez Noëlla qui arrête pas de me dire comment c'est beau dans le boutte ousqu'a' demeure, avec le fleuve pas loin… Ouais, t'as eu une bonne idée, Bernadette. Donne-moé quèques menutes pis on s'en va !

Sur ce, Évangéline tourna rapidement les talons et attaqua le corridor d'un pied ferme. Mais, encore une fois, elle n'avait pas fait trois pas qu'elle rebroussait chemin.

— À propos, Bernadette…

— Oui ?

— Je voulais juste te dire merci. C'est fin d'avoir pensé à moé. Ben fin de croire qu'y avait juste avec moé que tu pouvais aller voir le métro. Ça me fait ben gros plaisir. Bon, astheure que c'est dit, j'vas m'habiller. Pis là, crains pas, c'est vrai ! Dans dix menutes, on va pouvoir s'en aller !

CHAPITRE 3

[…] Me and you and you and me
No matter how they toss the dice, it had to be
The only one for me is you, and you for me
So happy together […]
Ba-ba-ba-ba…

Happy together
THE TURTLES

Montréal, lundi 7 novembre 1966

Avec d'infinies précautions, Antoine décrocha la toile qui était suspendue au-dessus de la télévision, sous le regard navré d'Évangéline qui n'était pas du tout d'accord de voir partir une si belle reproduction de sa maison.

— Était ben belle, bougonna-t-elle sur un ton gémissant.

— Je le sais, grand-moman, je le sais, soupira Antoine. C'est justement pour ça que j'ai décidé de l'envoyer à New York avec les autres. Mais je t'ai promis que j'vas en…

— Que tu vas m'en faire une autre, je le sais, coupa Évangéline avec humeur, tu me l'as répété au moins dix fois. Mais avec ces affaires-là, la peinture, la couleur pis toute, on peut jamais prévoir à l'avance si une toile va être belle ou pas. C'est toé-même qui l'a dit, l'autre soir: tu sais jamais vraiment ce que ça va donner quand tu commences une toile. Pis ce que moé j'en pense, c'est que ça se peut pas que ton autre peinture, celle que tu veux faire pour moé, ben ça se peut pas qu'a' soye exactement pareille à celle que t'es en train de décrocher, même si j'arrête pas de te dire, depuis un boutte, que je la trouve ben belle pis que j'aimerais ça la garder, analysa-t-elle finalement, ayant appuyé avec exagération sur le mot *exactement*, question de souligner l'étendue de sa déception.

Puis elle envisagea son petit-fils avec une certaine lueur d'espoir dans le regard. Malheureusement, celui-ci se retourna vers elle, de toute évidence insulté.

— Quand même! C'est pas ben fin de douter de moé de même, grand-moman! Je pense que je commence à avoir assez d'expérience en peinture pour savoir que si je te dis que l'autre toile va ressembler à celle-ci comme sa jumelle, c'est que l'autre toile va vraiment y ressembler!

À son tour, Antoine avait appuyé sur le mot *vraiment* pour que sa grand-mère cesse de s'en faire et le laisse enfin partir.

À demi convaincue par cette promesse, Évangéline soupira, jeta un coup d'œil par la fenêtre et revint poser sur Antoine un regard on ne peut plus sceptique.

— Ouais, c'est ce que tu dis… Faudra pas que t'oublies de mettre ma maison ben au milieu du carré pour qu'on la voye ben comme faut, hein?

— J'oublierai pas, grand-moman.

— Pis les couleurs vont être les mêmes, hein? Comme sont là, avec du gris pis du vert, ça fite en pas pour rire dans mon salon.

— Avec les mêmes couleurs, promis…

— Pis je veux, avec, qu'a' soye de la même grandeur. Avec un beau cadre doré, ça va être de toute beauté. Pis, si tu veux, on…

Antoine, qui avait promis à madame Émilie d'être chez

elle le plus tôt possible, commençait à s'impatienter. Il interrompit donc Évangéline sans se soucier de la mauvaise humeur que ce geste pourrait susciter.

— Si ça te fait rien, on va reparler de toute ça à soir. Pour astheure, faut que je m'en aille, grand-moman, annonça-t-il avec le plus de délicatesse possible.

La vieille dame leva les yeux au ciel avant de froncer les sourcils sur sa mauvaise humeur retrouvée.

— On sait ben ! Tu me trouves achalante, pis tu veux juste sacrer ton camp pour avoir la paix pis…

— Que c'est tu vas penser là ? interrompit Antoine avec une pointe d'impatience qui pouvait passer à la rigueur pour de la véhémence. Je t'ai jamais trouvée achalante, tu sauras, pis c'est pas demain la veille. C'est juste que j'ai promis à madame Émilie d'être chez eux de bonne heure pasqu'a' veut qu'on emballe les toiles avant midi. C'est à c't'heure-là que la compagnie de transport va venir les chercher… Mais attends don une menute, toé, j'ai une bonne idée. Reste icitte sans bouger, grand-moman.

— Où c'est que tu veux que j'aille, viarge ?

Antoine balaya la question d'un geste impatient de la main.

— J'vas faire un saut en bas pis je reviens.

Quelques instants plus tard, sous le regard ravi d'Évangéline, Antoine faisait un cliché de la toile qu'il avait temporairement replacée sur le mur. Puis, il tendit un carton grisâtre à sa grand-mère.

— Tiens-le par la bordure blanche, pas ailleurs. Tu vas voir, c'est génial, ce kodak-là. Dans cinq menutes, tu pourras enlever le papier du dessus pis tu vas avoir une belle photo de la peinture. Comme ça, t'auras pus à t'inquiéter. La peinture que j'vas te faire, a' va être exactement comme celle-là.

— T'es ben sûr de ça, toé ?

— Sûr de quoi ? Que la prochaine peinture va…

— Ben non, voyons ! Je le sais ben que t'es capable de faire une peinture. Surtout si t'as un portrait pour te guider. Non, ce que je veux savoir, c'est si t'es sûr que c'te carré-là va se transformer en photo.

— Aussi sûr que chus là devant toé. Mon appareil, ça s'appelle un Polaroye pis ça nous donne nos photos en quèques menutes. C'est ben pratique quand je veux garder une image de maison ou ben un paysage. Pis en plusse, j'ai pus besoin d'aller faire finir mes photos à pharmacie. Bon ! Astheure, je m'en vas. Attends encore deux, trois menutes pis enlève doucement le papier. Tu vas voir !

Tandis qu'Évangéline, inquiète, portait les yeux sur le miraculeux carton qui avait la prétendue propriété, ou la prétention, allez donc savoir ! de se transformer en photo, Antoine en profita pour s'éclipser. Déjà que plus tôt, à l'épicerie, il avait perdu un temps précieux à écouter la pléiade de recommandations que Marcel se sentait obligé de faire chaque fois que son fils prenait l'auto, Antoine n'avait plus la moindre petite minute à perdre. Le temps de placer précautionneusement la toile sur la banquette arrière et il quittait le quartier sur les chapeaux de roue.

Émilie l'attendait à la fenêtre. Antoine n'était même pas encore sorti de l'auto qu'elle était déjà sur le perron, croisant frileusement les pans de sa veste sur sa poitrine.

— Dépêche-toi ! Si on veut avoir fini avant midi, il faut nous hâter.

Habituellement calme et plutôt autoritaire, madame Émilie semblait, ce matin, assez fébrile. Tout en la suivant vers l'atelier, situé à l'arrière de la maison, Antoine se demanda si c'était le fait de voir partir les toiles de son élève qui la rendait aussi agitée.

Antoine oublia sa question dès qu'il mit les pieds dans l'atelier.

Au fil des mois précédents, dès qu'il le pouvait, Antoine apportait ses œuvres chez madame Émilie pour avoir son opinion. Il les avait toutes laissées là pour qu'ensemble, une fois le travail terminé, ils puissent faire le tri et choisir celles qui partiraient pour New York. C'est pourquoi ce matin, sur les chevalets et contre les murs, il n'y avait que les toiles signées Antoine Lacaille qui étaient exposées.

Le jeune homme était ému et particulièrement fier de lui.

C'était tout un défi de prétendre réussir à peindre autant de toiles en si peu de temps, mais il avait réussi. Même Marcel, habituellement froid et indifférent, avait semblé fier de son fils quand, tout à l'heure, il s'était présenté à l'épicerie pour emprunter l'auto.

— Comme ça, c'est ta dernière peinture à emmener chez ton professeur ?

— Ouais, la dernière. J'en ai faite quinze, finalement, pis sont belles. Ça a pas été facile, j'ai pas ben ben dormi ces derniers temps, mais j'ai tenu ma promesse. Les propriétaires de la galerie, à New York, y' devraient être contents.

— Pis toé ?

— Comment ça, moé ? C'est sûr que chus content pis fier de moé. Pasqu'en plusse, j'ai réussi à donner un coup de main à Bébert dans son garage pis j'ai faite tes livraisons.

— Ben bravo, mon gars. Ça prouve que t'as du cœur au ventre, pis pour un homme, c'est ben important.

Pour une rare fois, Marcel regardait Antoine avec un large sourire.

— Tiens, v'là les clés du char. Mais faut pas que t'oublies, par exemple, que c'est un char quasiment neuf pis qu'y' faut que…

Il s'était ensuivi la sempiternelle liste des choses à ne pas oublier quand il prenait l'Oldsmobile de son père, sermon qu'Antoine n'avait pas le choix d'écouter jusqu'à la fin. Au bout d'interminables secondes, le jeune homme avait enfin pu quitter l'épicerie pour se rendre chez lui où il avait, là aussi, perdu un précieux temps à parlementer avec sa grand-mère.

Antoine bomba le torse en regardant tout autour de la pièce.

Oui, comme il l'avait dit à son père, il était fier de lui, fier de voir qu'il avait gagné son pari, fier de savoir que ses toiles seraient bientôt accrochées sur les murs d'une prestigieuse galerie de New York, fier de penser que, dans une semaine, il partirait à son tour pour la grande métropole américaine.

New York.

Juste à y penser, Antoine avait des papillons dans l'estomac.

Puis il ramena les yeux sur madame Émilie.

— Astheure, au travail ! lança-t-il joyeusement.

— Je ne te le fais pas dire. Au travail !

Cela leur prit plus de trois heures pour tout emballer dans des armatures de bois recouvertes de carton fort.

— Comme ça, tes peintures ne seront pas abîmées. Normalement, elles vont arriver chez Gordon Longfellow vendredi en fin de journée et nous, on prend l'autobus mercredi matin de la semaine prochaine pour arriver à New York en début de soirée. Et jeudi, à l'heure du souper, à toi la gloire !

À ces mots, Antoine tourna un regard inquiet vers Émilie.

— On partira pas en peur, voulez-vous ? Petête ben que personne va venir à mon vernissage. Ou ben, petête que personne va aimer ça. Y a des choses, de même, qu'on sait juste après, jamais avant.

— Chose certaine, c'est que moi j'aime vraiment ce que tu as fait et que pour le vernissage, il va y avoir au moins six personnes.

L'inquiétude, dans le regard d'Antoine, se teinta de curiosité.

— Six personnes ? Qui ça ?

— Gordon Longfellow, bien sûr, et son ami Mark Ashley, qui lui aussi possède une galerie d'art fort bien cotée.

Tout en parlant, madame Émilie comptait sur ses doigts comme une enfant, un large sourire sur les lèvres et le regard pétillant de plaisir.

— Bien entendu, toi et moi nous y serons, ce qui fait quatre. Ajoute à cela mon père et sa compagne Antoinette, et tu vas voir que le compte y est !

— Votre père ? Votre père va être là ? Vous m'aviez pas parlé de ça ! Pis comment ça se fait que votre père va être à New York ?

Le fait d'apprendre que des gens, autres que de simples inconnus, allaient être présents au vernissage affolait Antoine sans qu'il comprenne exactement pourquoi.

C'est peut-être pour cela qu'il y avait une pointe de reproche dans sa voix. Un tout petit reproche enrobé d'anxiété parce que madame Émilie n'avait pas le droit de décider quoi que ce soit sans lui en parler. Après tout, c'était son vernissage.

À des lieues d'imaginer qu'Antoine puisse lui en vouloir, Émilie poursuivait, toujours aussi emballée.

— Mon père va être là parce que, tout simplement, il habite à quelques heures de là et que pour lui, voir mon élève exposer ses toiles, c'est comme si c'était moi qui le faisais. C'est pour cette raison qu'il m'a promis de faire la route afin d'être avec nous.

— C'est ben intimidant, toute ça.

— Aussi bien t'habituer, Antoine ! Discuter de tes toiles avec quelqu'un qui va pouvoir te parler sincèrement, ça va peut-être aider à briser la glace. De plus, papa et Antoinette s'y connaissent en œuvres d'art. Ils ont plusieurs toiles de belle valeur dans leur maison et c'est un de leurs dadas de courir les expositions. Leur avis vaudra de l'or pour toi.

— Si vous le dites… En attendant, chus pas sûr que j'vas dormir, moé, d'icitte à mercredi de la semaine prochaine. Plusse j'y pense, à c'te voyage-là, plusse j'ai le trac.

— Et c'est normal… Bon, suis-moi ! On va se faire un bon café en attendant le camion. Après, tu pourras ramener l'auto à ton père. Si je me souviens bien, il n'aime pas particulièrement ça, la prêter.

— Ben là, vous avez raison. Plus vite j'vas la ramener à sa place dans la cour de l'épicerie, pis meilleure va être l'humeur du père au souper !

C'est ce qu'Antoine fit sans tarder dès que le camion de livraison eut quitté la maison de madame Émilie. Puis, saluant sa mère et sa tante à toute vitesse alors qu'il traversait l'épicerie, ce fut la course vers la maison pour se changer. Il y entra en coup de vent, claquant la porte derrière lui.

— Salut, grand-moman, lança-t-il sans s'arrêter quand, du coin de l'œil, il aperçut sa grand-mère en train de vider le buffet de la salle à manger. Que c'est tu fais là ?

— Le grand ménage, mon gars. Je fais le grand ménage.

Pas pasque ça me tente, crois-moé, mais ben pasque j'ai pas le choix. Le vicaire est censé venir la semaine prochaine, finalement, avec trois semaines d'avance. C'est ça qu'y' a annoncé en chaire, dimanche dernier. Pis toé, où c'est que tu cours à fine épouvante de même ? T'aurais-tu le diable à tes trousses ?

— Le diable ?

Un éclat de rire traversa la maison, rejoignant Évangéline qui déposait délicatement ses quelques plats de verre taillé sur la table avant de les porter à la cuisine pour les laver. Entendre le rire spontané d'Antoine lui fit chaud au cœur.

— Non, j'ai pas vu le diable, comme tu dis. Chus juste venu me changer, cria Antoine depuis sa chambre. J'ai promis à Bébert d'y donner un coup de main, après-midi, avant de faire mes livraisons.

Antoine était déjà de retour dans la cuisine. Il passa la tête par l'entrebâillement de la porte qui donnait dans la salle à manger.

— Moé non plus, ça me tente pas ben ben d'aller au garage faire du rangement, mais c'est de même ! J'ai besoin de toute l'argent que je peux ramasser pour mon voyage à New York. On se revoit au souper.

Et sur ces derniers mots, la porte de la cuisine se referma bruyamment, ébranlant la charpente de la maison.

Malgré cela, Évangéline ébaucha un sourire puis, prise d'une impulsion subite, elle trottina jusqu'au salon où elle regarda son petit-fils remonter la rue, toujours au pas de course. La vieille dame était émue.

— Viarge que chus contente de le voir de même, lui là ! murmura-t-elle, le regard vrillé sur la rue. Ouais, ça fait vraiment plaisir de le voir de bonne humeur pis plein d'allant.

Ça nous change du p'tit gars qui rasait les murs pis qui disait jamais rien.

Au souvenir de toutes ces années où Antoine n'était que l'ombre de lui-même, Évangéline ferma les yeux en expulsant un long soupir. Pour soulever les paupières aussitôt après, le visage émacié de Jules Romain, le professeur de peinture, s'imposant à son esprit. C'était à cause de cet homme si Antoine avait été aussi malheureux.

— Vieux vicieux, va ! lança-t-elle en colère tout en quittant son poste d'observation devant la fenêtre.

Évangéline secoua vigoureusement la tête pour faire disparaître la désagréable apparition du visage ingrat de l'ancien professeur de dessin.

— Une chance que notre Antoine a réussi à s'en sortir quand même. Pis dire qu'astheure, y' va exposer ses peintures à New York. Qui aurait cru ça y a quèques années, hein ? Je peux-tu vous dire que chus fière de lui ? Pis pas rien qu'un peu, à part de ça !

Évangéline passa le reste de l'après-midi à monologuer à mi-voix tout en faisant son ménage. Elle créa ainsi un simulacre de présence qui l'aida à ne pas trouver le temps trop long.

Les deux jours suivants furent tous consacrés au grand voyage d'Antoine. Au repas du soir, quand toute la famille était réunie autour de la table, on ne parlait que de cela, commentant et argumentant à l'envi.

Évangéline, pour sa part, faisait ses prédictions, toujours les mêmes :

— Tu vas voir, mon homme, tu vas toute vendre ce que t'as faite. Pis en pas longtemps, à part de ça ! Sont ben que trop belles, tes peintures, pour rester accrochées sur des murs.

Bernadette, quant à elle, accumulait les recommandations avec appréhension :

— Pis tu suis aucun étranger, mon Antoine. Même si quèqu'un te dit qu'y' veut acheter une de tes toiles pis qu'y' va juste chercher son argent en te demandant de le suivre, tu te fies pas à lui. Une chance que madame Émilie y va avec toé, pasque je pense que je t'aurais pas laissé partir tuseul, en fin de compte.

Le petit Charles, trop heureux de pouvoir se mêler à la conversation, laissait clairement voir sa jalousie :

— C'est pas juste ! Moé avec, je veux aller à New York. Pourquoi je pourrais pas aller avec Antoine ? Si chus avec lui, on va être deux. Comme ça, t'aurais pas à t'inquiéter, moman. Je pourrais surveiller mon frère.

Et Marcel, de son côté, y allait de ses remarques à l'emporte-pièce sur tout ce qui se disait autour de la table.

— Toé, le jeune, tu prends ton trou pis tu dis pus rien !

Charles, qui n'avait jamais eu la langue dans sa poche, ne s'en laissait pas imposer, même par son père.

— Mais popa !

— Calvaire, Charles, je viens de le dire : tais-toé ! Voir que ça a de l'allure de t'imaginer qu'à ton âge, tu peux suivre ton frère dans une ville comme New York.

À ces mots, ce soir-là, Bernadette en profita pour mettre son grain de sel dans la conversation.

— Ton père a raison, Charles.

— C'est sûr que j'ai raison, comme souvent. Mais toé, par exemple, Bernadette, tu beurres un peu trop épais. Lâche-lé lousse un peu, ton Antoine. C'est pus un bebé. Pis y' a une tête sur les épaules, on peut y faire confiance.

— Ça fait des années que je le dis qu'on peut y faire confiance.

— Ouais, pis là-dessus, vous avez raison, la mère, renchérit Marcel en se tournant vers Évangéline qui venait d'intervenir. Antoine, c'est un gars fiable. Je le sais, je le vois aller, à l'épicerie. Pis les clientes avec me disent qu'y' fait ben ça quand y' va livrer les commandes. Mais quand vous dites que les peintures d'Antoine sont trop belles pour rester accrochées sur un mur, là, vous nous lâchez une fameuse niaiserie.

— J'ai dit ça, moé?

— Ouais, vous venez juste de dire ça, la mère, y a pas deux menutes. Vous avez dit que les peintures d'Antoine sont ben que trop belles pour rester accrochées sur un mur. Où c'est que vous voulez les mettre, vous, les peintures d'Antoine, d'abord? Dans le fond d'un garde-robe?

— Ben là, c'est toé qui es en train de dire une belle niaiserie, Marcel. Voir que c'est ça que je voulais dire. C'est des murs de la salle d'exposition que je parlais. Les peintures d'Antoine resteront pas longtemps accrochées sur les murs de la salle d'exposition! Faut pas avoir la tête à Papineau pour comprendre ça!

— Êtes-vous en train de dire que j'ai pas de cervelle, la mère?

— J'ai-tu dit ça? Pauvre Marcel! Encore en train de toute mélanger. Faut toujours mettre les points sur les i, avec toé.

— Pis avec vous, faut toujours toute deviner ce qui se cache entre les mots. Votre manière de dire, ça ressemble à des paraboles, calvaire!

— Arrêtez, vos deux! Me semble que c'est un bon souper que j'ai préparé là, pis qu'y a pas de quoi se chicaner icitte à soir! Bâtard! Pensez-y, notre Antoine à nous autres, y' s'en va à New York! C'est pas des farces, ça là!

Quant à Antoine, il buvait du petit-lait, écoutant à droite

et à gauche, sans jamais interrompre qui que ce soit, un vague sourire flottant sur son visage. Le moment était trop agréable pour y apporter le moindre bémol. À ses yeux, ces trop brefs instants où il était le point de mire de sa famille étaient grandioses.

En fait, il n'y avait que Laura qui n'apportait rien à la discussion. Le nez plongé dans un bouquin ou chipotant dans son assiette, elle se contenta de manger rapidement avant de quitter la table.

— J'ai pas mal d'étude ce soir. Excusez-moi.

Laura était la seule à qui Évangéline donnait la permission de quitter la table avant la fin du repas. C'est pourquoi, abusant de la situation, tous les soirs, dès qu'elle était rassasiée, Laura se réfugiait invariablement dans sa chambre. Le mardi était la seule exception à ce rituel, *Rue des Pignons* et *Moi et l'autre* étant ses émissions préférées.

Ce soir n'avait donc pas échappé à la règle.

Pourtant, le travail académique ne débordait pas même si les livres et les cahiers éparpillés sur son pupitre laissaient croire le contraire.

Allongée sur son lit, un livre à portée de main au cas où quelqu'un viendrait frapper à sa porte, Laura écoutait le vent, qui sifflait au coin de la corniche. À la radio, tandis qu'elle mettait la table, on avait prédit de la neige pour la nuit.

Laura échappa un long soupir. Si cette prévision de malheur se réalisait, demain, ce serait l'enfer dans les autobus et les rues.

Inquiète, Laura se demanda si elle arriverait à conduire malgré la gadoue. En effet, depuis quelques semaines, elle prenait régulièrement la place derrière le volant de l'auto de Bébert et elle s'en sortait fort bien. Tellement bien qu'elle avait prévu passer les examens de conduite dès le lundi de la semaine suivante. Ainsi, quand Antoine partirait, deux jours plus tard, elle pourrait faire une belle surprise à son père. Nantie d'un permis de conduire, elle pourrait remplacer son frère aux livraisons durant son absence. Une façon comme une autre de se rapprocher de l'épicerie. Jusqu'à maintenant, cependant, personne n'était au courant de son projet. Horripilée à la simple perspective d'un échec, Laura préférait avoir son permis bien en main avant de parler à qui que ce soit. Cependant, jusqu'à ce soir, elle n'avait pas tellement entretenu de craintes, d'autant plus que Bébert était formel : Laura conduisait bien.

Mais si la neige se mettait de la partie...

Laura poussa un second soupir en se retournant sur le côté pour regarder par la fenêtre. Heureusement, pour l'instant, il n'y avait toujours que du vent. Par contre, si la neige se mettait à tomber, demain, sans faute, elle devrait se présenter au garage, après les cours, pour demander à Bébert de lui montrer à conduire dans la neige. Elle y passerait la soirée s'il le fallait.

— Et je vais insister pour aller à Québec dimanche, improvisa-t-elle du même souffle. Si je fais le chemin toute seule entre Montréal et Québec, avec de la neige sur les routes, je devrais être capable de passer l'examen lundi prochain.

Quant à la partie théorique de ce même examen, cela faisait un bon moment déjà que Laura savait le bouquin par cœur.

— Faut que ça marche, murmura-t-elle en reprenant sa pause sur le dos, la tête bien enfouie dans l'oreiller. Faut que ça marche.

L'idée d'échouer à l'examen de conduite ressemblait à un cauchemar. Ce permis de conduire, c'était la clé ouvrant la porte à un éventuel retour à l'épicerie.

— Peut-être bien qu'ensuite, popa va me demander de rester.

Laura en rêvait. À un point tel que les études, maintenant, passaient toujours en second, chaque soir, après un long moment de rêverie à imaginer mille et un scénarios concernant l'épicerie.

Puis, le bon sens reprenait le dessus et Laura s'installait à sa table de travail pour potasser ses livres jusque tard dans la nuit. Après tout, Bébert et sa grand-mère n'avaient pas tout à fait tort: passer à côté d'un diplôme, après tant d'années d'études acharnées, ça serait tout à fait gauche de sa part.

À moins que son père n'ait de grands projets pour elle...

Avant de reprendre sa sempiternelle réflexion sur ses études, Laura se releva pour s'installer à son pupitre.

C'est ainsi qu'elle vit les premiers flocons tourbillonner devant elle, un peu passé minuit. À deux heures du matin, quand elle éteignit enfin sa lampe de chevet, la ruelle entre la maison de sa grand-mère et celle du voisin disparaissait sous une couette immaculée.

— Pas de doute, faut que j'aille voir Bébert après les cours, grommela-t-elle en bâillant et en ramenant la couverture sur ses épaules.

Et si la perspective de conduire sur des rues enneigées lui donnait des palpitations, celle d'avoir un prétexte sérieux pour se présenter au garage n'était guère mieux.

Laura aimait bien discuter avec Bébert même si la majorité du temps, leurs conversations tournaient autour de

Francine qui semblait avoir disparu corps et biens pour l'éternité, ou encore autour du petit Steve qui avait trouvé refuge chez Cécile.

Mais comment faire comprendre à Bébert, sans avoir l'air de lui courir après, qu'elle appréciait sa présence, sans plus ?

Même après toutes ces années d'études en psychologie, Laura ne connaissait pas grand-chose dans le domaine des relations interpersonnelles. Du moins, dans le domaine des relations qui la concernaient. À l'exception de Francine et Alicia, Laura n'avait jamais eu de véritables amies, passant le plus clair de son temps le nez dans les livres.

— Pis on peut pas dire que c'est un grand succès, mon affaire ! lâcha-t-elle à mi-voix en se retournant dans son lit. Francine a disparu sans même penser qu'elle pouvait se confier à moi. Quant à Alicia, elle ne me parle toujours pas parce que j'ai fait ma petite tête dure l'autre jour à la cafétéria. S'il fallait que je perde l'amitié de Bébert par ma faute, maintenant...

Pourtant, Bébert non plus n'avait pas de petite amie et lui aussi passait la majeure partie de ses journées à travailler, tout comme elle. Et puis, à moins d'être un excellent comédien, il semblait sincèrement heureux de la voir chaque fois qu'elle se présentait au garage.

— Pourquoi, d'abord, que je me sens toujours gênée quand je pense à lui ? Ça n'a aucun sens, tout ça...

Laura réussit finalement à s'endormir en pensant à la belle surprise qu'elle ferait à son père. Lui qui tempêtait, depuis quelque temps, quand il parlait de toutes ces journées où il devrait prendre les bouchées doubles et faire lui-même les livraisons, car il n'était absolument pas question que Bernadette s'éreinte à transporter les sacs remplis de victuailles ou les caisses de bière, il serait assurément heureux de pouvoir compter sur sa fille.

Le lendemain, Bébert aussi, fidèle à lui-même, sembla heureux de voir apparaître Laura dans l'embrasure de la porte de son bureau même s'il était au téléphone et qu'il se contenta d'un signe de la main pour lui signifier d'entrer. Cependant, à l'instant où il raccrocha, il repoussa aussitôt la montagne de paperasse qu'il avait devant lui et se leva pour venir au-devant d'elle.

— La belle surprise !

— Tu trouves, toi ? As-tu vu le temps dehors ? Viens pas me dire que tu t'attendais pas à me voir le bout du nez ?

Comme s'il n'avait rien remarqué, Bébert eut le réflexe de regarder par la fenêtre.

— À cause de la neige ? C'est pour ça que t'es venue jus-qu'icitte ?

Tout en parlant, Bébert avait tiré une chaise pour que Laura puisse s'asseoir. Elle leva les yeux vers lui.

— Me semble que c'est clair que c'est pour ça que je suis ici ! Comment est-ce que je vais faire pour passer mon examen, lundi prochain, si j'ai pas pratiqué un peu dans des rues pleines de neige ?

— Ah ! Ça…

Revenu à sa place, Bébert regardait Laura avec une petite lueur amusée dans le regard. Chaque fois que la jeune fille se déplaçait ainsi pour venir le voir, Bébert avait le cœur en fête et c'était plus fort que lui, il avait envie de sourire.

Cependant, piquée au vif par ce qu'elle percevait comme une moquerie, Laura était déjà debout, ajustant son foulard d'un geste brusque.

— Ben là… Si tu trouves que c'est pas important,

apprendre à conduire dans la neige, je vais dire comme toi : je me demande bien ce que je fais ici. Je ne sais pas comment je...

Déçu de voir que Laura était en train de repartir aussitôt arrivée, Bébert en ravala son sourire.

— Est-ce que j'ai dit que c'était pas important ?

— Non, mais t'avais l'air de te moquer de moi, par exemple, quand j'ai parlé de conduire dans la neige, et tu sais très bien que je déteste les gens qui...

— Rassis-toé une menute, Laura.

Le ton de Bébert était impératif, à un point tel que Laura, subjuguée, lui obéit sans riposter.

— Dis-toé ben que si t'étais pas venue, c'est moé qui t'aurais appelée.

Durant une brève seconde, les deux jeunes gens se dévisagèrent. Laura avec une pointe d'animosité dans le regard et Bébert avec une drôle de supplication. Puis, comprenant qu'elle avait peut-être été un peu expéditive et que la terre ne tournait pas uniquement autour de sa petite personne, Laura se détendit et son regard ulcéré se radoucit.

— Ah oui ?

— Ben quin ! Je le sais, va, que tu veux passer ton examen lundi prochain, crains pas, j'ai pas oublié, pis je le sais, avec, qu'on annonce encore de la neige pour la fin de semaine.

— Ben qu'est-ce qu'on attend, d'abord ?

Pour la seconde fois en quelques instants, Laura était de nouveau debout, ajustant gants et foulard avec frénésie. Cette fois-ci, Bébert éclata de rire franchement, mais il n'y avait aucune moquerie dans le geste. Peut-être une infinie tendresse, mais de cela, il était l'unique témoin. Heureusement, cette fois-ci, Laura ne perçut pas ce rire comme une raillerie et elle attendit patiemment que Bébert donne une explication à cet accès d'hilarité, ce qui ne tarda guère.

— Sacrifice, Laura ! As-tu vu l'heure ? Je peux pas fermer mon garage comme ça, en plein milieu d'après-midi.

Machinalement, la jeune fille leva la tête. Sur la grosse horloge noire, accrochée au mur au-dessus de la tête de Bébert, les aiguilles en forme d'outils marquaient tout juste quatre heures. Découragée, consciente qu'elle avait pris ses désirs pour la réalité, Laura revint à Bébert.

— C'est ben triste à dire, ma pauvre Laura, mais va falloir que t'attendes un peu.

Laura se laissa retomber sur la chaise, de toute évidence découragée.

— Attendre ? Ça, ça veut dire qu'il va faire noir quand on va pouvoir y aller. J'haïs ça, conduire le soir, tu le sais.

— C'est vrai, je le sais, mais j'ai pas le choix… Avec la neige qui est tombée la nuit dernière pis durant une bonne partie de la journée, j'ai encore trois rendez-vous pour changer des pneus… Tiens ! Regarde ! Monsieur Gamache arrive, justement. Va falloir que tu m'excuses, ma pauvre Laura, mais je serai sûrement pas libre avant six heures. Pis ça, c'est si Antoine arrive à l'heure pour me remplacer, pasqu'on est jeudi pis que le garage reste ouvert jusqu'à neuf heures.

— Antoine ?

— Oui, ton frère Antoine. Ce soir, c'est lui qui s'occupe du garage pour les pneus pis tout le reste. Y' arrête pas de dire qu'y' a besoin d'argent pour son voyage, ça fait que moé, j'essaye d'y trouver des heures à faire.

Laura aurait pu remarquer que c'était généreux de la part de Bébert d'agir ainsi, mais elle n'en était pas là. Fronçant les sourcils d'incrédulité, elle demanda :

— Mon frère sait changer ça, des pneus ?

— Pis en plusse, y' fait ça comme un vrai mécanicien… Astheure, tu vas m'excuser, mais faut que j'y aille.

Déçue, Laura regarda Bébert s'éloigner. Dans un grand fracas de chaînes et de poulies, il était déjà en train d'ouvrir la porte du garage.

Laura frissonna quand le vent glacial s'engouffra dans le garage et la retrouva jusque dans le bureau.

Cinq minutes d'attente à faire l'inventaire des affiches sur les murs eurent raison d'une patience plutôt limitée depuis quelque temps. Reprenant ses effets, elle se dirigea vers le garage où, à demi caché par une grosse voiture bleu nuit, Bébert s'affairait tout en discutant avec son client.

— Je m'en vais, annonça brusquement Laura, coupant cavalièrement la parole à Bébert. Quand tu pourras partir d'ici, tu m'appelleras, pis on se rejoindra au casse-croûte comme d'habitude.

— OK… On se revoit t'à l'heure… Monsieur Gamache ? Venez voir icitte ! Moé, à votre place, je changerais c'te…

Mortifiée du peu d'attention qu'on lui accordait, Laura quitta le royaume de Bébert de mauvaise humeur et marcha, contre le vent, à grandes enjambées jusque chez elle.

Quand Bébert la rappela enfin, il était plus de sept heures. En désespoir de cause, Laura était justement en train de se demander si elle ne ferait pas mieux d'oublier les cours de conduite pour ce soir et d'enfiler un chaud pyjama quand le téléphone sonna. C'est donc avec une bonne dose de maussaderie dans la voix et dans le cœur qu'elle prit l'appareil et accepta de retrouver Bébert au coin de la rue, cinq minutes plus tard.

La soirée était tout aussi venteuse que l'avait été la journée.

Par contre, le ciel s'était dégagé et la neige ne tombait plus.

— Tiens, prends le volant, fit Bébert, beau joueur, faisant abstraction du visage renfrogné de Laura. Tu vas voir, c'est pas si dur que ça, conduire avec de la neige sur l'asphalte. Faut juste être plus prudent pis aller moins vite.

Assise bien droite, le regard attentif à tout, tant derrière que devant, Laura suivit les directives de Bébert à la lettre.

— T'as bien raison, admit-elle moins de trente minutes plus tard, s'autorisant enfin à délier ses épaules tendues. Finalement, c'est pas si difficile que ça.

— Je te l'avais ben dit ! Sauf que le danger est justement là.

— Je ne te suis pas.

— C'est quand on commence à relâcher notre attention que le risque d'accident augmente. En hiver, faut toujours être prudent, Laura. Encore plusse qu'en été. Pis prévoir une bonne distance en avant du char à chaque fois que tu penses que tu vas être obligée d'arrêter. Y' est surtout là, le problème... Attention !

Un œil sur la route et un autre sur Bébert, Laura n'avait pas vu le piéton qui enjambait péniblement un remblai de neige pour s'engager sur la chaussée.

Vif comme l'éclair, Bébert se pencha pour attraper le volant et lui donner un demi-tour vers la gauche tandis que Laura, faisant fi de tout ce que Bébert venait de lui enseigner, écrasait la pédale des freins. L'auto fit une embardée, glissa sur la droite et s'immobilisa contre le banc de neige, épargnant le piéton de justesse.

— C'est justement ça que je veux dire, déclara calmement Bébert. Faut garder ses distances pis être attentif pour deux.

Il s'en était fallu de peu.

Le cœur de Laura battait la chamade et ses mains

tremblaient. Penaude, elle ne put soutenir le regard du piéton qui la fixait avec exaspération. Elle détourna les yeux et, reprenant le contrôle du volant, elle se rangea péniblement contre le trottoir, quelques pieds plus loin, persuadée que Bébert aussi allait se mettre en colère. Alors, elle coupa le contact avant que son voisin de droite ne lui demande de le faire. Pourtant, durant les quelques secondes qu'avait duré ce petit incident, jamais le jeune homme n'avait élevé la voix contre elle.

— C'est justement ça que je veux dire, Laura, répéta-t-il avec patience. En hiver, faut penser à toute, tout le temps, pis être toujours prêt à s'arrêter. Astheure, tourne la clé pis repars le moteur.

— Non. Il n'en est pas question.

Laura entrouvrait déjà sa portière.

— C'est toi qui vas reprendre le volant, ajouta-t-elle après avoir contourné l'auto et ouvert la portière du passager. Et tu me ramènes à la maison tout de suite. C'est fini pour moi.

— Pas question, répliqua Bébert sans bouger d'un poil.

Les bras croisés sur la poitrine, Bébert regardait fixement devant lui.

— Si tu reprends pas le volant tusuite, Laura, tu le feras jamais. Pis je sais de quoi je parle. Dis-toé ben que t'es chanceuse que ça soye juste ça.

— Comment ça, chanceuse? Comment ça, juste ça? J'ai failli tuer quelqu'un pis tu me dis que…

— Sacrifice, Laura! T'exagères, pis pas à peu près… T'as pas failli tuer quèqu'un, t'as juste failli l'accrocher. Pis en plusse, à la vitesse que t'allais, tu l'aurais probablement même pas blessé. Astheure, tu fais ce que je te dis ou ben on passe la nuit icitte, toé pis moé. Pis quand y aura pus de gaz dans *tank*, on va se mettre à geler comme des crottes, pis c'est là que tu vas petête avoir la mort de quèqu'un sur la conscience : la mienne.

En quelques mots, prononcés sur un ton gentil, Bébert avait réussi à désamorcer les tensions. Laura lui offrit un petit sourire confus et sachant qu'elle n'avait pas le choix, Bébert ayant la tête aussi dure qu'elle, la jeune fille retourna s'asseoir à la place du conducteur.

— Là ! T'es content ? fit-elle frondeuse, question de ne pas perdre la face complètement.

— Oui, je suis content.

Bébert, qui semblait nettement plus décontracté que Laura, s'était calé contre le dossier de la banquette.

— Reprendre le volant tusuite, c'est la seule façon de briser ta peur. Je viens de te le dire. Des affaires de même, ça arrive à tout le monde, tu sauras. Même à moé !

À ces mots, Laura leva les yeux au ciel, oubliant momentanément son inconfort à se retrouver derrière le volant. Comme si Bébert était inoculé contre les dangers d'avoir un accident ! Ça prenait juste un homme pour penser et dire de telles inepties.

— Maintenant, pars le moteur, poursuivait Bébert, sans se douter qu'il venait de subir un procès et qu'il avait été condamné à n'être qu'un homme comme les autres. Mets ton *flasher* pour dire que tu veux reprendre ta place dans le trafic, pis remonte Saint-Denis jusqu'au boulevard Saint-Joseph.

Durant plus d'une heure, Bébert indiqua rues et carrefours à Laura.

Il y aurait passé la nuit tellement il était heureux d'être avec elle. D'un lampadaire à l'autre, il admirait son profil glissant de l'ombre à la lumière chaque fois que l'auto roulait dans un faisceau de lumière. Il la trouvait jolie quand elle était concentrée comme en ce moment, les sourcils froncés et le dos bien droit.

Ce fut Laura qui se lassa la première d'arpenter la ville en tous les sens.

— Bon! Ça suffit! T'avais raison, je suis rassurée. On retourne chez nous.

Arrêtée à un feu rouge, Laura en profita pour regarder tout autour d'elle. Le nom des rues ne lui disait rien.

— Je suis peut-être rassurée, mais je suis perdue! Sais-tu où on est?

À son tour, Bébert regarda dehors. Puis il éclata de rire.

— Pas la moindre idée…

— Dans ce cas-là…

Sans hésiter, Laura tourna à droite dès que le feu passa au vert et se rangeant adroitement contre le trottoir, cette fois-ci, elle éteignit le moteur, retira les clés et les tendit à Bébert.

— À toi de jouer, maintenant! Je suis fatiguée. Avant de causer une autre catastrophe, je pense qu'il vaut mieux que tu prennes le volant.

C'est ainsi que Bébert ramena Laura chez elle, jusque devant la maison des Lacaille puisqu'il était tard et qu'Évangéline était probablement déjà au lit.

— Est drôle, ta grand-mère, déclara Bébert une fois l'automobile arrêtée sous les branches du gros érable. A' veut que je vienne te chercher drette devant chez eux quand on va à Québec, mais pas quand on se rencontre icitte à Montréal.

Laura poussa un gros soupir.

— Je le sais. J'y en ai parlé, crains pas. Et sais-tu ce qu'elle m'a répondu? Que c'était sa façon à elle de montrer son désaccord avec tes parents. Selon elle, ils n'auraient jamais dû abandonner ta sœur quand elle leur a dit qu'elle était enceinte. En te permettant de venir me chercher ici quand on va à Québec, c'est sa façon bien à elle de faire un pied de nez à tes parents.

— C'est ben ce que je disais : est ben drôle, ta grand-mère. Veux-tu que je te dise de quoi ? J'aimerais ça, la rencontrer. Me semble qu'on aurait des tas de choses à se raconter, elle pis moé.

À ces mots, Laura éclata de rire.

— Va falloir que tu t'armes de patience, mon pauvre Bébert...

— Ben, de la patience, j'en ai, tu sauras. Pis pas mal plusse que tu peux l'imaginer. Ouais, pas mal plusse.

Les mots étaient venus sans préavis. Habituellement, Bébert était plus circonspect, surtout avec Laura qu'il avait tellement peur de froisser, de brusquer. S'il fallait qu'elle ne veuille plus le voir, il ne s'en remettrait pas.

Comprenant tout à coup qu'il venait de mettre le doigt dans un engrenage délicat, avec son histoire de patience, et avant que Laura, habituellement vive et futée, demande une explication à cette dernière affirmation, Bébert s'empressa d'ajouter :

— Regarde-moé don aller ! Chus là qui jase pis qui jase... T'as-tu vu l'heure ? C'est comme rien que tes parents vont s'inquiéter pis que tu vas te faire chicaner à cause de moé. M'en vas donc te souhaiter bonne nuit, Laura. Pis gêne-toé surtout pas ! Si tu sens le besoin de conduire encore une fois avant lundi, appelle-moé. M'en vas être au garage comme d'habitude.

Sur ce, comme s'il avait besoin d'en rajouter, Bébert simula un long bâillement. C'est à cet instant que Laura repensa à cette idée qu'elle avait eue d'aller à Québec, durant la journée de dimanche. Les mots lui démangeaient tellement le bout de la langue qu'elle ouvrit la bouche en se tournant vers Bébert à l'instant précis où il bâillait. Ce fut suffisant pour que tout ce qui semblait si facile à dire devienne aussitôt très compliqué. Alors, Laura referma les lèvres sans rien ajouter. Elle se pencha pour récupérer son sac à main et son foulard, puis elle entrouvrit la portière.

— T'as raison, y' est vraiment tard. Merci pour ce soir. Merci pour tout... T'es vraiment un bon ami.

Puis elle se glissa hors de la voiture et referma silencieusement la portière.

Un bon ami...

Les mots flottaient encore dans l'auto quand Bébert se pencha pour regarder Laura s'éloigner. Le cœur battant, il se demanda s'il devait se réjouir ou se désoler d'être un bon ami.

Il se demanda aussi s'il arriverait à tenir encore longtemps sans avouer à Laura tout l'amour qu'il ressentait pour elle.

Sans oser l'embrasser.

Quand Laura eut disparu au coin de la ruelle, Bébert resta un long moment immobile, le regard perdu devant lui, sans pouvoir imaginer que de son côté, Laura se traitait de tous les noms pour ne pas avoir eu la brillante idée d'amener Québec dans la discussion quand Bébert lui avait ordonné de reprendre le volant. L'instant aurait été parfait.

— Pis le pire, c'est que ça m'arrive tout le temps, des affaires de même, grommela-t-elle entre ses dents tout en attaquant l'escalier menant à la porte arrière de la maison. Tout le temps ! Quand j'aurais l'occasion de parler, j'ai jamais rien de brillant à dire, mais quand je me retrouve toute seule, des heures plus tard, ça coule comme une rivière au printemps. Pas fort, ça, pour une fille qui est supposée devenir psychologue !

Pendant ce temps, toujours devant la maison, comprenant qu'il n'y a que dans les films où les filles reviennent sur leurs pas pour se jeter dans les bras de leur ami, Bébert embraya et, à reculons, il remonta la rue ainsi jusque devant chez lui.

L'arrivée tardive de Laura passa quasiment inaperçue, malgré les craintes de Bébert. En fait, tout le monde dormait à poings fermés, à l'exception d'Antoine qui se tournait et se retournait entre ses draps depuis plus d'une heure.

Si ses parents avaient été un tant soit peu attentifs, à l'heure du souper, ils auraient bien vu que leur fils avait le regard vague et la parole moins facile qu'à l'accoutumée. Même s'il était pressé parce qu'il devait remplacer Bébert au garage, Antoine n'affichait pas la forme habituelle, celle qui l'auréolait depuis quelques semaines. Pourtant, ce soir, même Évangéline, habituellement plutôt perspicace, semblait n'avoir rien remarqué. Tant mieux, car si on l'avait questionné, Antoine aurait été bien embêté de répondre.

Il avait besoin de temps pour réfléchir ou pour trouver quelqu'un qui puisse l'aider.

Incapable de fermer l'œil, Antoine revint à sa position première et laboura son oreiller de coups de poing tout en soupirant d'inconfort et d'inquiétude. Ses draps étaient moites, son oreiller trop chaud, et sa tête allait probablement éclater dans un tourbillon de suppositions et d'appréhension.

Quand Antoine entendit la porte de la cuisine qui s'ouvrait lentement et sans bruit, devinant qu'il s'agissait de Laura, il tendit l'oreille. Il fut même sur le point de se lever. Peut-être bien qu'à deux, ils trouveraient une solution.

Puis il se rappela qu'il avait remarqué, surpris, et ce, à

plusieurs reprises, que sa sœur n'avait émis aucun commentaire sur son voyage, n'avait montré aucune curiosité pour ses toiles. Pire, elle n'était même pas descendue à l'appartement prêté par Évangéline où il s'installait pour peindre, alors que tout le monde, sans exception, était venu voir où il en était avec toutes ces peintures à produire en si peu de temps.

Mais pas Laura. De sa part, aucun mot et nulle visite, aussi brève soit-elle.

Laura était bien la seule personne de la famille à ne manifester aucun intérêt pour sa belle aventure.

Alors, Antoine décida de rester couché et se retournant encore une fois, il envoya valser les couvertures au pied de son lit, la voix de madame Émilie s'imposant encore une fois, répétant à l'infini ce qu'il savait maintenant par cœur depuis qu'il lui avait parlé en fin d'après-midi.

— Oh, Antoine ! Heureuse que tu m'appelles…

Pourtant, la voix de son professeur avait eu l'air de tout ce que l'on pouvait imaginer sauf heureuse. Même au bout du fil, Antoine avait pu le constater. Mais avant qu'il puisse poser la moindre question, Émilie avait repris.

— J'étais pour te téléphoner, ce soir. J'ai deux nouvelles pour toi.

— Ah ouais ? C'est drôle, mais à vous entendre, j'ai l'impression qu'a' sont pas très bonnes, vos nouvelles. Y' est arrivé quèque chose à mes peintures ? Le camion de livraison a eu un accident pis toute est perdu ?

— Qu'est-ce que tu vas penser là, toi ? Pas du tout. Au contraire, c'est là une des nouvelles dont je voulais te parler. Tes toiles sont déjà à New York et monsieur Longfellow déborde d'enthousiasme. Il se meurt d'impatience de te connaître. Et je n'invente rien, c'est exactement les mots qu'il a employés.

— Ben, c'est quoi d'abord ? Si mes peintures ont rien, je vois pas ce qui pourrait arriver de mauvais. Mais en même temps, j'entends ben que votre voix est pas comme d'habitude. Y a quèque chose, j'en suis sûr.

— Effectivement…

Madame Émilie avait hésité.

— Mais dans le fond, ça ne change rien à tes projets.

À ce moment-là, Antoine avait eu la nette impression que madame Émilie cherchait une justification quelconque.

— Mercredi, tu pars pour New York, tel que prévu.

Intuitif comme il l'était de nature, Antoine n'avait pas eu besoin d'en entendre plus.

— Mais vous, vous ne venez pas, n'est-ce pas ? avait-il demandé sur un ton qui n'avait rien d'interrogatif.

Le bref silence de madame Émilie avait été plus éloquent que le plus long des discours. Quand elle reprit enfin, sa voix était celle de quelqu'un qui cherche l'absolution.

— Je regrette, Antoine. Je sais que pour toi, ça va peut-être causer des difficultés à la maison. Je connais le point de vue de ta mère sur ce voyage. Mais je n'ai pas le choix.

— On a toujours le choix.

— Ce n'est pas toujours vrai, Antoine. En ce moment, je n'ai pas le choix. Je suis enceinte, Antoine. C'est une surprise, ce n'était pas du tout prévu, mais c'est comme ça. Et comme j'ai déjà eu des problèmes en début de grossesse par le passé, je ne veux prendre aucun risque. Et mon mari Marc non plus. J'espère seulement que tu comprends et que tu ne m'en voudras pas trop.

Que répondre à cela ?

— D'accord, je comprends, avait alors obtempéré Antoine, d'une voix tendue. J'espère juste que ma mère va le comprendre, elle avec. Vous le savez, madame Émilie: c'est pas moé le problème, c'est ma mère.

— Je peux lui parler, si tu veux. Lui dire que mon père va être là, ça aiderait peut-être à la rassurer et elle…

— Laissez tomber, avait alors interrompu Antoine, brusquement pressé d'en finir avec cet appel pénible, insupportable. Savoir qu'une armée de bonnes personnes m'attend à New York, ça donnerait rien. Les personnes que ma mère connaît pas, ça compte pas pour elle. Pas pantoute. Mais inquiétez-vous pas, j'vas trouver une solution. Y a petête moyen d'y faire comprendre que je risque rien. Ou ben j'vas finir par trouver quèqu'un pour venir avec moé. Ouais, c'est ça: faut que je trouve quèqu'un. C'est ben clair que c'est à c'te condition-là qu'a' va me laisser partir, pis pas autrement.

Antoine avait la gorge tellement serrée que les mots avaient eu de la difficulté à passer. Il s'était même demandé si ce qu'il venait de dire était destiné à rassurer madame Émilie ou lui-même. Puis, il avait mis un terme à l'appel et s'était dépêché de raccrocher pour filer se réfugier dans sa chambre.

Il n'en était sorti que pour souper, du bout des dents, avant de filer au garage de Bébert. Dès son retour il avait, encore une fois, trouvé refuge dans sa chambre.

Et aux petites heures du matin, il en était toujours au même point. S'il ne trouvait personne pour l'accompagner, il pourrait mettre un terme à ses espoirs de voyage. Jamais Bernadette Lacaille ne laisserait partir son fils Antoine tout seul.

— Mautadine! J'ai-tu hâte, rien qu'un peu, qu'a' l'arrête de s'imaginer que chus encore un p'tit gars en culottes courtes!

Le sommeil le bouda jusqu'au bout de la nuit, et ce n'est qu'à cinq heures du matin, bercé par le crissement des pneus du camion du laitier qui arrêtait devant chacune des maisons de la rue, qu'Antoine finit par s'endormir d'un mauvais sommeil peuplé de rêves absurdes. Puis, quelques heures plus tard, il entendit vaguement la maisonnée se préparer encore une fois pour la journée.

Le ramenant à sa triste réalité, la porte de la cuisine claqua trois fois.

Une première quand Marcel quitta la maison, une deuxième quand Laura le suivit de peu et une troisième, quand sa mère et son petit frère s'en allèrent à leur tour, laissant dans leur sillage les pleurnichages de Charles qui détestait l'école.

Sachant qu'il n'arriverait pas à se rendormir, Antoine se leva lourdement, le cœur et la tête obnubilés par les mots de madame Émilie. Traînant ses pantoufles sur le parquet ciré, Antoine se dirigea vers la cuisine. Un café bien fort, bien noir, lui éclaircirait peut-être les idées.

Évangéline l'avait précédé. Elle était déjà attablée, en train de déjeuner. Du coin de l'œil, elle observa Antoine qui, après un bref bonjour, marmonné d'une voix monocorde, se préparait un café avec les gestes d'un automate. La mine blême de son petit-fils confirma ce qu'elle avait cru percevoir la veille, alors qu'elle l'avait trouvé particulièrement effacé. Évangéline se dépêcha d'avaler sa bouchée, qu'elle fit rapidement passer avec une gorgée de thé bien corsé, comme elle le préférait le matin.

— Pis Antoine? Toujours content de tes affaires?

Antoine commença par répondre par un bref haussement d'épaules avant de conclure, d'une voix endormie:

— Si on veut.

Le ton employé par Antoine n'était pas du tout à la fête.

Évangéline fronça les sourcils, grignota un bout de croûte et prit une autre gorgée, le temps de réfléchir. Après tout, Antoine n'était pas supposé être de mauvaise humeur ou déprimé; dans moins d'une semaine, il partait pour New York, le rêve de sa vie.

Que s'était-il encore passé?

Évangéline retint un soupir de contrariété et se contenta d'examiner le dos d'Antoine, lequel remplissait une grande tasse à ras bord. Elle le rattrapa au moment où il allait quitter la cuisine sans avoir ajouté le moindre mot à ses quelques paroles laconiques.

— Pas trop jasant à matin! Où c'est que tu t'en vas de même, toé là?

— Dans ma chambre.

— Sans déjeuner? Ça te ressemble pas tellement, ça, mon jeune.

— J'ai pas faim à matin.

— Pis t'avais pas faim non plus hier soir au souper, analysa Évangéline tout en repoussant les miettes de rôties au fond de son assiette avec la pointe de son couteau. C'est bizarre... Tu serais-tu malade, coudon?

Tournant le dos à sa grand-mère, Antoine hésita avant de répondre. Comme il connaissait Évangéline, la moindre parole pouvait déclencher une avalanche de questions. Avait-il envie de parler? Oui, assurément. Ce n'était pas en taisant son problème qu'il allait trouver une solution. Alors, il demanda:

— T'avais remarqué?

Sans se retourner tout à fait, Antoine avait tout de même jeté un regard à la dérobée derrière lui. Curieusement, Évangéline semblait concentrée sur son assiette.

— Remarqué ? Que t'avais pas mangé ben gros au souper d'hier ? Ouais, j'avais remarqué toute ça. Que c'est tu penses, mon gars ? Chus pas née de la dernière pluie, tu sauras, pis des comme toé, avec des faces longues comme un jour sans pain, j'en ai vu un lot pis une barge durant ma vie…

À ces mots, Évangéline tourna la tête et son regard croisa celui de son petit-fils.

— Alors ? Que c'est qui se passe, Antoine ? J'espère juste qu' y' est pas arrivé un malheur avec tes belles peintures. Pasque pour que ça te coupe l'envie de manger, ça doit être grave, ton affaire. Ben grave.

Cette allusion à son insatiable appétit arracha enfin un petit sourire à Antoine. Il tourna alors franchement la tête et soutint le regard de sa grand-mère durant un long moment, toujours sans parler.

Puis il se décida.

Antoine rebroussa chemin et se tira une chaise pour s'asseoir juste en face d'Évangéline.

S'il y avait quelqu'un sur terre susceptible de pouvoir l'aider, c'était bien Évangéline. Encore plus que Laura !

— Non, finit-il par dire, y' est rien arrivé à mes peintures. Inquiète-toé pas, grand-moman. Y' ont toutes été livrées hier au matin, avec une grosse journée d'avance, pis le propriétaire de la galerie est ben content.

— Ben, c'est quoi d'abord, c'te face de mi-carême que tu nous fais depuis hier ? Si tes peintures vont ben, j'vois pas pourquoi toé, tu vas pas ben. T'en rêves depuis des mois, de c'te voyage-là !

— Tu viens de le dire : j'en rêve pis j'pense ben que ça va en rester là.

Les sourcils d'Évangéline formèrent aussitôt leur forêt

d'incompréhension au-dessus de son regard.

— Je te suis pas, moé, là !

— Tu vas voir que c'est pas dur à comprendre, grand-moman, pas dur pantoute. C'est juste que madame Émilie peut pas venir avec moé à New York. A' vient d'apprendre qu' a' l'attend un autre bébé, pis comme a' l'a déjà eu des problèmes par le passé, c'est ça qu'a' m'a dit, a' l'a décidé de pas faire le voyage. Pis si elle est pas là, ça veut dire que moé non plus, j'y serai pas. Tu le sais, ce que moman pense de ça, non ? Pas de madame Émilie à New York pis pas de voyage pour moé non plus. C'est pour ça que je dis que New York, ça va rester juste un rêve.

Ce fut au tour d'Évangéline d'avoir l'air catastrophée.

— Ça a pas d'allure, ce que tu viens de dire là. Pas d'allure pantoute. Si tes peintures sont déjà rendues, faut que toé avec, tu y ailles, mon pauvre enfant ! C'est de même que tu t'étais entendu avec le monsieur de la galerie. Viarge ! Tu peux pas revenir comme ça sur ta parole à dernière menute.

— Je le sais… Pourquoi, tu penses, que j'ai la face longue, comme tu dis ?

— C'est clair, astheure que tu m'as toute raconté, je comprends. Pis c'est clair, avec, que ta mère risque de te faire des misères.

— Ça avec, je le sais. En fait, y' est là, le problème. Pasque si c'était juste de moé, ça me dérangerait pas trop de faire c'te voyage-là tuseul. C'est sûr que ça serait plusse plate pis long, mais ça pourrait marcher quand même. Toé, grand-moman, tu pourrais pas y parler, à ma mère ?

— Tu connais Bernadette, non ? Quand a' l'a quèque chose dans la tête…

— … a' l'a pas dans les pieds, compléta laconiquement

Antoine. On le sait toutes, dans la famille. Y a pas plusse tête dure que ma mère quand a' veut.

— C'est pas tout à fait vrai, ce que tu viens de dire là, Antoine. Marcel avec, y' est pas pire dans son genre pour faire sa tête dure.

— Tant qu'à ça.

— Mais ça règle pas ton problème. Pis je pense pas que ça donnerait de quoi que j'y parle, à ta mère.

— Je fais quoi, d'abord ? Pasque si toé, t'es pas capable de faire entendre raison à ma mère, y a pas personne qui peut le faire.

— Y' te reste juste à trouver quèqu'un pour aller avec toé.

À ces mots, Antoine leva les yeux au ciel.

— Pis du monde qui peut venir avec moé, y en a plein les rues, tout le monde sait ça, ajouta-t-il avec amertume…

Une nuit à réfléchir sur le sujet n'avait pas apporté de solution. Il n'allait tout de même pas y passer toute la journée, d'autant plus que son père l'attendait à l'épicerie en début d'après-midi. Comme tous les vendredis, Antoine devrait faire ce que Marcel appelait les grosses livraisons de fin de semaine.

Découragé, Antoine avala quelques longues gorgées de café avant de revenir à sa grand-mère.

— On revient à ce que je t'ai dit t'à l'heure, reprit-il enfin. Si toé, tu peux rien faire, grand-moman, mon voyage à New York, ça va rester un beau rêve. Pis comme je serai pas là, chus pas sûr pantoute que monsieur Longfellow va vouloir les exposer, mes toiles. C'était sa première condition. Y' fallait que je soye là pour le vernissage.

— Fait que t'as pas le choix: faut que t'ailles à New York…

— Ouais, comme tu dis, faut que j'aille à New York. Mais comme chus tuseul pour y aller, je peux pas y aller. J'ai l'impression qu'on tourne en rond.

— Petête pas tant que ça...

Du bout du chausson, Évangéline tapotait le prélart usé sous sa chaise.

— Qui c'est qui t'attend, à l'autre boutte ?

— À New York ? Ben, y a monsieur Longfellow. Je le connais pas, mais madame Émilie dit qu'y' est ben gentil. Elle, a' le connaît ben pis y' paraîtrait qu'y' parle même un peu français. À part de ça, je vois pas qui... Ah oui ! Madame Émilie m'a dit, avec, que son père à elle pis son amie, madame Antoinette, y' seraient là pour le vernissage. Penses-tu, toé, que ça pourrait être suffisant pour que moman accepte de...

— Je pense pas, coupa Évangéline qui voyait très bien où Antoine voulait en venir. Tu connais Bernadette aussi ben que moé. Des étrangers, pour elle, ça reste des étrangers même si tout le monde autour d'elle dit que c'est des bonnes personnes. Fait que ça donne rien que je gaspille ma salive à essayer de la raisonner. Mais en même temps, de savoir que le père de madame Émilie va être là, ça change petête ben la donne.

— À mon tour de dire que je te suis pas. La donne à qui, grand-moman ? Sûrement pas à moé puisque tu veux même pas en parler à moman.

— Pis si je te disais que c'est pour moé que ça change les choses ?

— Pour toé ?

— Ouais, pour moé !

La physionomie d'Évangéline avait changé du tout au tout. Les sourcils broussailleux avaient repris leur place habituelle et pour l'instant, son inimitable sourire retroussait le coin de ses lèvres.

— Savais-tu ça, toé, que je le connais, monsieur Raymond ?

— Monsieur Raymond ?

— Le père de madame Émilie pis de madame Anne, c't' affaire ! C'est ça, son nom. Pis je te dirais, avec, que je les ai rencontrés, lui pis sa dame, dans une fête de la Saint-Jean-Baptiste. Ça doit ben faire un bon quatre ans de ça, mais c'est pas grave. J'en ai toujours gardé un bon souvenir, pis ça me ferait ben plaisir de les revoir.

— Ouais, pis ? Que c'est ça change que…

— Ça change juste que j'vas aller avec toé, mon gars. Un p'tit voyage à New York, ça me ferait pas de tort.

— À New York ? Tu viendrais à New York avec moé ?

— Coudon, le jeune, on dirait que ça te fait pas plaisir ? C'est pas ça que tu voulais, viarge, avoir quèqu'un pour aller avec toé ? Quèqu'un en qui ta mère aurait confiance.

— Justement. Tu penses pas que t'es un peu…

— Je veux pas savoir à quoi tu penses, Antoine, coupa Évangéline, impatiente, avant que son petit-fils n'aille trop loin dans ses objections. Chus sûre que ce que t'aurais envie de dire serait insultant pour moé, pis je veux juste pas l'entendre. Dis-toé ben que jamais ta mère va oser dire non si chus là. Quand ben même ça serait juste une question de respect à mon égard, a' va accepter que tu fasses le voyage, pis, dans le fond, c'est ça, le but qu'on cherche. Non ?

— C'est sûr…

Lentement, l'idée faisait son chemin dans l'esprit d'Antoine. Après tout, pourquoi pas ? Évangéline en valait bien une autre, comme compagne de voyage. Il ne voyait pas en quoi la vieille dame saurait le protéger en cas d'éventuel pépin, mais sa grand-mère n'avait pas tort quand elle disait que sa seule présence devrait suffire à sécuriser Bernadette.

Antoine leva alors les yeux et dévisagea sa grand-mère qui l'observait depuis l'autre bout de la table. Puis un large sourire éclaira son visage.

En fait, Évangéline Lacaille était probablement la meilleure et la seule personne avec qui il avait envie de voyager. La seule avec qui il se sentait vraiment à l'aise.

— Super, grand-moman! Pis merci d'avoir pensé à ça. Après toute, t'as déjà faite un long voyage en train du Texas jusqu'ici, tuseule pis...

— Pis en plus, c'était un train anglais, mon p'tit gars. Oublie pas ça. Pis je me suis débrouillée pour manger à ma faim, tu sauras.

— Ça fait que c'est pas un voyage de quèques heures en autobus qui vont t'achaler, hein, grand-moman?

Antoine était euphorique.

— Pantoute! Ça va juste me faire du bien de changer d'air, tu sauras. De changer d'air pis de décor, avec! Pis ça va me faire ben gros plaisir de revoir monsieur Raymond pis madame Antoinette. Ces gens-là, y' m'ont ben gros impressionnée. Pis en plusse, j'vas avoir le plaisir de voir tes peintures accrochées sur les murs d'une grande galerie. Dans le fond, quand on y pense comme faut, y a juste des agréments à faire c'te voyage-là! Juste des agréments! Pis le vicaire, lui, ben y' reviendra me voir une autre semaine. C'est toute! Depuis le temps que je me désâme pour la paroisse pis les Dames de Sainte-Anne, y' me doivent ben ça!

DEUXIÈME PARTIE

Hiver et printemps 1967

CHAPITRE 4

Le monde est gris, le monde est bleu
Et la tristesse brûle mes yeux
Mon cœur est gris, mon cœur est bleu
Je ne pourrais pas être heureux
Car je n'ai pas trouvé quelqu'un
Qui me dise je t'aime

Le monde est gris, le monde est bleu
ÉRIC CHARDEN

Montréal, samedi 14 janvier 1967

Pour une fois, même si on était samedi et que la matinée était encore jeune, toute la famille avait déserté la maison, éparpillée un peu partout dans la ville à faire des courses ou à travailler. Le seul bruit qu'on entendait était le ronflement de la fournaise qui s'essoufflait depuis la cave, et Laura trouvait ce grondement rassurant, réconfortant.

Elle en profitait donc pour faire la grasse matinée.

Monsieur Albert ne l'attendait qu'en début d'après-midi, au casse-croûte, où elle avait accepté de remplacer la jeune employée, malade depuis quelques jours. Cela lui plaisait assez, cette idée de retourner au casse-croûte pour quelques heures. Un après-midi bien rempli lui éviterait peut-être de trop réfléchir, ce qui était devenu une seconde nature chez elle, et ce, dès qu'elle avait un petit instant de libre. De plus, avec les pourboires qu'elle ferait, elle avait décidé impulsivement de s'offrir une soirée au cinéma, ce qui ne lui était pas arrivé depuis une éternité.

Mais en attendant…

Assise en tailleur sur son lit, toujours en pyjama et un chocolat chaud à la main, Laura feuilletait le journal du matin.

La semaine dernière, lors de la lecture un peu distraite de ce même journal, elle avait aperçu une annonce, bien encadrée et nettement visible au milieu d'une page. Une annonce qui, à première vue, l'avait laissée indifférente. On parlait tellement de l'Exposition universelle depuis quelques semaines, alors que l'événement approchait maintenant à grands pas, que souvent, Laura ne faisait qu'effleurer les grands titres. Ce n'est qu'en cours de semaine, assise tout au fond de l'autobus qui la ramenait de l'université où elle avait passé une journée qu'elle qualifiait intérieurement de «mortel ennui», que Laura avait repensé à l'annonce de façon tout aussi foudroyante qu'imprévue.

Depuis, c'était devenu une obsession et ce matin, elle espérait la retrouver.

Et si elle tenait là la solution à toutes ses tergiversations ?

Laura faisait la moue. Pourquoi pas ?

Et si c'était là l'opportunité tant espérée de prendre enfin un moment de recul face à ses études ? Face à sa vie, finalement ?

Ce serait trop beau !

Parce que Laura n'était pas dupe. À vingt-trois ans, elle avait la très nette impression qu'elle n'allait nulle part.

Renfrognée, elle se désintéressa du journal étalé sur son lit pour laisser son regard errer par la fenêtre. Au-dessus du toit de la maison voisine, le ciel était d'un bleu éclatant, sans le moindre nuage autre que la fumée qui s'échappait de la cheminée, ce qui laissait supposer qu'il faisait un froid à pierre fendre.

Laura soupira. Tant parce qu'il faisait probablement une température glaciale et qu'elle détestait le froid que parce qu'elle ressentait, en ce´ moment même, ce vague à l'âme déplaisant qui la poursuivait depuis des mois maintenant.

En effet, où donc allait sa vie ?

Incapable de résister, Laura recommença à faire le bilan.

En amitié, il ne lui restait que Bébert, et encore ! Cet ami étant un garçon, il y avait des tas de projets ou de rêves, ou simplement de pensées tout à fait intimes et féminines, qu'elle ne pouvait partager avec lui.

Quant à Alicia, elle avait repris sa place d'ancienne amie puisque après l'automne, à aucun autre moment, celle-ci n'avait tenté le moindre rapprochement. Comme Laura avait quitté l'hôpital Notre-Dame à la fin du semestre dernier, elle ne se faisait plus aucune illusion. Elle n'aurait probablement jamais de réponse à toutes ses interrogations. Pourquoi Alicia avait cessé de lui parler au moment du voyage avorté resterait un mystère et pourquoi elle avait tenté de lui reparler sans y donner suite aussi.

Même si Charlotte, la mère d'Alicia, l'avait gentiment invitée à venir la visiter, en souvenir du bon vieux temps, comme elle l'avait dit avec un petit rire un peu triste, Laura ne savait trop si elle avait envie d'y répondre positivement. Trop de souvenirs, justement, risquaient de la blesser.

Au chapitre de l'amitié, il y avait aussi Francine.

Avec elle, Laura osait croire que l'amitié était encore bien vivante même si elle n'avait toujours pas de nouvelles de son amie. Pas plus que Bébert n'en recevait, finalement, et qui, malgré ce silence persistant, était toujours son frère. Si Laura le savait, c'est qu'ils en avaient parlé ensemble, pas plus tard que la semaine dernière.

Comme quelqu'un ne peut disparaître corps et biens sans laisser de traces, Laura gardait espoir qu'un jour, elle retrouverait son amie, saine et sauve, et qu'enfin elle aurait une explication.

Francine ne pouvait avoir délibérément abandonné son fils sans qu'il y ait une raison majeure, n'est-ce pas ?

Cependant, cette approche logique de la situation n'empêchait pas Laura d'avoir de fréquentes attaques d'inquiétude.

Que s'était-il passé ? Qu'est-ce qui faisait en sorte que Francine ne donne pas de nouvelles ? Ça ne lui ressemblait pas du tout, elle qui parlait si librement de ses états d'âme.

Par contre, si on prenait la situation dans un autre sens, il fallait admettre que Francine avait beaucoup changé depuis que Jean-Marie était apparu dans sa vie. Changé au point où, souvent, Laura elle-même ne la reconnaissait plus.

D'où cette fugue qui n'en était peut-être pas vraiment une.

Chaque fois que la jeune fille arrivait à cette conclusion, parfois après des heures de questionnements, de suppositions et d'hésitations en tous genres, c'était plus fort qu'elle, ses deux poings se refermaient avec colère.

Laura, tout comme Bébert, d'ailleurs, n'avait jamais aimé Jean-Marie, un homme qu'elle n'avait vu, finalement, que peu de fois au cours de la dernière année.

D'où ses inquiétudes récurrentes.

De toute évidence, Jean-Marie les avait fuis, Bébert et elle, de façon tout à fait délibérée, et Laura ne comprenait pas pourquoi.

Tout comme Cécile qui avait eu droit à la même médecine.

C'est ainsi que depuis plusieurs mois maintenant, Francine avait disparu et Cécile, le cœur sur la main comme d'habitude, avait pris chez elle le petit Steve.

— Pauvre enfant! On ne peut toujours pas faire comme s'il avait été abandonné pour de bon! Avec Bébert et nous tous, il a une famille, cet enfant-là. Une famille qui l'aime et qui va s'occuper de lui! Je suis certaine que le Jean-Marie de Francine est en arrière de tout cet imbroglio!

Et c'est aussi à cause du fichu caractère de Jean-Marie, secret, louvoyant et imprévu, que Laura arrivait à faire taire ses pires inquiétudes, celles qui suggéraient que Francine était peut-être morte. Pour elle, Jean-Marie était un manipulateur de la pire espèce et ça expliquait tout. Un jour, elle finirait par retrouver Francine qui, fidèle à elle-même, avait dû se fier à une déclaration d'amour intempestive pour s'en remettre aveuglément au premier venu, en l'occurrence, Jean-Marie.

— Voilà où j'en suis avec mes amis, murmura Laura en soupirant. Pour les études, pas besoin d'y revenir, je sais fort bien ce que j'en pense et ce qu'en pensent les gens autour de moi, ajouta-t-elle à mi-voix, faisant ainsi référence à Bébert et à sa grand-mère qui l'encourageaient sans la moindre équivoque à se rendre au bout de son cours.

Le diplôme! Le fameux diplôme qu'elle ne pouvait laisser tomber.

À cette pensée, Laura poussa un troisième soupir. Puis elle ajouta pour les murs, seuls témoins de cette profonde réflexion:

— Quant à ma famille en général…

Sur ce, Laura retomba dans un mutisme songeur.

Elle savait qu'elle avait eu la chance de naître dans une

famille où l'amour était présent même s'il s'exprimait plus souvent qu'autrement de façon discrète et furtive. Cependant l'essentiel avait toujours été respecté, et c'était là l'important.

Mais qu'en était-il de ses relations avec les membres de sa famille? N'étaient-elles pas, en quelque sorte, à l'image de cet amour, discrètes et furtives?

Laura ferma les yeux sur la farandole de visages qui s'imposèrent à elle. Sa mère, sa grand-mère, son père, ses frères…

C'était étourdissant, un peu désagréable, même si règle générale, Laura s'entendait bien avec eux.

Mais ne disait-on pas, et ce, depuis toujours, que Laura Lacaille s'entendait bien avec tout le monde?

— La p'tite Lacaille? Une soie!

Oui, Laura l'avait souvent entendue, cette petite phrase. Chez les Veilleux, chez qui elle allait encore garder Daniel et Nicole à l'occasion; avec monsieur Albert, qui ne jurait que par son sourire accueillant; auprès de Cécile, qui l'avait prise sous son aile depuis des années déjà, sans que Laura comprenne vraiment pourquoi. Tout le monde aimait Laura. Ses professeurs, ses compagnes de classe, les médecins lors de son stage à l'hôpital… Même son père, l'irascible Marcel, semblait avoir pris plaisir à travailler avec elle.

Alors? D'où lui venait ce mal d'être de plus en plus profond?

Laura regarda autour d'elle. Sa chambre était celle de son enfance, dans les roses et les blancs, fleurie du couvre-lit aux rideaux. Elle se rappelait avec une abondance de précisions le jour où sa grand-mère avait cousu pour elle, lui promettant une chambre de princesse. Évangéline avait tenu sa promesse et Laura, émerveillée, avait dormi le soir même dans un palais de cotonnade et de tulle, digne d'un conte de fées.

Jamais ses frères n'avaient eu droit à tant d'attention. Jamais. Pourtant, malgré une apparente indifférence de la part de sa grand-mère envers ses frères, il y avait entre Évangéline et Antoine un lien particulier que Laura n'arrivait pas à saisir.

Un lien unique qu'elle enviait parfois.

Mal à l'aise, Laura ramena les yeux sur l'extérieur. Le soleil frappait maintenant une fenêtre, chez les voisins, éblouissant, réjouissant. Mais Laura n'avait pas le cœur à se réjouir. Elle venait de s'avouer qu'elle enviait Antoine et ce sentiment lui était désagréable même s'il était criant de vérité.

Antoine…

Antoine qui savait fort bien ce qu'il voulait faire de sa vie, alors qu'elle-même…

Laura secoua la tête, décontenancée, gênée par ce qu'elle venait de découvrir.

Elle déposa sa tasse sur la table de nuit et repoussa sur le côté le journal grand ouvert. Puis, elle replia ses jambes, qu'elle entoura de ses bras, et reporta les yeux sur la fenêtre brillant de mille feux, de l'autre côté de la ruelle.

Oui, elle enviait son frère.

Maintenant que les mots étaient dits, Laura aurait eu envie de mordre dedans.

Elle enviait Antoine.

Tout semblait si facile pour lui. Elle enviait cette vie qu'il avait choisie et qu'il aimait, de même que les heures qu'il passait, ravi et heureux, devant son chevalet. Elle enviait l'accueil qu'il avait reçu à New York, où toutes ses toiles avaient trouvé preneur. Elle enviait les regards remplis de complicité qu'il échangeait parfois avec leur grand-mère, surtout depuis leur retour de voyage.

Elle, elle n'avait jamais vraiment eu de complicité avec qui que ce soit dans la famille. Une bonne entente, une certaine cordialité, quelques instants de rapprochement, d'accord, mais jamais de véritable connivence. Ces relations particulières, faites de confidences et de partage, c'était avec ses amies que Laura les avait vécues, au fil des années, pas avec les siens.

Au gré de ses amitiés qui, aujourd'hui, n'étaient plus que souvenirs douloureux.

Laura poussa un quatrième soupir.

De l'appartement du bas, là où habitaient la tante Estelle et sa fille Angéline, lui parvint le bruit d'une chasse d'eau. Ses voisines venaient de se lever.

Machinalement, Laura détourna la tête pour chercher le cadran des yeux. Il était un peu plus de neuf heures. Elle avait amplement le temps de rester ainsi, assise sur son lit, avant d'avoir à se préparer pour partir au casse-croûte. Tant mieux, car elle sentait que cette mise au point était importante pour elle.

Alors, Laura reprit sa pose, les jambes relevées, entourées de ses deux bras, et elle ramena les yeux sur la fenêtre.

— Tant qu'à faire le tour de la famille, murmura-t-elle, le cœur dans l'eau, allons-y donc pour tous les autres.

Ce fut le visage de Bernadette qui s'imposa alors. Bernadette qui, sans être injuste, avait toujours eu un petit faible pour Charles. Pourquoi ? Laura aurait été bien en peine de le dire. Pourtant, elle avait bien cru que ce serait elle, la privilégiée, quand elle avait compris qu'elle resterait la seule fille de la famille. Malheureusement, il n'en avait rien été. Mais comme à cette époque-là, Laura avait une Francine et une Alicia dans sa vie, elle avait vite oublié ses ambitions de complicité féminine. Elle s'était dit que l'attitude de sa mère était probablement normale parce que Charles était son bébé. Un petit dernier que Laura ne connaissait pas vraiment, sinon qu'il était particulièrement gâté, tant par sa mère que par son père, ce qui occasionnait de nombreuses discussions autour de la table. Charles était un enfant rieur et enjôleur, vif et intelligent, c'est vrai, mais capricieux, aussi, et qui prenait grand plaisir à mener son monde à la baguette. Malheureusement, il semblait bien qu'il n'y ait que sa grand-mère pour s'en apercevoir et en tenir compte. Autant celle-ci l'avait idolâtré quand il était bébé, autant maintenant, elle le reprenait régulièrement et le critiquait au moindre prétexte.

— Faut ben que quèqu'un l'élève, c't'enfant-là, viarge! Envoye, Charles, va dans ta chambre. Va réfléchir un peu. C'est pas une manière de parler à sa mère.

Hier encore, elle l'avait apostrophé quand il avait vertement répliqué à Bernadette. Laura échappa enfin un sourire. Autant elle avait été terrifiée par sa grand-mère quand elle était petite, autant, maintenant, elle savait reconnaître le bien-fondé de ses remarques à l'emporte-pièce.

— Par contre, si elle pouvait arrêter d'en vouloir aux Gariépy de la terre entière, on s'en porterait tous beaucoup mieux et je crois que je l'aimerais encore plus.

Constatation qui l'affligeait et la contrariait de plus en plus.

Ne restait plus que son père.

Le sourire de Laura fut, le temps d'un battement de cœur, nettement plus franc, plus radieux.

Les plus beaux étés de sa vie, même si Laura était tout à fait consciente qu'elle était encore bien jeune pour penser ainsi, c'est à l'épicerie qu'elle les avait passés, aux côtés de son père, Marcel.

Ces quelques mois avaient été les seuls où elle avait ressenti une certaine complicité avec l'un des siens, justement.

Était-ce pour cela, et uniquement pour cela, qu'elle se

languissait de l'épicerie et était prête à laisser tomber ses études pour y retourner ?

Laura fronça les sourcils à la suite de cette question, incapable d'y répondre clairement, mais se considérant suffisamment clairvoyante pour se dire qu'il serait peut-être un peu absurde de penser comme ça.

— C'est là que grand-moman pis Bébert auraient raison.

Après tout, elle n'était qu'à quelques mois de son diplôme. Mais ces quelques mois lui semblaient longs comme une éternité en enfer.

Laura ferma les yeux un instant et tenta de s'imaginer, confortablement assise devant un beau pupitre en bois verni comme elle se l'était souvent promis, recevant des patients qui lui feraient entièrement confiance pour les aider à reprendre pied dans leur vie.

Était-ce là ce qu'elle voulait faire de sa vie ? De toute sa vie ? Avec autant d'enthousiasme qu'Antoine mettait à faire ses toiles ?

Laura ouvrit précipitamment les yeux. Une incroyable sensation de lassitude l'avait envahie dès qu'elle s'était vue en pensée, assise derrière un bureau, jour après jour, toujours au même endroit, à écouter les mêmes confidences. Même si le projet était louable, rempli de bonnes intentions, Laura en convenait facilement, elle n'arrivait plus à y adhérer.

— Et puis, il n'y a rien qui dit que je prendrai pas ça trop à cœur, comme pour Alicia pis Francine, ajouta Laura pour se donner bonne conscience. Ça aussi, faut y penser. Je peux toujours ben pas passer ma vie à me tourmenter pour les autres, maudite marde !

Ce fut à cet instant qu'elle repensa au but qu'elle s'était donné en s'installant sur son lit par ce froid samedi matin où elle avait la chance d'être seule à la maison.

Laura reprit le journal, le défroissa et l'ouvrit tout grand devant elle.

— Si l'annonce est là, je fonce, décida-t-elle à l'emporte-pièce. De toute façon, popa pis moman arrêtent pas de dire qu'on a de la chance d'avoir l'Expo tout juste à côté de chez nous.

Laura tournait les pages avec fébrilité, survolait les mots avec impatience.

— Ils arrêtent pas de dire que c'est une belle façon de faire le tour du monde sans quitter Montréal. Ils vont me comprendre. Je suis certaine qu'ils vont accepter mon point de vue. Et si l'annonce n'est plus là, ben je…

Laura se tut brusquement, n'ayant pas envie d'entendre les mots qui la condamneraient pour l'immédiat à quatre longs mois d'école.

— L'an prochain, murmura-t-elle. J'y retournerai l'an prochain. Après tout, rien ne serait perdu et ça me ferait du bien de m'éloigner des livres pis des cahiers pour un petit moment. C'est pour ça que j'arrive pas à me faire une idée précise. Je suis tannée de l'école… Pour l'instant.

Laura trouva l'annonce à la page dix-huit. Encore plus grande que celle de la semaine dernière. En clair, on sollicitait la candidature de jeunes filles intéressées à vivre l'expérience de leur vie en devenant hôtesses à l'Exposition universelle de Montréal qui se tiendrait du 27 avril au 29 octobre prochains. Laura relut les exigences en se mordillant la lèvre. Son anglais serait-il suffisant?

Le cœur battant à tout rompre, Laura découpa soigneusement la page. Ce soir, après être revenue du casse-croûte et avant de partir pour le cinéma, elle la montrerait à sa grand-mère.

Ensuite viendraient son père et sa mère.

* * *

Jamais Laura n'aurait pu s'en douter, mais exactement au même moment, à quelque deux cents milles de chez elle, Francine lisait la même annonce dans le journal du matin que Jean-Marie était allé chercher chez le marchand général du village.

— L'Exposition universelle... Je sais pas si on va y aller, Jean-Marie pis moé ? Avec le p'tit, ben sûr. Me semble que c'est important, dans une vie, des belles affaires de même. Pis ça repassera pas deux fois, ça c'est sûr, fait qu'y' faut pas passer à côté la première fois ! Bonté divine que j'aimerais ça ! Pis je pourrais petête en profiter pour aller voir Bébert ! Y' en ferait-tu une tête, tu penses, de me voir arriver dans son garage ! Petête, avec, que si y' disait aux parents que chus en ville, à Montréal, petête qu'y' voudraient me voir pis voir mon p'tit, par la même occasion ? Petête... Me semble que les rancunes, ça dure pas durant toute une vie. Pas une rancune envers son enfant, voyons don. Moé, je serais pas capable d'en vouloir à mon p'tit Steve durant toute ma vie.

Chaque samedi matin, Francine, inspirée par les articles du journal, se laissait aller à réinventer le monde et surtout sa vie, profitant du fait que Jean-Marie n'était jamais à la maison. Tous les samedis matin, il prenait le temps de lire le journal en prenant des notes, puis il partait pour ne revenir qu'à la tombée du jour.

Ce journal du samedi était la seule concession que Jean-Marie faisait au modernisme, comme il le disait avec une pointe de dédain dans la voix, alors que la maison était mal chauffée par une ancienne fournaise au charbon et que

Francine cuisinait sur une antique cuisinière à bois où, tous les lundis matin, elle faisait bouillir de l'eau pour le lavage hebdomadaire.

Pour Francine, cependant, ce petit journal était beaucoup plus que cela. Il était son ouverture sur le monde, la preuve qu'elle était toujours vivante. Sans téléphone, sans télévision, sans voisins, sans contact avec qui que ce soit hormis Jean-Marie, sans son fils, surtout, Francine avait l'impression de mourir à petit feu. Ne restait plus que les samedis matin où elle reprenait courage et arrivait à garder espoir. En dehors d'ici, le monde continuait d'exister, elle ne devait surtout pas l'oublier, et un jour, elle, Francine Gariépy, elle y reprendrait sa place.

Avec son petit Steve.

Quand elle pensait à son petit garçon, Francine ne pouvait s'empêcher d'avoir les yeux pleins d'eau. Avec tous ces mois passés sans la voir, Steve ne la reconnaîtrait probablement plus.

Alors, elle serrait les dents en se disant qu'il lui faudrait bientôt partir. D'une façon ou d'une autre, avec ou sans Jean-Marie. Quitter ou pas Jean-Marie n'avait plus tellement d'importance à ses yeux, même si elle était encore sensible à certains serments d'amour. Après tout, Jean-Marie, lui, disait qu'il l'aimait, alors que Patrick ne l'avait jamais fait. Par contre, Patrick n'avait jamais levé la main sur elle. C'était donc le cœur ravagé de tourments que Francine pensait aux deux hommes qui avaient croisé sa vie.

Francine était toujours aussi fragile et les moindres paroles empreintes de douceur lui faisaient débattre le cœur.

Que dire, alors, des moments où Jean-Marie lui jurait amour et fidélité ?

— Il n'en tient qu'à toi, Francine, pour que tout change autour de toi. Abandonne-toi à l'amour de Dieu et tout va changer. Et dis-toi que je t'aime assez pour t'attendre. Parce que malgré tout ce que tu peux en penser, je t'aime.

Ces jours-là, Francine osait croire que son fils serait bientôt là, que la vie changerait, tel que promis par Jean-Marie, et elle s'abandonnait à la douceur éphémère du moment.

Le lendemain, parce que la soupe était trop froide ou trop salée, parce qu'il pleuvait alors qu'on attendait le soleil ou parce qu'une chemise avait quelques faux plis, les reproches recommençaient à pleuvoir, quand ce n'étaient pas les coups, et Francine comprenait alors qu'elle avait encore une fois rêvé d'un monde qui n'existerait probablement jamais.

Puis, l'instant d'après, les regrets se manifestaient à nouveau. Les serments d'amour, les gentillesses et les promesses fleurissaient les discours de Jean-Marie, et Francine se surprenait à oser encore espérer.

— Finalement, j'ai passé ma vie à courir après des affaires qui sont jamais arrivées. Sainte bénite que chus pas chanceuse en amour, moé. Que chus pas chanceuse tout court ! Je tombe toujours sur le monde qu'y' faut pas !

Mais il suffisait parfois d'un sourire pour que Jean-Marie dise à Francine à quel point il l'aimait. Puis, il parlait du petit Steve avec tant d'enthousiasme, parfois, que Francine recommençait à croire que son retour était pour bientôt.

Avec son fils à ses côtés, la vie ne serait plus la même, elle en était convaincue.

— Pis tant pis si Jean-Marie a mauvais caractère. Avec mon p'tit avec moé, je m'en fous pas mal, du caractère à Jean-Marie. En autant qu'on a un toit sur la tête pis du manger dans l'assiette, le reste a pas vraiment d'importance. Dans le fond, ça fait pas mal de dire ses prières trois fois par jour pis juste avant de manger. Si ça prend rien que ça pour y faire plaisir pis y fermer la trappe…

Depuis quelque temps, Francine s'était mise à parler toute seule dès que Jean-Marie quittait la maison. Elle formulait des questions et y répondait, se rappelant avec nostalgie l'époque où Laura se chargeait de répondre à toutes ses interrogations ou presque.

Puis, invariablement, quand elle pensait à Laura, c'était le visage de Patrick qui lui revenait en mémoire. Le beau Patrick qu'elle avait tant aimé et qui était le père de son fils sans le savoir.

— N'empêche que c'est Laura qui avait raison quand a' disait que lui m'aimait pas, soupirait-elle alors. Pourquoi c'est faire que je l'ai pas écoutée, aussi ? Si j'avais laissé tomber Patrick comme Laura me l'a répété sur tous les tons, je serais sûrement pas icitte à moisir au fin fond des campagnes. Ben sûr que non ! Je serais encore à Montréal, c't'affaire, je travaillerais encore à la même shop pis, au jour d'aujourd'hui, je serais probablement devenue la contremaîtresse. C'est quasiment certain, rapport que le boss arrêtait pas de dire que je faisais de la bonne job, que mes coutures étaient toujours ben droites pis que j'étais la plus rapide. Ça fait que toute ça, ça veut dire qu'aujourd'hui, j'aurais une saprée bonne paye. Assez bonne, en tout cas, pour m'habiller sur le sens du monde, pour me payer des sorties au cinéma pis du maquillage meilleur que celui du 5-10-15 de la rue Sainte-Catherine. Dire que j'ai perdu toute ça, par ma faute, dans le fond. Bonté divine que chus *badluckée*, moé.

Mais, chaque fois qu'elle réinventait sa vie de la sorte,

Francine ne pouvait s'empêcher de penser à son fils qui était le début et la conclusion de presque tout depuis qu'elle vivait cloîtrée sur ce rang de malheur.

— Ouais, c'est ben beau, devenir la contremaîtresse pis avoir plusse d'argent dans mes poches, mais j'aurais pas eu mon Steve. Pis ça, c'est pas pensable. Astheure que je le connais, je pourrais pas vivre sans mon p'tit, voyons don ! Bonté divine que je m'ennuie de lui. Pis lui, y' s'ennuie-tu de moé ?

Chaque fois que Francine pensait ainsi, s'ensuivait une brève période de réflexion qui se terminait toujours par une seule et unique conclusion.

— C'est sûr qu'y' doit s'ennuyer de sa mère. Même si avec le temps, y' doit pus se rappeler vraiment ma face, y' doit s'ennuyer de moé, pareil. Un p'tit gars comme lui, ça a besoin de sa mère pis ça peut pas l'oublier.

Cet espoir, que Francine formulait toujours sur un ton plus fort, plus convaincu que ses longs monologues solitaires, la sécurisait, donnait un sens concret à une attente incertaine qui s'éternisait.

— Mais c'est matante Lucie qui doit ben se demander ce que chus devenue. Je sais pas si a' l'a pensé à appeler la police ? Ça se pourrait ben. Après toute, ça fait des mois, astheure, que j'ai pas donné de nouvelles… Pis, non, a' l'a pas dû appeler la police sinon y' m'auraient déjà retrouvée, c'est sûr. Surtout que chus, comme qui dirait, disparue depuis dès mois. Des mois ! Ça veut dire, ça, que ça va me faire une moyenne beurrée à payer à matante Lucie le jour ousqu'on va aller chercher Steve. Pis moé, j'ai pus une cenne noire. Je sais pas si Jean-Marie a pensé à ça ? Faudrait petête que j'y en glisse un mot, question de mettre de l'argent de côté, même si je sais qu'y' haït ça ben gros parler d'argent. Y' dit que l'argent, c'est pas nécessaire parce que le bon Dieu s'occupe de nous autres comme un père s'occupe de ses enfants. Voyons don, toé! Comme si la vie d'aujourd'hui coûtait rien! Sainte bénite, qu'y' peut m'énerver, des fois, lui! Y' a beau me ramener à tout bout de champ l'histoire de ses p'tits oiseaux qui font pas de jardin pis qu'y' mangent pareil, c'est pas avec ça que Jean-Marie va me convaincre qu'on a pus besoin de travailler, lui pis moé. Pas pantoute! De toute façon, je le sais pas vraiment si y' en a de l'argent, Jean-Marie. Ça doit ben, un peu quand même. Faut toujours ben qu'y' le paye, le p'tit journal du samedi! Pis on achète du lait, des œufs pis quèques nécessités. C'est petête pas grand-chose, mais faut quand même le payer, c'te pas-grand-chose-là. Je me demande ben d'où c'est qu'a' vient, l'argent à Jean-Marie… Je sais même pas si y' travaille. C'est-tu ça qu'y' veut dire, quand y' dit qu'y' part en mission, le matin? Être en mission, c'est-tu une sorte de job d'Église qui paye un peu?

Chaque fois que Francine réfléchissait à cet éternel problème d'argent, celui qui avait teinté de gris et de noir un nombre important de décisions dans sa vie, elle poussait un profond soupir avant de s'impatienter.

— Je le sais-tu, moé, c'est quoi sa job? Y' veut jamais en parler. Sauf que ça a tout l'air d'être une job d'Église, parce qu'y' arrête pas de parler de sa mission. C'est ben dans l'Église qu'y a des missionnaires, non? Comme à la p'tite école quand on achetait des p'tits Chinois pis des p'tits Africains pour aider les sœurs missionnaires. Mais comment c'est que je peux savoir si la mission de Jean-Marie a un rapport avec l'autre, moé? On a jamais été ben ben porté sur les histoires de curé, chez nous. On était pas comme Jean-Marie qui mêle le bon Dieu à toutes ses affaires. Le bon Dieu ! Voir que le bon Dieu s'occupe de moé comme ça, à toutes menutes, pis qu'Y' s'amuse, en plusse, à surveiller toute ce que je dis pis toute ce que je fais à longueur de journée. Y a ben juste Jean-Marie pour croire à des affaires de même. Le bon Dieu peut pas voir à tout le monde en même temps, ça se peut pas. Pourtant, Jean-Marie dit que oui. Y' appelle ça, la… le… non, l'ubi… l'ubi quèque chose. Sainte bénite qu'y' est dur à suivre, lui, par bouttes, avec ses prières, ses pénitences pis sa rédemption. Pis ses mots compliqués ! Mais si y' avait raison ?

Ce doute, habilement entretenu au jour le jour, suffisait à rendre Francine suffisamment docile pour que Jean-Marie puisse y voir de la bonne volonté.

— Dans le doute, vaut mieux s'abstenir !

Cette petite phrase, Jean-Marie s'était mis à la répéter à toutes les sauces quand il avait vu que Francine la comprenait. Mais il ne pouvait deviner à quel point elle en saisissait le sens, incluant dans l'entendement de ces quelques mots un Patrick à qui elle n'aurait jamais dû faire confiance et un Jean-Marie qu'elle n'aurait jamais dû suivre… Alors, juste au cas où le bon Dieu l'avait à l'œil, valait mieux se plier aux exigences de Jean-Marie qui en connaissait un peu plus qu'elle sur le sujet.

S'il fallait que Dieu la voie ! S'il fallait que cela soit vrai et qu'Il n'attende que sa bonne volonté à elle pour lui rendre son fils ! Francine n'en savait rien, mais s'il fallait que tout ce que Jean-Marie dit soit vrai, elle était prête à toutes les concessions pour plaire à ce Dieu qui avait le contrôle, semblait-il, sur le retour de Steve.

— Amenez-en, des prières ! Si ça prend rien que ça pour ravoir mon p'tit, m'en va faire une neuvaine tous les jours, sainte bénite. C'est rien, neuf chapelets d'affilée pendant neuf jours d'affilée quand on sait que son p'tit va revenir après. C'est rien pantoute, une montagne de *Je vous salue, Marie* pis de *Notre-Père* à côté de l'ennui que j'ai de le serrer dans mes bras pis de sentir ses p'tits cheveux frisés comme les miens. Des cheveux de p'tit Jésus, justement, comme disait Laura quand on était p'tites, elle pis moé. Sainte bénite que ça me faisait enrager quand a' me disait ça, Laura.

Laura…

Jamais de toute sa vie Francine n'aurait pu s'imaginer que son amie lui manquerait à ce point.

— Je me demande ben ce qu'a' devient… Me semble, les derniers temps que je l'ai vue, me semble qu'a' parlait pas mal moins de son université. Petête ben qu'a' s'est rendu compte que mon idée de travailler était pas si folle que ça, après toute. Petête. Mais chus pas sûre. Laura nous a assez rabattu les oreilles avec ses études qui étaient ben importantes, a' peut pas avoir changé d'idée de même. De toute façon, ça donne quoi, d'étudier durant toutes ces années-là ? Un jour, a' va ben finir par rencontrer quèqu'un, Laura, pis a' va avoir envie de se marier, elle avec. C'est vrai qu'a' l'a pas l'air ben ben pressée d'être en amour, mais ça va finir par arriver, c'est sûr. Ça finit toujours par arriver à moins d'avoir le cœur pis la jugeote d'une vieille fille. Pis Laura, je la connais assez pour savoir qu'est pas une vieille fille. Pis en plus, est belle. Ça compte, ça. Ça fait qu'un jour, a' va se marier, pis le jour où a' va avoir des enfants, a' travaillera pus, c'est clair. C'est toujours de même que ça se passe. Les hommes travaillent d'un bord pour faire rentrer l'argent pis les femmes restent à maison de l'autre bord pour s'occuper des p'tits. Finalement, Laura s'est petête rendu compte que c'est moé qui avais raison durant toute c'te temps-là pis qu'au boutte du compte, ça donne pas grand-chose d'étudier durant des années. Ça aide petête à faire passer le temps, en attendant, mais si ça nous occupe tellement l'esprit qu'on en voit pus les garçons à côté de nous autres, ça donne rien, en fin de compte. Rien en toute!

Le tintement lointain des cloches de l'église, porté par le vent cinglant de janvier, ramena Francine à sa cuisine.

— Déjà midi, sainte bénite! C'est drôle comment c'est que je vois pas le temps passer quand je me mets à réfléchir, moé. C'est petête ça que Laura essayait de me faire comprendre, dans le temps, quand a' parlait du plaisir qu'a' l'avait, elle, d'apprendre ses leçons. Quand on réfléchit, le temps passe toujours plusse vite.

Francine reporta alors les yeux sur le journal ouvert devant elle. Une grande publicité montrait une jeune femme souriante devant ce qui ressemblait à un jardin.

— Je sais pas si Laura a vu ça, cette annonce-là. Me semble que ça serait son genre de devenir une hôtesse, comme y' disent. Le costume est-tu assez beau, rien qu'un peu! Chus sûre que Laura serait pas mal *swell*, là-dedans. Pis avec sa manière de parler, comme dans le grand monde pis dans les livres, c'est sûr qu'on la prendrait. Tandis que moé…

Le temps d'un bref regret, d'un dernier regard sur l'annonce et Francine refermait le journal d'un geste catégorique.

— Assez de rêvasseries pour à matin, lança-t-elle en se relevant. Y a des choses, de même, qui sont pas faites pour tout le monde pis quand ben même je me lamenterais sur mon sort jusqu'à demain, ça changera rien au fait que je parle pas comme une madame pis que je sais pas un mot d'anglais.

Jean-Marie a pas besoin de me le rappeler tout le temps pis de me crier après pasque j'ai pas toujours les bons mots. Chus pas niaiseuse pour autant, pis je le vois ben tuseule que chus pas une grande dame. Mais ça m'empêche pas d'avoir du cœur à l'ouvrage, par exemple, pis d'aimer mon p'tit plusse que toute. Pis ça avec, c'est ben important, sainte bénite !

Francine était debout devant la table et d'un geste vif, elle avait réuni les feuilles éparpillées sur le formica usé. C'est au moment où elle plaçait le journal soigneusement replié dans une vieille chaudière rouillée, posée à même le plancher près du gros poêle à bois, que les gestes de Francine se mirent à ralentir. Un peu comme si elle était à l'extérieur d'elle-même et qu'elle s'observait.

Lentement, Francine pivota sur elle-même et se mit à détailler la pièce où elle se trouvait.

C'était une vieille cuisine de campagne, délabrée et sombre, comme il y en avait une dans le livre de connaissances usuelles qu'elle avait étudié en cinquième année, à l'école, et qui servait de comparaison avec les cuisines modernes d'aujourd'hui.

Mêmes murs de planches grisâtres, même prélart déchiré par endroits, mêmes fenêtres à carreaux où le vent du nordet s'invitait librement et faisait frissonner les rideaux de cotonnade aux couleurs délavées.

En ce moment, le poêle, chauffé à blanc, ronronnait et crachait dans un coin de la pièce. Depuis l'automne, c'est autour de cet archaïque mastodonte que Francine passait la majeure partie de ses journées à cuisiner, chauffer l'eau des bains, préparer la lessive.

La blancheur de la neige, arrivée pour de bon au début décembre, avait enfin apporté une certaine clarté, et c'est le cœur plus léger, à quelques jours de Noël, que Francine avait parlé, bien timidement, d'installer un petit sapin dans un coin, question d'égayer la place. Pour éviter les dépenses inutiles, elle se proposait de le décorer de bouts de tissu multicolores. Cette idée, ce souci d'économie devrait plaire à Jean-Marie.

Elle avait à peine fini de parler que Jean-Marie la giflait.

— Toujours rien compris, hein? Ce n'est pas important, les artifices, Francine. C'est juste un miroir aux alouettes. Ce qui compte, c'est la pureté de ton cœur. Quand est-ce que tu vas finir par le comprendre? La pureté d'une âme, ça resplendit et ça embellit tout. Même une humble maison comme la mienne. Remercie le Seigneur, car c'est toi, Francine, que j'ai choisie pour embellir ma vie, pour éclairer ma demeure. Mais encore faut-il que tu y mettes les efforts nécessaires. Ne me fais pas regretter de t'avoir choisie, Francine, parce que ma colère serait celle de Dieu, et les colères de Dieu peuvent être incommensurables, tu sais. Ne Le provoque pas. Médite ces mots, Francine, ils sont remplis de vérité. Mais en attendant, comment peux-tu envisager d'aller chercher Steve si l'important, pour toi, à Noël, c'est de te ridiculiser en mettant un arbre avec des bouts de chiffon dedans? Ce n'est pas de cela que ton fils a besoin. Ce dont il a besoin, c'est d'une mère pure et digne qui le guidera sur les chemins de Dieu.

Alors, il n'y avait pas eu de sapin, cette année, et ils avaient passé la soirée et une bonne partie de la nuit de Noël à prier pour la rédemption de son âme et celle du monde.

Puis, alors que le jour allait bientôt poindre et que Francine se sentait enfin glisser dans les brumes du sommeil, Jean-Marie l'avait rejointe dans son lit.

En songe, avait-il dit, le Seigneur lui avait permis de célébrer l'allégresse de cette nuit de Noël en honorant sa bien-aimée.

— Dieu sait à quel point je t'aime. Même si nous ne sommes pas mariés, en cette nuit de miracles, je peux venir à toi.

Francine n'avait pas compris grand-chose au discours de Jean-Marie, sinon que c'était peut-être bon signe s'il venait la rejoindre ainsi. Et puis, pour une fois, elle pourrait peut-être s'endormir sans avoir froid.

À ce souvenir, Francine soupira.

Depuis cette fameuse nuit, Jean-Marie était venu la rejoindre de plus en plus souvent, toujours inspiré par le Seigneur, disait-il, sans pour autant parler d'une éventuelle arrivée de Steve. Curieusement, ces soirs-là, Jean-Marie était particulièrement de bonne humeur. À un point tel que Francine l'avait soupçonné de boire en cachette. Mais comme il ne sentait ni la bière ni le gros gin…

Alors, depuis Noël, à sa liste des supplications adressées au bon Dieu, Francine avait ajouté celle de ne pas devenir enceinte. Pas tout de suite. Pas avant d'avoir repris son fils. Pas tant qu'elle ne saurait pas vraiment ce qu'elle ferait de sa vie…

Un long frisson secoua les épaules de Francine.

Depuis quelques jours, même le gros poêle ne suffisait pas à réchauffer toute la cuisine.

Encore une fois, elle détailla la pièce. Le vent sifflait contre la corniche du toit, et dehors, malgré le soleil, on voyait à la neige fine qui courait d'un bout à l'autre du champ qu'il faisait un froid à pierre fendre.

Un clou claqua dans un mur et Francine sursauta.

— Mais que c'est que je fais icitte, sainte bénite ? Que c'est qui m'a pris d'aller suivre Jean-Marie jusqu'au fin fond de sa campagne ? Bonté divine, j'aime même pas ça, la campagne ! Je pense que mon p'tit logement à Québec avait pas mal plusse d'allure que c'te vieille maison-là.

Avec lassitude, Francine passa de la table éraflée aux chaises bancales et des fenêtres-passoires à la porte givrée de glace.

— Pis c'est icitte que je veux amener mon p'tit ? Voyons don ! Ça a pas une miette de bon sens de penser de même !

Mais Francine savait qu'elle ne changerait pas sa façon d'envisager l'avenir. Un avenir qui devait obligatoirement passer par le fait que Steve viendrait habiter ici, dans cette cambuse qui ne payait pas de mine.

— J'ai pas le choix. C'est plate à dire, mais j'ai pas le choix.

Parce qu'un jour Jean-Marie avait dit qu'elle ne reverrait peut-être jamais son fils vivant, que cette menace planait toujours quand elle pensait à Steve, Francine savait qu'elle boirait la coupe jusqu'à la lie, s'il le fallait. Si un jour elle se décidait à quitter Jean-Marie, Steve serait à ses côtés.

Parce qu'un jour Jean-Marie avait semé la peur et le doute dans son âme, Francine n'avait pas le choix d'attendre en priant.

Quand son regard revint se poser sur la vieille chaudière rouillée, Francine se laissa tomber à genoux sur le sol glacé. Ensuite, fébrilement, elle reprit le journal et en tourna les pages à gestes saccadés avant d'en déchirer une.

Puis, assise sur ses talons, du bout du doigt, avec une infinie délicatesse qui avait des effluves de tendresse, Francine suivit les contours du visage de la jeune femme qui avait servi à concevoir l'annonce pour l'Exposition universelle.

De grosses larmes jaillirent alors de ses paupières et coulèrent librement sur ses joues. Et là, petit à petit, à travers le
brouillard de ses larmes, Francine vit le visage de Laura se
substituer à celui de l'inconnue.

— Envoye, Laura, fonce, supplia-t-elle entre deux sanglots. Fais-lé pour nos deux. Je le sais ben, va, que moé j'irai
pas à l'exposition du maire Drapeau. Ça serait juste des artifices, comme dit Jean-Marie, juste des niaiseries qui ont pas
d'importance. T'à l'heure, quand je disais que j'allais y en
parler, c'était juste des rêves, des envies. J'vas sûrement pas
aller y parler de ça. Ça ferait juste reculer encore un peu le
jour ousque Steve va venir me rejoindre. Ça ferait juste
retarder le jour ousque j'vas enfin pouvoir penser à mon
avenir. Mais toé, Laura, toé tu peux y aller autant que tu veux.
Tu peux même travailler là, si tu veux. Fait que, en même
temps, fais-lé pour moé. Tu veux-tu, Laura, faire ça pour moé?
Pis le jour ousque j'vas enfin partir d'icitte avec mon Steve,
pasque je le sais, dans le fond, que c'est juste ça que je veux, tu
me raconteras toute. Comme dans le temps. Pis moé, ben, en
t'écoutant, ça sera comme si j'y avais été…

CHAPITRE 5

Il est né un jour de printemps
Il était le septième enfant
D'une famille d'ouvriers
N'ayant pas peur de travailler
Comme un million de gens
Ils ont grandi dans un quartier
Où il fallait pour subsister
Serrer les dents les poings fermés.

Comme un million de gens
CLAUDE DUBOIS

Montréal, jeudi 9 février 1967

— Je te reconnais pus, Marcel ! Pus pantoute ! T'as rien dit depuis le souper. Pas un verrat de mot. Ça te ressemble pas, ça !

Assise au pied de son lit, Bernadette regardait son mari préparer ses vêtements pour le lendemain. Elle était visiblement perplexe.

Sans se retourner, par crainte que sa femme remarque le sourire qu'il arrivait difficilement à contenir depuis le souper, Marcel jubilait.

En effet, au repas du soir, Laura avait exhibé, en grandes pompes et à grands renforts d'explications, la lettre reçue le matin même et qui confirmait que sa candidature avait été retenue.

— J'en reviens pas ! Moi, moi Laura Lacaille, je vais travailler à l'Exposition universelle ! Regardez ! C'est écrit là… J'ai tellement hâte !

Tout le monde autour de la table, même Antoine, qui avait boudé sa sœur durant quelque temps au moment de son vernissage à New York, tout le monde, donc, avait manifesté de l'intérêt pour ce virement pour le moins inattendu dans la vie de Laura.

Évangéline, Bernadette et Marcel s'y attendaient un peu, bien sûr, puisque Laura leur avait parlé de son projet. Mais jusqu'à ce jour, ce n'était qu'une vague perspective, une sorte de lubie un peu déroutante qu'ils avaient vite reléguée au second plan, alors que ce soir, la lettre était là, bien palpable, passant de mains en mains, et faisant de cette éventualité un peu chimérique une réalité tout à fait concrète et qui s'accomplirait, de surcroît, à très brève échéance.

Qui eût cru qu'un jour, Laura Lacaille serait heureuse de laisser tomber ses études ? Juste pour un temps, d'accord, comme elle le disait elle-même, mais quand même !

— C'est à cause de mes stages, avait justement expliqué Laura au souper. Si je n'avais pas eu de stages à faire, j'aurais pu terminer mon semestre. Ça aurait été serré, mais c'était réalisable. Mais avec les stages dans une école, c'est impossible de mener les deux choses de front. Et tant qu'à devoir reprendre un cours plus le stage, j'aime mieux reprendre tout le semestre au complet, l'an prochain !

Bernadette n'en revenait pas.

Il y a un an à peine, la chose aurait été impensable, et entendre sa fille annoncer s'être trompée d'orientation encore une fois aurait été moins surprenant…

À vrai dire, on y était habitués.

Mais là, c'était autre chose.

Curieusement, pour une fois, Marcel n'avait pas participé à l'avalanche de questions qui s'était abattue sur Laura. Il s'était contenté d'écouter tous les siens.

Cependant, cela ne voulait pas dire qu'il ne se réjouissait pas, bien au contraire !

Enfin !

Enfin, sa Laura manifestait de la curiosité, de l'intérêt, de l'emballement pour autre chose que sa damnée université. À ses yeux, il était grand temps que ce jour béni arrive, quitte à contredire tout ce qu'il s'était entêté à répéter auparavant.

Et tant pis pour le diplôme et les grands titres en perspective !

Le simple fait de voir sa fille se passionner pour quelque chose sortant du champ de ses études lui mettait le cœur en fête.

Et plein d'espoir dans la tête.

Malheureusement, Marcel ne pouvait le montrer trop ouvertement, car, tout bien considéré, il avait toujours été le premier à tempêter contre le coût exorbitant des études de sa fille, prédisant, fataliste, que ça ne servirait strictement à rien et que c'était là du bel et bon argent gaspillé.

Et, quoi qu'ait pu en dire Bernadette au fil des dernières années, son point de vue n'était pas tellement exagéré puisque, en ce moment même, on avait la preuve indiscutable qu'il avait eu raison de se préoccuper de la chose.

Mais entendons-nous bien !

Cet état de fait n'avait pas empêché Marcel de faire étalage de l'érudition de sa fille, tel un paon faisant la roue, paradant régulièrement devant les clientes de l'épicerie, ébahies et de toute évidence, envieuses.

Pourquoi s'en priver, n'est-ce pas, si cela pouvait servir au commerce ? Après tout, l'épicerie était une affaire de famille, Marcel ne s'en était jamais caché.

Mais pour l'instant, on ne parlait pas exactement de la même chose.

Alors, selon la perception que Marcel avait de la conjoncture actuelle, il considérait que la situation serait plus normale s'il montrait des réticences, des agacements ou s'il faisait quelques récriminations. Cela aurait été dans la continuité de tout ce qu'il avait dit jusqu'à ce jour. Dans ce contexte, lancer un *calvaire* bien placé et tonitruant lui paraissait nettement plus à propos qu'offrir des félicitations enthousiastes.

Après tout, Laura laissait tomber l'école, non ?

Et ceci, après plusieurs centaines de dollars dépensés, à première vue, en pure perte et à quelques mois seulement d'un diplôme officiel que sa fille semblait ne pas vouloir décrocher cette année. Pas de quoi se réjouir, finalement.

Voilà où en était Marcel. La situation le déconcertait.

En temps normal, et aux yeux de tous, Marcel Lacaille, père de Laura, ne devrait voir aucune matière à réjouissances dans la bonne fortune qui frappait sa fille. Bien au contraire, il devrait manifester bruyamment son désaccord, sauf que, en son for intérieur, Marcel jubilait, osant espérer, pour une première fois depuis longtemps, que cet hypothétique retour aux études ne se réaliserait jamais et qu'à la place, Laura annoncerait qu'elle revenait à l'épicerie, à ses côtés.

Alors comment, je vous le demande un peu, afficher l'image d'un père ulcéré et déçu quand tout ce que l'on ressent, c'est un immense soulagement et une joie difficilement descriptible ?

Marcel n'avait jamais démontré de grand talent de comédien. Il préférait, et de loin, aller directement au cœur des choses, sans détour ni artifice. Et tant pis s'il écrasait quelques pieds au passage !

Voilà pourquoi, en ce moment, il mettait un soin méticuleux à lisser le pli de son pantalon pour ne pas être contraint de se retourner séance tenante face à une Bernadette qui, selon toute vraisemblance, n'attendait que cela, mais qui, en même temps, avait toujours eu l'embêtante faculté de lire en lui comme dans un grand livre ouvert, allez savoir pourquoi ! Cette faculté offrait, de par sa nature, un avantage indéniable à sa femme lors de la moindre discussion, avantage qui avait la déplaisante particularité d'irriter Marcel.

Ouf ! Avouons-le, Marcel en perdait son souffle juste à y penser et sentait le poil de ses bras se hérisser.

Si les échanges concernant l'épicerie pouvaient, à l'occasion, devenir musclés et tumultueux, ils n'en restaient pas moins de simples échanges où Marcel sentait que Bernadette et lui étaient sur un pied d'égalité. Malheureusement, les multiples explications concernant les enfants échappaient à cette règle et avaient la fâcheuse manie de tourner régulièrement au vinaigre…

Et comme ce soir Marcel n'avait pas envie de se disputer avec qui que ce soit ni d'expliquer ses états d'âme…

Réprimant un soupir d'impatience, Marcel souleva son pantalon pour une troisième fois et le reposa délicatement à cheval sur le dossier de la chaise. Puis, inlassablement, il recommença à en lisser le pli.

Après un assez long moment à contempler ce navrant manège et comprenant que si elle n'intervenait pas une seconde fois, elle aurait droit à un dos silencieux pour une bonne partie de la soirée, Bernadette reprit la parole, comme si elle analysait la situation pour elle-même. Elle connaissait suffi-samment son mari pour soupçonner que quelque chose le tracassait.

— J'sais pas trop ce que toé t'en penses, Marcel, commença-t-elle donc en choisissant soigneusement ses mots, pis si je sais pas ce que t'en penses, c'est que t'as rien dit depuis le souper, mais je peux quand même te formuler ce que moé j'en pense. Tu vas voir, c'est pas ben ben compliqué, rapport que chus pas sûre pantoute que c'est une bonne nouvelle d'apprendre que notre Laura va travailler à l'exposition du maire Drapeau. T'as beau dire que toute ce branle-bas-là, ça va être une bonne affaire pour Montréal pis le commerce, pis là-dessus je serais assez d'accord avec toé, chus pas sûre pantoute, par exemple, que c'est une bonne affaire pour notre fille. Voilà, ce que moé j'en pense.

— Ah bon !

Trop heureux de pouvoir glisser enfin un mot dans la conversation, Marcel avait néanmoins la délicate et désa-gréable sensation de marcher sur des œufs.

— Pourquoi tu penses de même, Bernadette ?

— Verrat, Marcel, me semble que c'est clair, non ? T'as pas l'impression, toé, que c'est hasardeux, toute cette histoire-là ? Pour une autre, je dis pas, mais pour Laura… A' connaît rien d'autre que sa famille pis son université. À date, a' l'a même jamais eu de chum *steady*. Me semble que ça dit toute, ça ! Le grand monde pis ses dangers, a' l'a jamais fréquenté ça, notre fille, jamais. Pis si on en croit les journaux, du monde, y' va y en avoir en verrat durant l'été qui s'en vient. De toute sorte de monde, à part de ça. Du monde qui va nous arriver d'un peu partout, en plusse.

Sans se retourner, Marcel leva les yeux au plafond, agacé.

Bernadette et ses angoisses incontrôlables! Bernadette et ses appréhensions incalculables, plus souvent qu'autrement injustifiables!

Si c'était là l'analyse de la situation apportée par sa femme, une vertigineuse inquiétude pour leur fille, Laura, Marcel jugea aussitôt qu'il valait mieux se taire pour l'instant, car ils ne parleraient pas du tout de la même chose.

À moins que...

Un léger tressaillement traversa les épaules de Marcel tandis que les mots de Bernadette se télescopaient dans sa tête. L'attitude de sa femme et surtout ses derniers propos étaient contradictoires avec ceux employés au souper. Curieux...

— Pourquoi, d'abord, t'avais l'air tellement contente pour elle durant le souper? tenta-t-il de savoir. À mon tour de dire que je te comprends pas, Bernadette.

Sur ces quelques mots, Marcel délaissa enfin son pantalon et ouvrit un tiroir pour en retirer une chemise qu'il déplia en la secouant comme un étendard. L'étendard de son incertitude face à la situation.

Se pourrait-il que Bernadette ressente la même chose que lui, comme si elle était inconfortablement assise entre deux chaises? Pas les mêmes chaises, bien entendu, Marcel l'avait vite compris, mais quand même...

Cette perspective lui redonna un peu d'assurance. Il en profita pour jeter un regard par-dessus son épaule. Toujours assise au pied de leur lit, sans le regarder, Bernadette triturait un coin de la couverture.

— Pis, Bernadette? Tu réponds pas?

Celle-ci échappa un long soupir.

— Pourquoi je te répondrais, Marcel? fit-elle alors sans lever les yeux, tirebouchonnant la couverture de plus belle. Je le sais ben, où c'est que tu veux en venir avec tes questions. C'est pas la première fois que ça arrive qu'on aye une discussion quand je te parle de mes inquiétudes. Pis d'habitude, ça me donne rien en toute d'argumenter sur c'te sujet-là. Toé, tu penses comme un homme, pis moé, je pense comme une mère. Deux manières de voir les choses qui sont ben différentes l'une par rapport à l'autre, qui se valent petête ben l'une l'autre, je le sais pas, mais au boutte du compte, c'est deux manières de penser qui finissent jamais par se rencontrer pis chez nous, ça cause des chicanes. C'est pour ça, Marcel, que j'ai pas envie de te répondre.

Ces quelques mots, relatant une triste réalité entre eux, permirent à Marcel de se sentir en terrain connu. Sa voix sembla donc nettement plus énergique quand il répliqua :

— Mettons que là-dessus, t'as raison, pis qu'on arrive pas toujours à s'entendre, toé pis moé, quand on parle des enfants. Pis mettons, avec, qu'on arrivera probablement jamais à le faire. Que c'est ça change pour à soir ? Je t'ai pas parlé de tes inquiétudes, calvaire ! C'est pas ça pantoute que je t'ai demandé t'à l'heure. Je veux juste savoir pourquoi t'avais l'air aussi contente durant le souper si t'es aussi inquiète que tu le dis. D'habitude quand t'as tes inquiétudes de mère, tu te gênes pas pantoute pour nous le faire savoir.

— Je le sais... Mais à soir, c'était pas pareil.

— Comment ça, pas pareil ? Calvaire, Bernadette, essaye don d'être claire, pour une fois, pasque moé, je te suis pas pantoute. Des fois, on dirait que tu le fais exprès pour parler en paraboles comme la mère. Tu le sais, pourtant, que j'haïs ça !

— C'est vrai, je m'excuse. Pis pour répondre clairement à ta question, c'est juste que...

De toute évidence, Bernadette hésitait avant de poursuivre.

Durant tout l'automne, elle n'avait pu faire autrement que de constater que leur fille n'avait manifesté, à aucun moment, l'enthousiasme habituel qu'elle affichait devant ses études. Même les stages à l'hôpital, dont elle leur avait rebattu les oreilles durant des semaines, l'an dernier, n'avaient pas semblé l'emballer plus qu'il le fallait.

Pourquoi?

Bernadette ne s'était pas posé la question tellement longtemps, car, pour elle, la raison justifiant cette absence de ferveur était aussi limpide que de l'eau de roche.

Encore une fois, Laura faisait marche arrière et elle regrettait les cours choisis qui déboucheraient sur la profession de psychologue.

Bernadette en était convaincue: sa fille ne serait jamais thérapeute, pas plus qu'elle ne serait professeure un jour.

Une fois cela admis, les explications de Laura pour justifier son apathie devant les études ne tenaient pas la route. Même si Bernadette comprenait que sa fille puisse s'inquiéter pour ses amies Alicia et Francine, elle en connaissait tout de même un bout sur les inquiétudes en tous genres, et cet argument ne pouvait, à lui seul, tout expliquer, tout motiver.

Et la preuve que Bernadette ne s'était pas trompée, elle l'avait eue ce soir, quand Laura, toute souriante, exubérante même, leur avait montré sa lettre d'acceptation. En temps normal, si elle avait été satisfaite de son sort, Laura n'aurait même pas eu l'idée de se présenter pour être hôtesse à l'Expo 67, comme on commençait à l'appeler familièrement un peu partout.

Quant à Bernadette, elle avait bien de la difficulté à

concevoir que sa fille songe à laisser tomber ses études sans éprouver le moindre remords, à quelques mois à peine de leur aboutissement.

Elle avait surtout très peur que Laura n'y revienne jamais, malgré tout ce que sa fille avait dit et promis. Bernadette avait peur aussi qu'un jour, lointain ou pas, Laura regrette cette décision prise à l'emporte-pièce.

Par contre, pas question d'en débattre devant toute la famille. Pas question, surtout, d'en discuter devant un Marcel qui risquait de lever le ton pour un oui ou pour un non ou devant une Évangéline qui avait l'ennuyeuse tendance à surprotéger ses petits-enfants. C'est pourquoi, au souper, Bernadette n'avait rien dit et avait affiché une bonne humeur exagérée.

Maintenant, allez donc expliquer ça de façon cohérente à un mari qui ne voyait la vie qu'en noir et blanc, sans la moindre nuance de gris !

— Mettons, Marcel, que je mets mes inquiétudes de côté, pour une fois, reprit Bernadette d'une voix pensive. Au besoin, j'y reviendrai petête plus tard. De toute façon, au moment où je te parle, c'est pas vraiment ça qui est important. L'important, pour astheure, c'est notre fille Laura.

— Ouais, pis ? Ça me dit pas pourquoi tu…

— Laisse-moé finir, Marcel, j'y viens… Dis-toé ben qu'y a des affaires, de même, qui sont pas faciles à expliquer. On parle pas juste de chiffres, icitte, comme quand on regarde les livres de l'épicerie ensemble. On parle de ce que je ressens, de ce que j'ai dans le cœur, moé, la mère de Laura !

Ces quelques mots suffirent pour que Marcel dépose enfin sa chemise et vienne s'asseoir, lui aussi, au pied du lit.

Il n'était donc pas le seul à avoir de la difficulté, parfois, à trouver les bons mots pour exprimer ce qu'il ressentait ?

Marcel se sentit rassuré devant une telle constatation et il se montra attentif, penchant l'oreille vers Bernadette, question de ne rien perdre de ce que sa femme allait lui dire. Il essayait de se mettre à sa place : si elle-même avait de la difficulté à y voir clair et à exprimer ce qu'elle ressentait, pas question de lui demander de répéter. À lui, donc, de tout bien comprendre la première fois.

Marcel accota les deux bras sur le pied du lit en cuivre, pencha un peu plus la tête vers sa femme et attendit, paupières mi-closes.

— T'as-tu déjà remarqué, Marcel, comment c'est que notre Laura a' l'a pas faite de bruit en grandissant ? Toujours ben à sa place pis polie, ben généreuse d'elle-même pis de son argent, jamais de coche mal taillée, travaillante…

— Ouais, pis ? C'est-tu un défaut d'être correct ?

— Non, t'as raison. C'est loin d'être un défaut d'être correct, comme tu dis, de donner satisfaction au monde autour de soi. C'est pas là ousque je veux en venir. Mais Laura, même si a' l'a plein de belles qualités, est pas différente des autres pis a' l'a sa façon ben à elle de voir les choses de la vie. C'est juste normal. Pis pour Laura, sa façon de faire les choses à sa manière, comme on le fait toutes un peu, finalement, c'était d'étudier. D'aimer étudier, c'était notre Laura ! Rappelle-toé ! Au fil des années, ça a ben été la seule affaire où a' nous a tenu tête. Qu'on soye d'accord ou pas avec elle, ça a rien changé dans sa manière de voir les choses pis sa vie. Professeure ou ben psychologue, entre toé pis moé, ça a pas vraiment d'importance pis surtout, ça fait juste confirmer que Laura, depuis qu'est rentrée à p'tite école, a' l'aime ça, étudier.

— Calvaire, Bernadette ! Tu vas-tu finir par aboutir ? On

le sait toute, dans la famille, que Laura aime ça l'école. Je vois pas le rapport entre ça pis...

— Bâtard, Marcel! coupa vivement Bernadette, fais-moé pas perdre le fil de ma pensée pasqu'y' est là, le problème. Pis en verrat à part de ça. Après toutes ces années-là, le nez collé dans ses livres, avec pas beaucoup d'amies, pas de chum non plus, c'est juste pas normal que notre fille décide de toute lâcher à pas six mois de son diplôme. Son envie de travailler à l'Expo, ça cache d'autre chose, chus sûre de ça. Pis c'est justement cette autre chose-là que je veux savoir. Mais à soir, au souper, j'avais pas envie d'en parler devant tout le monde.

— Pourquoi?

— Pourquoi? Pasque ça se discute pas en public, une affaire de même. Pis tu connais ta mère, non? Si y' avait fallu qu'a' voye pas la situation par le même boutte de la lorgnette que moé pis qu'a' décide de me tenir tête devant notre fille, j'aurais jamais pu savoir le fin fond de l'histoire. Pis en plusse, j'avais pas envie pantoute de perdre la face devant toutes mes enfants.

— Tant qu'à ça.

— Ouais, comme tu dis... Ça fait que j'ai faite ma *smatte,* comme tout le monde, pis j'ai félicité Laura comme les autres. Mais demain, par exemple, m'en vas toujours ben savoir ce qui se cache en arrière de c'te drôle d'envie d'aller travailler comme hôtesse. Une vraie follerie, son affaire! C'est pour ça qu'astheure que c'est du sérieux, on va prendre le temps d'en parler, Laura pis moé, je t'en passe un papier! Tu trouves pas, toé, que ça ressemble pas à notre fille d'aller se pavaner comme ça devant du monde, du monde inconnu, en plusse? Toute ça pour donner des explications ou ben des instructions sur le chemin à suivre? Me semble qu'on étudie pas durant des années, à l'université en plusse, juste pour se retrouver à faire ça.

— Mais c'est juste en attendant.

— Ouais, en attendant… Laisse-moé te dire que ça avec, ça m'inquiète ben gros. Pis si c'était pas vraiment en attendant, comme a' dit ? Si dans le fond, sans rien dire à personne pasqu'a' sait pas trop comment l'annoncer, son intention, à Laura, ça serait de lâcher l'université en douce ? Hein ? Tu y as-tu pensé, toé, à c'te possibilité-là ?

Marcel faillit s'échapper en avouant qu'il ne pensait qu'à ça, qu'il n'espérait que ça. Renfrogné, un brin décontenancé par la tournure que prenait la conversation, il se gratta le crâne en réfléchissant à toute vitesse. L'occasion d'aborder le sujet était trop belle pour la laisser passer sans réagir.

Puis un demi-sourire éclaira brièvement son visage et il se redressa. Rien de mieux que de s'en tenir à la vérité quand on veut avoir l'heure juste.

— Ouais, j'y ai pensé, Bernadette, avoua-t-il enfin. Pis pas juste une fois, tu sauras, depuis que Laura nous a annoncé qu'a' voulait se présenter pour devenir hôtesse à l'Expo. Dans le fond, chus un peu comme toé : ça m'achale de pas savoir ce qui s'en vient, à propos des études de notre fille.

Cette fois-ci, Marcel se tourna franchement vers Bernadette. Il était assez fier de la tournure qu'il avait trouvée. Tout dire sans rien dire de compromettant.

— Ouais, ça m'achale ben gros. Pas toé ?

Par contre, le pourquoi de cet inconfort n'avait pas à être expliqué. Pas pour l'instant. Dans l'état actuel de la discussion, Bernadette n'avait surtout pas besoin de savoir que tout ce qu'il espérait, c'était un abandon des études complet et définitif. Mais, en contrepartie, s'il y avait quelqu'un qui pouvait parler pour lui et savoir exactement ce qui leur pendait au bout du nez, c'était Bernadette.

Malheureusement, celle-ci, aux derniers propos de son mari, avait sourcillé, se demandant, finalement, si elle n'avait pas parlé dans le vent.

— Ben oui, moé avec, ça m'achale, admit-elle sèchement, ne voyant pas où Marcel voulait en venir. C'est en plein ce que je viens de te dire !

— Ben, dans c'te cas-là, poursuivit Marcel, un peu exubérant, sans tenir compte de la répartie de sa femme, essaye don d'y parler, à Laura, conseilla-t-il justement, qu'on en aye le cœur net, une bonne fois pour toutes !

Volubile comme il l'était rarement et bien ancré dans sa réflexion, Marcel n'était pas du tout conscient que l'humeur de sa femme s'assombrissait au fur et à mesure qu'il s'exprimait.

— Ben voyons don, toé !

Bernadette s'était levée d'un bond. Poings sur les hanches, visiblement en colère, elle dévisageait Marcel.

— Bâtard, Marcel ! On dirait ben que t'as rien écouté pantoute de ce que je viens de raconter depuis dix menutes.

— Ben là !

— Comment ça, ben là ? Avec tes questions, tu me demandes de répéter exactement toute ce que je viens de t'expliquer pis tu vas me faire accroire que t'as écouté ? Je te l'ai dit, t'à l'heure, c'est pas facile pour moé de toute démêler ça dans ma tête. Pis là, faudrait que je recommence pasque toé, t'as pas écouté ?

— Comment ça, pas écouté ?

— Je viens de le dire, que je veux parler à notre fille pour savoir c'est quoi qu'a' pense vraiment ! Si t'avais écouté, tu me demanderais pas d'y parler !

Le ton employé par Bernadette était emporté, agressant, et Marcel eut l'impression de recevoir une bordée de reproches en pleine face.

Et dire que lui, il pensait bien faire en reprenant les mêmes mots que Bernadette ! Une façon comme une autre de faire comprendre qu'il s'inquiétait, tout comme elle, au sujet des études de leur fille. Pas pour les mêmes raisons, bien sûr, mais qu'importe ?

Marcel leva alors les yeux sur Bernadette qui avait gardé la pose. Les poings encore sur les hanches, elle le fixait avec colère.

C'est à la voir ainsi, échevelée et les sourcils froncés sur son impatience, que Marcel eut la très nette impression de remonter dans le temps. Depuis un an, l'image qu'il se faisait de sa femme et lui était celle d'un couple uni dans l'effort, tirant ensemble leur charrette familiale vers l'avenir. Malheureusement, cette image venait de se dissiper comme une fragile volute de fumée et, comme jadis, il eut la vision fugitive, mais combien désagréable, qu'en ce moment, ils tiraient chacun dans leur direction.

Sa réplique à lui fut cinglante.

— Encore montée sur tes grands chevaux, calvaire ! Jamais moyen de discuter dans le sens du monde quand on parle des enfants. Je faisais juste dire la même chose que toé, Bernadette. La même calvaire d'affaire pour que tu te sentes moins seule devant Laura. Mais t'as rien compris, comme d'habitude. Tant pis. Moé, je me couche, j'ai une grosse journée à faire demain.

L'instant d'après, il éteignait la veilleuse à côté de lui et d'un geste brusque, il ramena la couverture vers lui et s'en couvrit les épaules.

Sachant pertinemment, dans l'état actuel des choses, qu'il ne servait à rien d'insister, Bernadette ne tarda guère à rejoindre son mari. Se couchant dos à lui, elle s'installa sur l'extrême bord du matelas.

À elle aussi, l'image troublante d'une époque qu'elle croyait révolue avait traversé l'esprit et elle avait le cœur gros.

Comment dormir maintenant si à l'inquiétude qu'elle éprouvait à l'égard de Laura s'ajoutait celle de sentir la rancune de Marcel ?

Bernadette se retourna alors doucement et se souleva sur un coude. Le dos de Marcel, massif et large, lui apparut comme une muraille infranchissable. Bernadette ferma les yeux une seconde. Pourvu que Marcel ne se soit pas refermé comme une huître. Il y avait peut-être quelques excuses à faire et un dialogue à poursuivre malgré tout.

— Marcel ?

La voix de Bernadette n'était qu'un murmure.

Il y eut d'abord un profond soupir, des jambes qui s'agitèrent et une couverture malmenée, puis :

— Je dors, calvaire ! Si t'as d'autre chose à me dire, attends à demain. Je pense que ça va être mieux de même, pour toé comme pour moé. Bonne nuitte…

Le ton était impatient, la voix rauque. Cependant, au bout d'une petite minute où Bernadette avait retenu son souffle, Marcel ajouta :

— Bonne nuitte, Bernadette. Essaye de penser à d'autre chose pis de faire des beaux rêves quand même. Promis, on va en reparler demain.

* * *

Son année financière venait de se terminer à la fin du mois de janvier, et Bébert vérifiait ses chiffres une dernière fois avant de les faire parvenir à monsieur Morin, l'ancien propriétaire du garage. Ce dernier avait promis de l'aider à faire le bilan de cette première année d'opérations afin de lui montrer comment préparer le rapport qui aurait l'heur de plaire à ces messieurs de l'impôt, tant fédéral que provincial.

— Tu vas voir, le jeune, c'est pas sorcier. Un peu long, c'est vrai, mais pas vraiment compliqué. J'ai jamais eu besoin de comptable pour m'aider pis ça devrait être pareil pour toé. Si t'es honnête, ça se voit dans les chiffres, crains pas, pis personne viendra t'achaler. Y' l'ont jamais faite avec moé, je vois pas pourquoi ça serait différent pour toé. Envoye-moé les papiers avec les chiffres pendant que j'vas être en Floride pis quand j'vas revenir, au début de mars, on regardera ça ensemble.

C'est pourquoi, en ce moment, Bébert revérifiait tous les chiffres avant d'en glisser une copie dans une grande enveloppe de papier kraft afin de la faire parvenir à Jos Morin qui se prélassait sur une plage quelconque, au chaud soleil de la Floride.

— Maudit chanceux, murmura Bébert en pensant à son ancien patron.

Le jeune homme leva les yeux.

Par la grande fenêtre encadrée de givre, juste devant lui, il pouvait voir que l'hiver n'allait pas finir de sitôt. Une petite neige folle, rabattue par un vent cinglant, voletait au ras des toits, de l'autre côté de la rue, et les pneus des rares voitures à s'être aventurées sur la chaussée crissaient sur la neige durcie.

— Pis dire qu'on annonce encore du moins trente pour demain pis après-demain, soupira-t-il, accablé, songeant aux nombreux appels qui ne manqueraient pas de l'assaillir, dès l'aube, le lendemain matin, sollicitant qui un démarrage, qui un surplus d'essence. Faudrait petête que je demande à Antoine de venir m'aider. Avec le téléphone qui dérougit pas à cause des clients qui ont besoin d'un *boostage,* j'y arriverai pas tuseul. Je le sais, c'était complètement fou, à matin, pis c'était juste la première journée de c'te gros frette-là. Que c'est ça va être demain, batince? D'un autre côté, avec Antoine icitte pour répondre au téléphone pis moé sur la route, on devrait être capable de répondre à tout le monde.

Satisfait de cette solution, Bébert ramena les yeux sur ses colonnes de chiffres, se promettant d'appeler Antoine dès qu'il en aurait fini avec ses calculs, et malgré les prédictions de température glaciale pour le lendemain, il ne tarda pas à étirer un long sourire alors qu'il imaginait sans peine son ancien patron assis à l'ombre d'un grand parasol bariolé.

— Mais si ça continue de même, moé avec, un jour, m'en vas pouvoir aller me faire chauffer la couenne au soleil de la Floride durant deux longues semaines, chaque hiver. Comme monsieur Morin.

Une petite demi-heure plus tard, Bébert était à même de constater que, sans faire de gros profits, il n'en terminait pas moins ces premiers mois à titre de patron avec un léger surplus financier, ce qui suffit à le rendre euphorique.

— Ouais, ben ça, ça me fait plaisir. Après ça, on dira que chus pas bon pour gérer mon affaire. Batince que chus content! Des profits, sacrifice, le garage fait des profits!

Si on tenait compte des confortables mensualités qu'il versait pour l'achat du garage, du salaire intéressant qu'il s'était pris et d'Antoine qu'il avait fait travailler nettement plus que ce qui aurait été nécessaire, avoir réalisé un profit, aussi petit soit-il, était suffisant pour que Bébert se réjouisse.

— Mais j'avais pas le choix, murmura-t-il, le doigt toujours pointé vis-à-vis du nom d'Antoine. Pour son voyage à New York, y' en avait besoin.

Malgré tout cela, les chiffres étaient rassurants.

— Sacrifice que chus content! répéta-t-il en s'étirant. Encore une couple de mois, pis j'vas pouvoir penser à changer de char… Pis petête, avec, que j'vas pouvoir m'installer enfin chez nous. Fini la p'tite chambre au bout du salon ousque tout le monde peut m'entendre pis ousque j'entends tout le monde tout le temps! À vingt-six ans, y' serait petête temps de penser à m'en aller pour de bon, comme Louise…

Repoussant les papiers du garage, Bébert attrapa une feuille dans le premier tiroir de droite, sous le plateau du vieux pupitre, éraflé par l'insistance de milliers de coups de crayon, puis, à la lumière des chiffres qu'il avait fini de compiler durant l'après-midi, il s'amusa à faire quelques calculs et pronostics concernant ses finances personnelles.

Son sourire s'élargit encore un peu plus. Il n'était pas exagéré de croire que l'avenir serait prometteur.

— Avec un peu de chance, l'été prochain, je déménage, sacrifice! Pour un gars tuseul, un quatre et demi, ça devrait faire l'affaire pis ça devrait pas me coûter les yeux de la tête. Je pourrais mettre jusqu'à quatre-vingts piasses par mois… Quitte à garder mon vieux char pour une autre année. Après toute, chus ben placé pour le réparer, en cas de besoin. Pis y' est encore ben fiable pis ben propre, même si y' est vieux.

Les chiffres additionnés devant lui étaient éloquents.

— Ouais, j'vas pouvoir enfin être chez nous. Pis laissez-moé vous dire que j'vas chercher un logement sur un deuxième ou un troisième plancher. Pour moé, y' est pas question de demeurer au premier étage. J'en ai assez de me faire piocher sur la tête par des voisins qui font pas attention… Pis j'vas ben choisir l'orientation des pièces. J'veux de la lumière pis du soleil partout.

Après une vie passée dans une chambre minuscule qui avait plutôt des allures de cagibi, son étroite fenêtre donnant sur le mur de briques rouges de la maison voisine, Bébert rêvait de pièces claires et ensoleillées.

— Chez les parents, la seule pièce qui profite vraiment du soleil, c'est la cuisine. Mais, sacrifice, est toujours en désordre ! Y a toujours de la maudite vaisselle sale sur la *pantry* pis des piles de linge à plier sur les chaises de *spare,* dans le coin ! Ça fait qu'on va dans c'te pièce-là juste pour manger pis encore. Ça arrive souvent que chus obligé d'aller m'installer dans le salon pasqu'y a trop de choses sur la table. Ça se peut-tu, des affaires de même ? Chez nous, ça sera pas pareil. Oh non ! Chez nous, ça va toujours être ben à l'ordre, comme dans mon garage. Toutes les affaires vont être ben à leur place. Me semble que c'est pas dur à faire, ça, mettre les choses à leur place ! Pis la vaisselle, elle, a' va se faire après chaque repas. Pas question de laisser traîner un seul couteau dans l'évier. Comme ça, la cuisine sera jamais embourbée comme celle de ma mère. Pis quand j'vas avoir de la visite, ben, je serai pus jamais gêné, comme c'est le cas astheure, quand j'ai des chums qui viennent me voir chez les parents. C'est vrai que depuis un boutte, je les vois pas ben ben souvent, mes chums. Mais ça va changer. Moé avec, j'vas être enfin chez nous. Moé avec, j'vas avoir une vie ben à moé. Comme Ti-Ben Gladu, Jean-Pierre pis Réginald.

Comme Ti-Ben Gladu qui parlait mariage pour l'été à venir, Jean-Pierre qui sortait avec la belle Marjolaine depuis un an et Réginald qui avait déjà deux enfants…

À cette pensée, le sourire de Bébert se volatilisa aussitôt, pour mieux ressurgir dans l'instant.

— Chus petête encore tuseul dans la vie, analysa-t-il à voix haute, c'est vrai, mais j'ai un garage ben à moé, par exemple !

Bébert regardait maintenant tout autour de lui, visiblement satisfait de son sort.

— Ouais, chus mon propre boss pis ça, c'est pas le cas de mes chums. Ça compte, ça avec. En sacrifice, à part de ça. Je l'ai toujours dit : d'abord, une bonne job *steady* pis la famille viendra après. *Anyway*, je me serais pas vu passer ma vie dans une *shop* ou ben au service d'un autre. Ça fait que j'ai pris les moyens pour. Astheure, y a pus personne pour venir me dire quoi faire pis quand le faire. Icitte, c'est moé le boss !

Durant quelques instants, Bébert savoura cette constatation en laissant son regard admirer une fioriture dans le givre de la vitre.

Une arabesque de frimas qui lentement, involontairement, avec perfidie comme pour retourner le fer dans la plaie, s'amusa à reproduire, devant les yeux fatigués de Bébert, le visage de Laura, souriant, un peu espiègle comme elle l'était parfois avec lui.

— Astheure, on va pouvoir penser à la famille, soupira Bébert, d'une voix éteinte, un peu comme s'il faisait une confidence à ce visage de glace. Avec un appartement ben à moé, me semble que ça va être pas mal plus facile de courtiser une fille. Non ? Avec les parents pis les plus jeunes dans le décor, ça me tentait pas pantoute, se répondit Bébert à lui-même. Ouais, chus rendu là. Y' est temps de penser à fonder une famille… Pis d'icitte à l'été, je pourrais petête commencer, dans pas trop longtemps, par inviter Laura pour aller au…

— Ma parole! Te v'là rendu à parler tout seul, Bébert? Je pensais pas que tu étais aussi vieux que ça!

Un courant d'air glacial, accompagné de la voix moqueuse de Laura, fit sursauter violemment Bébert. Il détourna la tête un moment, se concentrant sur le contenu d'un tiroir pour cacher son visage qui avait aussitôt viré à l'écarlate. Pourvu qu'elle n'ait rien entendu…

Puis, sachant qu'il n'avait pas le choix, il leva enfin les yeux. Entrée par la petite porte de service donnant directement dans le garage, Laura se tenait maintenant dans l'embrasure de celle qui séparait le bureau du garage.

— Je… Salut, Laura…

Bien malgré lui, Bébert parlait d'une voix précipitée.

— Veux-tu ben me dire ce que tu fais icitte? On gèle comme des canards pis y' vente à écorner les bœufs. Pas un temps pour se promener dehors!

D'une main nerveuse, Bébert rassembla les papiers devant lui, un peu n'importe comment. Tant pis. Il y mettrait de l'ordre plus tard.

Pendant ce temps, Laura avait fait quelques pas dans la pièce tout en retirant ses gants et son foulard.

— Je le sais qu'il fait un temps à pas mettre un chien dehors, mais ça me tentait pas de rentrer tout de suite à la maison.

— Pourquoi?

— Parce que ça me tentait pas, maudite marde! Faut-tu toujours donner des raisons à tout ce qu'on fait?

Le regard de Laura, croisant un instant celui de Bébert, lançait des éclairs. Malgré cela, comprenant que Laura n'avait rien entendu de son long monologue, Bébert ne put retenir son habituel sourire quand il voyait Laura, ce qui provoqua aussitôt un long soupir d'impatience.

— C'est ça! Ris de moi, en plus.

— Batince, Laura! Je ris pas de toé, je souris pasque chus content de te voir. Avec le frette qui fait, j'ai vu quasiment personne aujourd'hui. J'ai eu trois rendez-vous d'annulés, batince! C'est sûr que j'en ai profité pour faire mes chiffres pis que je serai pas obligé de les faire à soir, mais ça reste que la journée a été longue. Ça va me faire du bien de jaser avec d'autre chose que les murs même si t'as pas l'air de ben bonne humeur.

— Pas pantoute.

— C'est-tu le frette qui te rend à pic de même?

— Pas plusse…

— Bon, bon, OK. Pourquoi t'es icitte, d'abord? Ça serait-tu que tu penses que je peux t'aider dans quèque chose?

— Même pas. Jusqu'à preuve du contraire, y a personne sur terre qui va pouvoir régler mon problème.

— Ben voyons don! Que c'est tu fais icitte, d'abord? Laisse-moé te dire que tu m'intrigues pis que tu m'inquiètes. C'est-tu si grave que ça?

Laura dessina une moue, hocha légèrement la tête.

— Grave, non. Faut quand même pas exagérer. Mais achalant, par exemple. Ouais, c'est le mot. La situation est ben achalante, ben, ben fatigante.

— Ben, si c'est de même, que c'est tu dirais de te donner la peine de t'asseoir pour toute me raconter?

— Imagine-toi donc que c'est justement pour ça que je suis venue.

Laura avait déjà enlevé son manteau. Elle se laissa tomber sur la petite chaise droite, face à Bébert.

— T'es probablement le seul à qui je peux me confier

parce que t'es le seul, avec ma grand-mère, à tout savoir de mes vraies intentions. Même si tu peux rien faire pour moi, ça va me faire du bien de me vider le cœur.

L'attitude de Laura, à la fois déconcertante et intrigante, avait aidé Bébert à reprendre sur lui. Il était surtout aux anges de voir que Laura Lacaille, sa Laura Lacaille, avait pensé à lui pour se confier.

Ça voulait dire quelque chose, non ?

— Ben vas-y, Laura, l'encouragea-t-il. Je pense que t'en as besoin. Si tu permets, j'oserais même dire que t'as l'air d'un *spring* trop remonté, trop tendu ! Fait que, défoule-toé don avant de nous sauter dans la face !

L'image arracha enfin un sourire à Laura.

— Je l'ai toujours dit : t'es un gars brillant, Bébert. Pis perspicace. Dans le fond, c'est toi qui aurais dû suivre un cours de psychologie, pas moi. Et, oui, tu as raison : je suis remontée à bloc ! Pis tout ça à cause de ma mère qui veut rien comprendre.

— Ta mère ? Me semblait, au contraire, d'après ce que t'as l'habitude d'en dire, me semblait que c'est une femme à l'esprit ouvert, ta mère. Même si je sais pas pantoute de quoi tu veux me parler, comme de raison.

— Ben justement, Bébert Gariépy, laisse-moi donc parler avant de dire n'importe quoi à travers ton chapeau. Pis ma mère, tu sauras, est pas toujours d'adon. Ça fait même une semaine qu'on ne se parle plus parce qu'elle n'est plus parlable. Ça fait que, viens pas me chanter ses louanges ici, toi, parce que ça ne passera pas.

Vexé, le jeune homme se cala dans son fauteuil en cuirette rouge pompier.

— Excuse-moé. Je voulais pas te choquer. Vas-y, parle.

Promis, je dirai pus rien tant que t'auras pas fini.

Cette façon de dire ramena, le temps d'un soupir, l'image d'Évangéline, assise, elle, dans son fauteuil de velours élimé, et tendant une oreille attentive pour écouter les confidences de sa petite-fille.

Cependant, ce petit souvenir anodin, au lieu de faire naître un certain attendrissement, attisa la colère de Laura.

Même si elle n'était pas au programme de sa journée, la toquade de sa grand-mère face aux Gariépy mériterait bien, elle aussi, une bonne discussion un de ces jours, d'autant plus que Laura était convaincue que Bébert Gariépy, ici présent, et Évangéline Lacaille, butée depuis des années, étaient faits pour s'entendre comme larrons en foire.

Mais en attendant…

Secouant vigoureusement la tête, Laura revint à Bébert et aux propos échangés avec sa mère un certain matin de la semaine dernière.

— Imagine-toi donc, Bébert, que ma mère s'est mis en tête de m'empêcher de travailler à l'Expo l'été prochain. Non, c'est pas correct de le dire comme ça. Je me reprends. En fait, Bernadette Lacaille, ma mère, ne veut pas m'empêcher de travailler à l'Expo, elle me l'interdit, maudite marde ! Qu'est-ce que tu penses de ça ?

— Te l'interdire ?

De toute évidence, Bébert semblait dépassé par une telle révélation. Il haussa imperceptiblement les épaules, comme pour manifester son incompréhension, ou encore une certaine désapprobation.

— Que c'est tu veux que j'en pense, ma pauvre Laura ? À première vue, comme ça, pis sauf le respect que je dois à ta mère, j'aurais tendance à penser que c'est pas de ses affaires à elle si toé, tu veux travailler à l'Expo.

Soulagée de constater qu'elle n'était pas la seule à penser de la sorte, Laura se cala sur sa chaise.

— C'est bien ce que je me disais, moi aussi, confirma-t-elle d'une voix assurée. Mais va donc trouver, maintenant, les mots pour expliquer ça à ma mère, sans paraître impolie. Remarque que j'ai essayé, mais elle ne veut rien entendre. C'est bien la première fois que je la vois aussi bornée.

N'ayant aucune suggestion probante à faire, Bébert continua d'interroger Laura.

— Pis c'est quoi sa raison, à ta mère, pour t'interdire de travailler à l'Expo ?

— T'as pas deviné ? Il me semble que c'est clair comme de l'eau de roche.

— Tes études ?

Laura claqua des doigts, comme une danseuse espagnole joue de ses castagnettes, les mains au-dessus de sa tête.

— En plein dans le mille, mon Bébert. Je le répète, t'es un gars brillant.

Emmêlé à sa colère, du sarcasme perçait dans la voix de Laura. Bébert avait rarement vu son amie aussi révoltée.

— Mais pourquoi t'empêcher de travailler à l'Expo à cause de tes études ? Là, je comprends moins. Me semble que tu m'as dit, l'autre jour, que ton diplôme était juste remis à l'an prochain.

— C'est toujours ce que j'ai dit, oui. Pis c'est ce que je continue à dire, à crier sur tous les toits, parce qu'on en est venues jusqu'aux cris, ma mère et moi, imagine-toi donc ! Mais on dirait bien que ma mère ne me croira jamais. À cause de ça, le dialogue est interrompu entre nous, comme on dit dans le langage des syndicats.

Butée, Laura planta un regard défiant, provocateur dans celui de Bébert qui comprit tout de suite la subtile nuance que pouvaient contenir ces quelques mots.

— C'est ce que t'as dit, c'est ce que tu continues de dire, mais c'est pas nécessairement ce que tu penses, suggéra-t-il sur un ton qui n'avait rien d'interrogateur. Je me trompe, Laura ou ben…

À ces mots, Laura se mit à rougir.

— Non, tu ne te trompes pas, Bébert, interrompit-elle alors. Depuis quelques semaines, je dis ce que tout le monde veut entendre, même si je ne suis pas du tout certaine de ce que j'avance. Maudite marde ! Qu'est-ce que je pourrais dire d'autre ? J'y vois pas clair moi-même !

Puis, détournant la tête, elle avoua à voix basse :

— Je le sais pas, Bébert, où j'en suis vraiment. Je t'en ai déjà parlé. Peut-être, oui, que je vais retourner à l'université en janvier prochain. Peut-être qu'à la longue, ça va me manquer, tout ça. Mais peut-être pas, non plus. Je ne le sais pas encore. Ma mère, qui me connaît bien, l'a vite deviné. Et pour elle, il n'est pas question que je laisse tomber mon cours. Je n'irai pas me pavaner à l'Expo, tandis que je pourrais obtenir un diplôme universitaire au printemps. Ce sont exactement ces mots-là qu'elle a employés, l'autre matin. Elle ne veut pas que sa fille aille se pavaner à l'Expo… Pire, elle me l'interdit. Purement et simplement, et sans équivoque. Après une grosse demi-heure à tourner autour du pot, à me questionner sur un ton lénifiant pour essayer de savoir ce que je pense vraiment, elle a brusquement changé de ton pour dire que si j'avais rien de plus à dire, c'est elle qui allait prendre la décision. Pas d'Expo pour moi ! Et pour se justifier, elle s'est mise à me parler de l'argent qu'elle a dépensé pour moi au fil des années, elle a souligné l'âge où je suis rendue sans être encore indépendante, puis elle a terminé en parlant de tous les sacrifices qu'elle a faits pour moi… Comme si moi, j'en avais pas fait, des sacrifices. On dirait qu'elle ne voit pas que la plus éprouvée, dans toute cette histoire-là, c'est moi. C'est pas agréable de dire que je me suis encore trompée. Pas agréable du tout. J'ai l'air d'une girouette et je n'aime pas ça. Et c'est sans compter mon père qui va me tomber dessus quand il va comprendre, à son tour, que je ne retournerai peut-être pas à l'université. Tu devrais le voir quand il parle de moi à ses clientes! Il est tellement fier du fait que j'aille à l'université. Il va m'arracher la tête quand il va savoir que j'ai envie de tout laisser tomber. Tout ça, sans oublier ma grand-mère qui va me chialer après et le pire, c'est qu'ils n'auront pas tout à fait tort. Ils en parlent tellement, de ce fichu diplôme, et depuis si longtemps que je peux, oui, très bien les comprendre. Moi aussi, j'en ai parlé avec tout plein d'espoir dans le cœur et probablement dans la voix. Je ne suis pas idiote et je sais très bien que si mes parents sont comme ça aujourd'hui, c'est un peu à cause de moi, à cause de l'enthousiasme que j'ai toujours eu quand je parlais de mes études. Avec le temps, j'ai dû déteindre sur ma famille! Et je ne suis pas une ingrate, non plus. Je suis tout à fait consciente des sacrifices qu'ils ont faits pour que je puisse étudier. Là n'est pas le problème. Le problème, il est dans le fait que pour moi, le diplôme n'a plus l'importance qu'il avait. Pas pour l'instant, en tout cas. Qu'est-ce que ça me donnerait de l'avoir, là, maintenant? Rien, rien du tout. Quand bien même j'irais le chercher dans quelques mois, le maudit papier, c'est pas ça qui va me faire aimer la profession. Et pour l'instant, ça ne me tente pas de passer le reste de ma vie assise dans un bureau à écouter des gens se lamenter. C'est un peu bête, ce que je dis là, un peu expéditif, mais c'est comme ça que je vois la situation. Est-ce que ça va changer dans les mois, dans l'année à venir ? Je ne le sais pas. Peut-être. Mais je suis loin d'en être certaine. Tout ce que je sais, pour l'instant, c'est que voulais vraiment travailler à l'Expo. Je voyais là une belle façon de prendre tout mon temps pour réfléchir à mon avenir sans pour autant alerter tout le monde autour de moi. Ça me tentait tellement de connaître cette expérience-là. Mais tout est raté, à cause de ma mère…

Sur ce, sans crier gare, passant subitement de la colère au désespoir, Laura éclata en sanglots.

Bébert était déjà debout, inquiet.

D'un geste vif, il contourna son bureau. Voir Laura malheureuse lui était irrémédiablement intolérable.

Mais qu'est-ce qu'ils avaient tous, dans cette famille-là, à toujours vouloir compliquer les choses ? Si Laura voulait travailler à l'Expo, qu'on la laisse tranquille et qu'elle aille travailler à l'Expo, bon sang ! Il n'y a rien de mal dans ça et on verrait à tout le reste plus tard !

Sans hésiter, Bébert s'accroupit près de la chaise où Laura, secouée comme une jeune plante dans la tempête, pleurait maintenant à chaudes larmes.

— Je m'excuse, Bébert, réussit-elle à articuler entre deux longs sanglots. Je voulais pas te déranger avec mes…

— Veux-tu ben te taire, Laura Lacaille ? Tu me déranges pas une miette… C'est à ça que ça sert, des amis, tu sauras, ajouta-t-il après une courte seconde de réflexion tout en prenant les deux mains de Laura entre les siennes.

Bébert dut se faire violence pour réprimer l'envie qu'il avait d'embrasser le bout de chacun des doigts fins qu'il sentait trembler entre ses mains. Il prit une longue inspiration pour endiguer le désir profond qu'il sentait battre en lui. L'envie de prendre Laura dans ses bras pour la consoler était presque douloureuse.

Pourtant, il se contenta de serrer les mains de Laura entre les siennes. Puis, se détournant un instant, il tira vers lui la boîte de papiers-mouchoirs qu'il gardait en permanence sur un coin de son bureau. Surtout en hiver quand la saison de la grippe et des rhumes battait son plein.

— Tiens, prends ça, fit-il en tendant un mouchoir à Laura. Mouche-toé un bon coup pis après on va jaser.

— Jaser? Me… me semble que j'ai tout dit. Ça… ça servirait à rien de retourner ça dans tous les sens. Je pense que…

— Ben moé, Laura, j'ai encore de quoi à dire. Pis de quoi de ben important, à mon avis. Envoye, mouche-toé, essuie ton visage pis j'vas te parler après ça.

Malgré le tiraillement qu'il ressentait dans ses jambes, Bébert s'obligea à rester accroupi devant Laura. Dès qu'elle eut fini de se moucher et qu'elle eut essuyé consciencieusement son visage, le jeune homme se hâta de reprendre une de ses mains entre les siennes. Puis, levant la tête, il planta résolument son regard dans celui de Laura. Cette dernière décela une telle intensité dans les yeux noisette qui la dévisageaient que, subjuguée, elle fut incapable de détourner la tête.

— Ça va mieux? demanda Bébert, question de laisser à Laura quelques minutes supplémentaires pour reprendre sur elle.

— Je pense, oui, fit-elle enfin en reniflant et en se redressant sur sa chaise. Ça fait toujours du bien de parler et des fois, ça fait aussi du bien de pleurer un bon coup.

— Bon ben, si c'est de même, m'en vas parler à mon tour.

M'en vas te dire ce que moé, Robert Gariépy, je pense de toute ça. Pis tu vas voir que c'est pas ben ben compliqué. Même que ta mère, à travers toutes les raisons qu'a' t'a données pour pas lâcher les études, a' t'a donné, en même temps, une bonne raison de faire exactement le contraire, si c'est ça que tu veux vraiment.

— Je ne te suis pas, Bébert. Comment veux-tu qu'une chose dise en même temps son contraire ?

— À mon tour de te demander de me laisser finir, OK ?

Laura obtempéra d'un hochement de tête docile.

— Pas de problème, Bébert. Parle, je t'écoute attentivement.

— OK. Comment je pourrais dire ça, astheure ?… Je pense que dans toute ça, tout le monde autour de toé a oublié une chose. Une toute petite chose, mais qui a ben de l'importance. C'est juste que t'es pus une enfant, Laura. T'es pus une p'tite fille à qui on peut ordonner de faire une chose ou ben une autre. Tu l'as dit, t'à l'heure, en parlant de ce que ta mère avait dit. Elle avec, a' l'a parlé de ton âge. Mais pas dans le sens qu'a' devrait y donner, selon moé. Aujourd'hui, Laura Lacaille est devenue une femme, que ta mère le veuille ou pas. Pis ça, y a pas personne qui a le droit de pas en tenir compte. T'es une femme, Laura, pas une p'tite fille qui s'amuse dans la ruelle d'à côté. Pis c'est à toé, juste à toé, de décider ce que tu veux pour ta vie. Pas à tes parents, pas à ta grand-mère pis pas plusse à moé, même si des fois j'essaye de te donner des conseils. Les conseils, de l'un ou ben de l'autre, on peut toujours les écouter, c'est ben certain. Moé avec, je le fais, des fois. On fait toute ça, un jour ou l'autre. Mais quand vient le temps de décider, par exemple, y a juste toé qui peux choisir de les prendre en considération ou pas. Pasque t'es pus une enfant, Laura, t'es une adulte, t'es une femme.

Bébert avait parlé avec ferveur, avec amour.

Sur le visage de Laura, les larmes s'étaient remises à couler. Mais sans rage ni colère, cette fois-ci. Juste une ondée après l'orage.

Bébert, à l'écoute de Laura comme jamais auparavant, sentit fort bien que les émotions suscitant ces larmes n'étaient plus les mêmes. Alors, il leva une main et du pouce, d'un geste infiniment doux, il cueillit les larmes une à une pour assécher le visage de Laura. Paupières closes, la jeune fille le laissa faire sans riposter ni réagir. À peine y eut-il un frisson ténu qui secoua ses épaules quand elle sentit la main chaude de Bébert effleurer délicatement sa joue.

— À mon avis, Laura, si t'as vraiment envie de travailler à l'Expo, y a juste toé qui peux décider. Pis la raison qui te pousse à faire un choix ou ben un autre, t'as même pas besoin d'en discuter. Ça te regarde pis ça regarde personne d'autre. Pas plus tes parents que tes voisins. Pis en parlant de voisins, je m'inclus là-dedans, ajouta Bébert sur un ton plus léger, espérant ainsi susciter un sourire sur le visage de Laura.

C'est alors que Laura ouvrit les yeux. Sans afficher de sourire, elle n'en leva pas moins un regard rempli d'attente.

Jamais personne ne lui avait parlé sur ce ton.

— Tu crois que j'ai le droit d'agir comme tu viens de le dire? demanda-t-elle d'une voix indécise. Chez nous, tu sais, c'est pas exactement comme ça que ça se passe, d'habitude. Les parents, et ça inclut ma grand-mère, ont toujours eu le dernier mot. Sur tout et tout le temps.

— Ben, je dirais qu'y' est petête temps que ça change. Après toute, c'est toé la plus vieille pis c'est avec toé qu'y' vont devoir apprendre à *dealer* avec une adulte dans leur maison.

Toutes les parents passent par là un jour. Du moins, c'est l'avis que j'en ai. Des parents, c'est là pour décider jusqu'au jour où leur enfant est assez vieux pour le faire par lui-même. Me semble que c'est pas compliqué à comprendre pis à accepter, ça.

Laura échappa un long soupir.

— T'as probablement raison, Bébert. Moi aussi, j'aurais tendance à dire comme toi. Mais ça me fait peur quand même.

— Ben voyons don! Pourquoi? Que c'est qui pourrait t'arriver de si pire que ça? Tu peux-tu me le dire, toé? Tes parents ou ta grand-mère vont toujours pas te battre juste pasque tu tiens ton boutte pis que tu t'entêtes à travailler à l'Expo, hein? Ça aurait pas d'allure. Pis probablement qu'une fois rendu au mois d'avril, y' vont se rendre compte que c'était pas si pire que ça, pis y' vont passer à d'autre chose. Ou ben, y' vont avoir toute oublié ça pis c'est dans un an qu'y' vont te reparler de tes études, quand y' sera le temps de retourner à l'université. Pis tiens-toé ben, pasque moé avec, j'vas t'en parler, de l'université, ajouta le jeune homme pour détendre l'atmosphère.

Cette fois-ci, Laura ébaucha un petit sourire.

— Petête, oui, que ça va se passer comme ça. Je l'espère… Mais si, malgré ces prédictions optimistes, si mon attitude les choquait? Si, par exemple, mon père m'en voulait tellement d'agir comme ça, en leur tenant tête, qu'il décidait de me mettre à la porte?

Bébert balaya l'objection d'un haussement d'épaules désinvolte.

— Ben, tu ferais comme d'autres avant toé. Tu te retrousserais les manches pis tu trouverais une solution.

— Facile à dire, ça. Je ne suis pas du tout certaine que je trouverais...

— Pense à Francine, coupa Bébert. On l'a aidée, c'est sûr, mais a' l'a quand même pris sa vie en mains pis a' l'a fini par se débrouiller tuseule, avec son p'tit.

Francine...

Laura resta songeuse un moment.

— Oui, c'est vrai, t'as raison, admit-elle enfin d'une voix grave qui laissait entrevoir l'étendue de ses inquiétudes et de son ennui. Pis je connais assez ta sœur pour savoir que jusqu'au jour où ton père l'a mise à la porte, elle n'avait rien pour annoncer qu'elle saurait se débrouiller toute seule. Elle a toujours dépendu de tout le monde autour d'elle, Francine. Puis, à cause d'un tout petit garçon appelé Steve, elle a trouvé en elle ce qui lui manquait pour s'en sortir. Oui, tu as raison, Bébert: on a probablement à l'intérieur de soi tout ce qu'il faut pour s'en sortir... Jusqu'à ce qu'un Jean-Marie arrive dans notre vie.

— Ouais, comme tu dis... Maudit Jean-Marie! Si au moins on savait ousqu'y' sont cachés, ces deux-là, on pourrait petête faire de quoi...

À son tour, Bébert resta silencieux un moment. Puis, incapable de rester accroupi une seconde de plus, les jambes lui faisant de plus en plus mal, il se releva en grimaçant.

— Mais, pour astheure, c'est pas d'eux autres qu'on parle, conclut-il à juste titre. C'est de toé. Pis, selon moé, ta situation est ben différente de ce que ma sœur a vécu.

— C'est vrai.

Petit à petit, Laura semblait reprendre de l'assurance. Sa voix était plus ferme et son regard moins tourmenté.

— Tu as raison, Bébert, admit-elle en levant la tête vers

son ami. Ma situation est bien différente et bien moins grave que celle de Francine. J'ai toujours tendance à tout exa-gérer... Je ne sais pas encore sous quel angle je vais attaquer la discussion ni à qui je devrais parler en premier à la maison, mais je vais y penser très sérieusement, dès ce soir, et agir le plus rapidement possible. Je n'en peux plus de me sentir coincée comme j'ai l'impression de l'être depuis une semaine... Depuis des mois, en fait.

Sur ces mots remplis de bonne volonté, Laura se leva à son tour. Puis, impulsivement, elle se redressa légèrement, prit tout son temps pour détailler Bébert et, sur un sourire encore incertain, elle lui flanqua un gros baiser sur la joue.

— Merci d'être là, toi.

Cette fois-ci, le jeune homme ne put retenir le geste.

Incrédule, il posa la main sur son visage, là où les lèvres de Laura avaient laissé une sensation de brûlure, une sensation qu'il espérait conserver pour toujours.

Laura l'avait embrassé.

Laura Lacaille l'avait embrassé, lui, Robert Gariépy...

Jamais il n'aurait pu imaginer que cela serait aussi doux. Jamais il n'aurait pu imaginer qu'il se sentirait euphorique à ce point!

— Ben là...

Rouge jusqu'aux oreilles, Bébert ne savait trop s'il devait fixer Laura crânement ou éviter son regard de peur qu'elle ne voie, dans ses yeux à lui, à quel point il était sens dessus dessous.

Son naturel reprit vite le dessus. Une étincelle au coin des yeux, qui pouvait passer pour une moquerie ou de la joie, il lança, sur un ton goguenard:

— Si mes conseils te donnent envie de m'embrasser, Laura

Lacaille, tu peux venir me voir aussi souvent que t'en as envie…

Tout tourner à la blague, comme il l'avait toujours fait, pour camoufler les émotions, pour dire ce que l'on n'arrive pas à dire…

Habituée à cette manière d'être, Laura répondit à sa boutade par un sourire franc.

— Si ça prend juste ça pour te rendre heureux, je vais me trouver des tas de problèmes pour venir te voir, Robert Gariépy !

À peine un mot et Bébert redevint sérieux.

— J'aime ça, Laura, quand tu m'appelles Robert. J'aime ben ça…

Il y eut un silence embarrassé, à peine un souffle de confusion, à vrai dire. Puis, devant le visage intrigué de Laura, Bébert, intimidé par l'audace dont il venait de faire preuve, se tourna vers la fenêtre et ajouta précipitamment :

— T'as-tu remarqué ? Les journées ont commencé à rallonger. Y' fait petête encore ben frette, mais le printemps s'en vient pareil.

Laura suivit le regard de Bébert et se heurta, elle aussi, à un soleil qui, bien que pâlot, glissait encore quelques rayons dans la ruelle voisine.

— Oui, j'avais remarqué. Ça a commencé la semaine dernière. C'est drôle, mais on dirait que ça nous tombe dessus tout d'un coup. Un soir, je débarque de l'autobus à la noirceur, pis le lendemain, il fait clair !

— Mais y' fait frette quand même ! ajouta Bébert, un index sentencieux levé devant lui. Avec c'te temps-là, je pense qu'y' viendra pus personne. M'en vas fermer tusuite. Pis j'vas aller te mener chez vous.

Laura eut l'air soulagée.

— Ben, merci ! J'accepte ta proposition avec plaisir.

Laura avait déjà attrapé son manteau par une manche.

— C'est pas vraiment agréable de marcher par un froid pareil. Fallait que je sois vraiment en rogne pour venir jusqu'ici… Bon ! On y va ?

— Donne-moé juste quèques minutes pour ramasser mes papiers pis téléphoner à ton frère. On part tusuite après.

— Appeler Antoine ? Pourquoi t'appellerais Antoine ? T'as besoin de sa permission pour fermer le garage ?

À ces mots, Bébert éclata de rire.

— Pantoute, Laura. Icitte, c'est moé le boss pis j'ai pas de comptes à rendre à personne. Je fais ce que je veux quand je veux. Non, si j'appelle Antoine, c'est juste pour y demander si y' peut rentrer demain matin ben de bonne heure.

— Pourquoi ?

— C'est à cause du frette, justement. Le matin, les chars partent pus ! Ou ben c'est le gaz qui est gelé, ou ben c'est la batterie. Ça fait que les clients sont ben nombreux à appeler pour avoir un *boostage*.

— Pis Antoine sait faire ça, lui, un… un *boostage* ?

Bébert ne put réprimer le sourire un peu narquois que la question de Laura, qui ne savait même pas de quoi Bébert parlait, avait fait naître spontanément.

— C'est pas une réparation de mécanicien, ça ? demanda-t-elle encore.

— Non. Mais c'est pas pour ça que j'ai besoin de ton frère. C'est pour répondre au téléphone. Quand chus sur la route pour dépanner quèqu'un, chus pas icitte pour répondre au téléphone. Ça fait que j'ai peur que mes clients appellent ailleurs si personne leur répond pis que si y' ont un bon service ailleurs, y' décident de rester là, après, quand y' vont avoir besoin de réparations sérieuses. Avec ton frère icitte, ça risque moins d'arriver. Pis moé, si chus trop loin, j'peux toujours trouver une cabine pour l'appeler pis savoir ousque je dois m'en aller.

Laura, qui avait momentanément oublié ses tracas, approuva les dires de son ami d'un vigoureux hochement de la tête.

— Bien pensé, mon Bébert. Je ne le dirai jamais assez souvent: t'es un gars brillant... Mais t'auras pas besoin d'appeler mon frère pour ça.

Laura réfléchissait tout en parlant.

— De toute façon, je ne sais pas si on peut vraiment compter sur Antoine par les temps qui courent. Tu ne le savais pas? Il vient de recommencer un marathon de peintures. Au printemps, la galerie new-yorkaise en veut encore une bonne trentaine. C'est fou à dire, mais les toiles de mon frère se vendent comme des petits pains chauds. Je le sais bien, que ses dessins sont parfaits et que ses peintures sont bien réussies, mais à ce point-là, je l'aurais jamais cru.

Malgré cette bonne nouvelle concernant son ami, Bébert avait l'air déçu.

— Ben tant mieux pour lui, fit-il avec un manque évident de conviction. Mais ça arrange pas mes affaires, ça. Je me...

— Inquiète-toi pas, Bébert, ta cause n'est pas perdue. Dis-moi à quelle heure tu comptes ouvrir le garage, demain matin, pis je vais être là.

— Toé?

— Oui, moi. Viens pas me vexer. Je sais quand même répondre au téléphone.

— C'est pas ce que je voulais dire.

— J'espère bien. Alors? À quelle heure, demain?

— Pis tes cours?

La question avait fusé comme un réflexe. Mais plutôt que de s'en offusquer, Laura préféra en rire.

— Les vieilles réactions ont la peau coriace, hein, Bébert ? Laisse faire mes cours. J'appellerai à l'université pour dire que je suis malade. Un petit mensonge n'a jamais fait de mal à personne.

Laura avait l'air tellement sûre d'elle que Bébert répliqua aussitôt, confus :

— Je m'excuse. Je voulais pas te...

— C'est pas grave, le coupa Laura dont la voix était de plus en plus affirmée. C'est juste une question d'habitude que je vais changer dès demain...

— Demain ?

— Demain ! Je prends à la lettre tout ce que tu m'as dit. Tout ! Et je pars du principe que je veux travailler à l'Expo. Ceci étant dit, il ne sert à rien de poursuivre un semestre où je ne pourrais pas finir mon stage et passer tous les examens. En mai, je vais travailler ! Ce serait donc une perte de temps de me présenter à l'université durant les prochaines semaines. Pis crains pas, je ne serai pas la seule, j'en suis persuadée. À la cafétéria, le midi, tout le monde ne parle que de ça, ou presque. Il y en a pour qui le fait de travailler à l'Expo ne change rien à leur horaire, mais il y en a d'autres, comme moi, qui doivent modifier certaines choses. Moi, j'ai choisi d'abandonner tout de suite. Rien n'est perdu et l'an prochain, si je le veux, je pourrai reprendre là où j'ai arrêté.

Laura avait l'air de quelqu'un qui répète une réplique qu'elle aura à réciter en public. Rien à voir avec celle qui, la mine basse, était entrée ici une heure auparavant. Bébert la regardait, médusé.

— Sacrifice, Laura ! Tu te vois-tu aller ? J'ai mon voyage !

Je pensais jamais que tu réagirais aussi vite que ça.

— Pourquoi attendre ? Au contraire, tu devrais être fier de ma réaction intempestive ! Après tout, c'est toi qui m'as donné le courage de bouger. Je sais très bien ce que je veux. Dans le fond, c'est exactement comme le jour où j'ai décidé d'aller à l'université envers et contre tout. Au début, personne, à la maison, ne voulait me comprendre. Puis, petit à petit, ils se sont faits à l'idée. Ma mère a commencé à suivre, puis ma grand-mère, ensuite mon père… C'est donc avec ma mère que je vais parler. Malgré tout ce qu'elle a pu dire la semaine dernière, c'est tellement évident que c'est à elle que je dois parler en premier que je ne comprends pas comment ça se fait que j'ai tant hésité… Ne t'inquiète pas pour moi, tout va finir par s'arranger. Bon ! Tout ça ne me dit pas à quelle heure tu comptes sur moi !

— Ben… Je pensais ouvrir à six heures. D'habitude, c'est un peu plus tard, mais à cause de la tempé…

— T'as pas besoin de me donner de raisons, Bébert, prononça solennellement Laura en fermant les yeux et en levant la main. Tu l'as dit tantôt, c'est toi le boss ! C'est comme quand je travaillais à l'épicerie. Mon père était le patron avant d'être mon père et c'était très bien comme ça. Si tu as dit six heures, je vais être là à six heures.

— Sois prête à six heures, ça va être ben en masse… J'vas te prendre chez vous en passant.

Bébert jeta un regard circulaire autour de la pièce.

— Bon ben ! J'ai toute ramassé. Je pense qu'on peut y aller. Passe par le garage, j'vas te suivre en fermant les lumières.

— Au contraire, Bébert, c'est moi qui vais fermer. Si je suis pour travailler ici, demain, il faut que j'apprenne où sont les choses.

— Comme tu veux! Je t'attends de l'autre bord, dans le garage, proche de la petite porte de côté.

Alors, à son tour, Laura jeta un regard sur la pièce. Pour ébaucher un petit sourire moqueur dans la seconde qui suivit.

Si quelqu'un lui avait dit qu'un jour, ce serait dans le bureau un peu désolant d'un garage de quartier qu'elle trouverait une solution à ses problèmes, elle ne l'aurait jamais cru.

— Et c'est pas la première fois que ça m'arrive, murmura-t-elle en songeant aux nombreuses heures passées ici, en compagnie de Bébert.

Elle revoyait, sans hésitation, toutes ces discussions à deux où elle avait enfin aperçu un peu de lumière au bout du tunnel.

— Et dire que je voulais m'ouvrir un bureau de psychologue avec un tapis bien moelleux, un pupitre de bois verni, des fauteuils cossus… Comme quoi l'habit ne fait pas le moine. C'est pas le décor qui est important, c'est l'oreille qui écoute. Et je ne suis pas du tout certaine d'avoir cette bonne oreille…

En soupirant, Laura poussa du doigt un premier interrupteur, placé sur le mur derrière le fauteuil de Bébert.

Elle prit alors conscience que dehors, le ciel virait lentement à l'indigo. La rue, maintenant, se confondait aux trottoirs.

— Il fait entre chien et loup, murmura encore la jeune fille.

C'était sa mère qui appelait ainsi la clarté grisâtre qui précède la grande noirceur. Quand Laura était petite, cette expression lui faisait vraiment peur.

— Coudon, Laura? Que c'est tu fais?

Au fond du garage, Bébert s'impatientait… avec raison!

Laura s'empressa donc de ramasser ses gants et son foulard pour enfin quitter le bureau.

Mais, à l'instant où elle allait passer la porte, derrière elle, le réfrigérateur à boissons gazeuses se mit à ronronner comme le faisaient les comptoirs réfrigérés de l'épicerie.

Ce fut plus fort qu'elle et Laura s'arrêta en esquissant un second sourire. Subitement, elle se sentait toute légère, presque heureuse.

Elle eut une bouffée de tendresse imprévue à l'égard de ce merveilleux ami qui s'appelait Bébert Gariépy.

— Non, murmura-t-elle. Il s'appelle Robert Gariépy.

Une autre bouffée d'affection lui fit débattre le cœur. Grâce à Bébert, tout d'un coup, l'avenir avait un sens.

— Sapristi, Laura! T'es-tu perdue?

Fatigué d'attendre, Bébert la rappelait à l'ordre. Alors, Laura s'activa, enfila un gant et poussa un second interrupteur avant d'enfiler l'autre.

— J'arrive, Bé... J'arrive, Robert. J'arrive!

Robert...

L'échine de Bébert se raidit imperceptiblement et il retint son souffle.

Robert...

Curieusement, la voix de Laura avait un petit quelque chose de pétillant, d'aérien.

Se moquait-elle de lui ou avait-elle compris le sens profond de ce qu'il lui avait dit tout à l'heure?

Une main emprisonnée dans un gant se posa alors sur son bras, le faisant sursauter. Bébert tourna la tête, espérant lire une certaine réponse sur le visage de Laura. Mais comme le garage était plongé dans la plus grande noirceur, Bébert comprit, dépité, qu'il n'aurait jamais de réponse à son interrogation.

— Envoye, prends mon bras, Laura, ordonna-t-il, un peu bougon. Le trottoir est ben glissant par icitte. Je voudrais surtout pas que tu te casses le cou. C'est pas des farces quand je dis que j'ai besoin de toé demain matin. C'est vraiment vrai.

Subjuguée par cette voix autoritaire, se demandant à son tour si Bébert n'était pas en train de se moquer d'elle, Laura obéit et s'appuyant sur le bras de son ami, elle se dirigea à pas prudents vers la vieille auto de Bébert.

CHAPITRE 6

Un jour, un jour quand tu viendras
Nous t'en ferons voir de grands espaces
Un jour, un jour, quand tu viendras...

Un jour, un jour, chanson thème de l'Expo 67
Interprétée par DONALD LAUTREC
(Paroles et musique : STEPHANE VENNE)

Montréal, mercredi 10 mai 1967

Depuis septembre dernier, rien n'allait plus.

Après avoir passé les deux dernières heures à faire des gammes comme une débutante, Anne plaqua brutalement un dernier accord sur le clavier du piano et se releva en grimaçant.

Elle avait le dos en feu et les doigts endoloris.

Elle avait l'impression d'avoir la tête aussi grosse qu'une pastèque et surtout, elle avait la lourde sensation d'avoir le cœur en charpie.

Non, depuis l'automne dernier, rien n'allait plus.

Par désœuvrement, par habitude, la jeune femme se dirigea vers la fenêtre du salon qu'elle ouvrit à pleine grandeur sur l'été hâtif qui avait envahi la ville il y a quelques jours. Aux tourniquets de l'Expo, c'était la manne. Hier encore, on en parlait dans le journal.

Mais Anne n'y était pas encore allée et pour l'instant, elle n'en avait pas envie.

La jeune femme inspira profondément, les yeux mi-clos, puis elle jeta un coup d'œil sur la rue.

Effectivement, il faisait un temps splendide. Le soleil, au zénith, lançait des flèches de feu sur l'asphalte, jouant de ses clartés et de ses ombres à travers les arbres déjà feuillus, habités de milliers d'oiseaux.

Sur sa gauche, un peu en biais, Anne entendit d'abord le bruit frais d'une chute d'eau puis une voix grave, enjouée, suivie d'un rire.

Elle reconnut aussitôt la voix de Gérard Veilleux et le rire de sa femme, Marie.

Anne eut alors un petit pincement au cœur en pensant à ces voisins à qui tout semblait réussir. Gérard Veilleux était à la tête d'une entreprise de construction prospère. Son épouse et lui avaient deux beaux enfants, un appartement rénové avec une longue galerie couverte en façade, comme Anne rêvait d'en avoir une, une auto de l'année, comme Anne aurait bien aimé pouvoir en disposer et surtout, oh oui ! surtout, ils avaient l'air heureux, tout le temps.

Ceci étant dit, Anne n'était pas vraiment jalouse. Elle constatait — comment faire autrement ? — et elle les enviait, tout simplement.

— Pourquoi eux et pas moi ? murmura-t-elle alors en soupirant.

Pourtant, juste devant elle, du haut du ciel jusqu'au bitume des rues, il faisait un temps pour être heureux, mais Anne avait la conviction profonde qu'elle ne serait jamais pleinement heureuse.

Elle détourna la tête un bref instant pour avoir une vue

d'ensemble de toutes les maisons de la rue.

Cela faisait maintenant plus de dix ans qu'elle habitait ici avec son mari, Robert.

Elle connaissait la plupart des gens de la rue, comme les Veilleux qu'elle venait d'entendre s'apostropher joyeusement ou les Gariépy, de l'autre côté de la rue, dont une des filles avait disparu du quartier du jour au lendemain, il y a de cela quelques années déjà, et dont le fils aîné possédait un garage. Un bien gentil garçon, d'ailleurs, que ce Bébert. L'hiver dernier, il était venu pour une réparation sur le vieux camion de la procure, et Anne l'avait trouvé amusant avec ses répliques à l'emporte-pièce, et compétent, aussi, puisqu'en moins de deux, l'antique camion récalcitrant redémarrait comme un neuf et repartait, presque fringant, en direction du magasin.

Maintenant, quand Anne croisait Bébert sur la rue, les deux jeunes gens prenaient toujours un moment pour se saluer, pour échanger avec entrain des nouvelles l'un de l'autre. Après tout, Bébert devait avoir à peu près le même âge qu'elle même si par moments Anne avait l'impression de faire partie des aînés du quartier.

À cette pensée, Anne soupira une seconde fois avant de tourner spontanément la tête vers l'autre bout de la rue, tout au fond de l'impasse, là où habitaient les Lacaille.

Évangéline, Antoine…

Durant un moment, Anne se demanda ce qu'ils devenaient. Depuis l'automne dernier, c'est à peine si elle les avait croisés à quelques reprises.

— Vous savez ce que c'est, à mon âge! avait expliqué Évangéline lors d'une brève visite à la fin de novembre alors qu'elle déclinait l'invitation à revenir la semaine suivante. L'hiver, chus pas mal plusse casanière que l'été. Pas par envie, comprenez-moé ben, mais par nécessité, rapport aux trottoirs qui sont ben glissants par endroits. Pis comme on annonce de la neige pour les trois prochains jours, j'ai ben l'impression que ma retraite fermée va commencer avant la fin de la semaine ! Ça me fait peur, vous saurez, de me promener dans la neige. Si y' fallait que je tombe ! J'en parle pas à maison, comme de raison, on a toutes notre fierté. Mais c'est surtout que j'ai pas envie que Bernadette se mette à me surveiller comme un bebé. J'ai ben assez d'être obligée de le faire moi-même. N'empêche que j'aime ben moins ça qu'avant, sortir l'hiver.

— Et Antoine, lui ? Que devient-il ? Émilie m'en parle parfois, à l'occasion, mais à part son grand succès à New York, elle n'a pas grand-chose à dire.

— Antoine ?

Évangéline avait égrené son petit rire rocailleux.

— Que c'est que vous voulez que j'en dise, moé avec, à part le fait qu'y' a trouvé que New York était une ben belle ville, pis que le monde là-bas, y' ont ben aimé ses peintures ? Moé avec, j'ai ben apprécié c'te ville-là, même si c'est grand à faire peur, pis que par bouttes, j'étais sûre qu'on était perdus, Antoine pis moé. Pasque c'est moé qui a accompagné notre Antoine pour son voyage, vous saurez. Un ben beau voyage… Ouais, c'est un ben beau voyage qu'on a faite là, lui pis moé… À part de ça, j'ai pas grand-chose à dire sur Antoine. La vie a repris comme avant à la seconde ousqu'on est revenus à Montréal. Lui, y' a recommencé à faire des peintures en même temps qu'y' travaille pour son père. C'est lui qui fait les livraisons pour l'épicerie. Quant à moé, à défaut d'autre chose, je m'occupe de l'ordinaire de la maison, rapport que Bernadette, astheure, a' travaille avec son mari au commerce. En plusse de ses rouges à lèvres, comme de raison. Ça fait beaucoup à voir en même temps, mais ma bru, a' dit qu'est pas capable de laisser tomber ses clientes. Mais vous le saviez, ça, non ? Me semble que je vous en ai parlé, la dernière fois que chus venue vous voir… Bon, c'est pas que je m'ennuie, mais faut que je rentre, astheure. J'ai un souper à préparer pis à matin, j'ai promis à Charles d'y faire du steak en grains avec des patates jaunes pasqu'y' me reste un peu de graisse de routi. Vous trouvez pas, vous, que c'est long à cuire, des patates jaunes ?

Ce jour-là, Anne avait écouté Évangéline avec avidité, sans l'interrompre, sauf pour quelques petites questions par-ci par-là. Puis, elle avait suivi la vieille dame des yeux jusqu'à ce que celle-ci soit arrivée chez elle.

N'importe quand, Anne aurait échangé sa mère, la fragile et maladive Blanche, contre une Évangéline percluse d'arthrite, d'accord, mais pas geignarde pour deux sous, au cœur grand comme le monde et à la langue bien pendue.

Machinalement, Anne pencha un peu plus la tête et fixa la grosse maison grise du bout de la rue, admettant aisément qu'elle était déçue. Évangéline avait promis de reprendre ses visites dès le printemps arrivé, mais jusqu'à maintenant, elle n'était pas venue.

À plusieurs reprises, Anne avait songé à appeler à l'épicerie pour faire une petite commande et pour avoir ainsi l'occasion de voir Antoine et de poser quelques questions sur sa famille. Mais elle n'avait pas osé.

Anne n'aurait su dire pourquoi, mais elle se sentait gênée à la simple perspective d'appeler à l'épicerie pour demander une livraison.

En attendant qu'Évangéline se décide enfin à venir la voir,

pour occuper ses journées, Anne s'obligeait à apprendre de plus en plus de chansons québécoises dans l'espoir d'accompagner quelqu'un un jour. Pour l'instant, les contrats se faisaient rares, car la mode était aux chansonniers qui faisaient presque tous leur propre musique.

— Va donc voir du côté de l'orchestre symphonique.

C'était l'avenue que Robert, son mari, lui proposait invariablement quand Anne faisait part de son ennui.

— Ou bien viens m'aider à la procure. On pourrait remettre un piano dans la vitrine du magasin. Pourquoi pas ? Comme ça, tu pourrais venir jouer pour les clients comme tu le faisais dans le temps !

Mais Anne n'en était plus là.

Elle n'était plus une gamine de quinze ans pour se contenter de ce pis-aller, mais déclarait en même temps qu'elle n'était pas encore assez vieille pour prendre plaisir à s'occuper de la maison et des repas.

Anne détestait tout des tâches domestiques; elles lui faisaient trop penser à sa mère.

Mais en même temps, petit à petit, les rêves qu'elle entretenait quand elle avait emménagé dans le quartier s'éteignaient les uns après les autres.

Oui, cela faisait maintenant plus de dix ans qu'Anne et Robert vivaient ici, mais ça aurait pu être hier tant Anne avait l'impression que sa vie n'avait pas changé.

Dix ans qu'ils se promettaient de refaire le perron d'en avant sans jamais avoir les moyens d'y arriver. Dix ans qu'ils remettaient, d'année en année, l'achat d'une auto qui permettrait à Anne d'être plus autonome. Dix ans que Robert promettait de moins travailler, sans jamais tenir sa promesse parce qu'il n'avait pas les moyens d'engager un employé permanent. Dix ans qu'Anne rêvait d'une fabuleuse carrière de musicienne, alors qu'elle devait se contenter d'être l'accompagnatrice de grands chanteurs, ne levant le nez sur aucun contrat, parce qu'il fallait bien payer l'hypothèque, les taxes, et manger trois fois par jour.

— De toute façon, c'est Robert qui a du talent comme compositeur, pas moi, observa Anne sur un ton boudeur. N'est pas Claude Léveillée ou André Gagnon qui veut! Et Robert, lui, n'a pas le temps de composer pour moi, puisqu'il passe la majeure partie de ses journées à la procure. Ça fait que moi, je tourne en rond, d'un contrat à l'autre. Et dire que l'an dernier, à pareille date, je me voyais déjà à Paris...

En effet, en mai 1966, Monique Leyrac avait annoncé à Anne qu'en septembre, elle serait la vedette des Olympiades du Québec, à Paris.

— Avec Claude Gauthier.

Puisqu'elle accompagnait régulièrement madame Leyrac depuis quelques années déjà, Anne s'était tout de suite imaginé qu'elle serait du voyage. Pourquoi lui en aurait-elle parlé sinon? Et la présence de Claude Gauthier n'était pas pour lui déplaire. Elle avait toujours eu un faible pour le jeune chanteur à la voix éraillée.

Paris, l'Olympia...

Anne ne portait plus à terre. Enfin, tout comme ses sœurs, elle allait enfin connaître la Ville lumière!

Et peut-être bien que quelqu'un, là-bas, allait la remarquer. Après tout, Robert n'était pas le seul musicien capable de composer.

Puis septembre était venu. Madame Leyrac et Claude Gauthier étaient partis, mais Anne était restée à Montréal.

C'est à partir de ce jour-là qu'Anne avait commencé à

éprouver la désagréable sensation que sa vie ne menait nulle part.

Puis, à peine deux mois plus tard, sa sœur Émilie avait annoncé qu'elle était à nouveau enceinte.

Déjà, pour Anne, cette nouvelle avait un petit quelque chose de provocateur qui l'agaçait, elle qui proclamait haut et fort qu'elle ne voulait pas d'enfants. Mais quand Robert, son mari, avait laissé entendre que lui aussi, il aimerait peut-être ça, fonder une famille avant qu'il ne soit trop vieux, Anne s'était sentie piégée par la vie.

— Pourquoi, Robert? Pourquoi revenir là-dessus? Il me semblait que c'était une question de réglée entre nous?

— Mais pourquoi pas?

— Parce qu'on a décidé, à deux, je te le rappelle, que la musique serait notre famille.

— Et alors? Un homme a le droit de changer d'idée. Et puis, je suis persuadé qu'un enfant ne nous empêcherait pas de faire de la musique.

— Et si j'ai une tournée?

— On se débrouillera. Ta sœur Émilie arrive bien, elle, à mener de front famille et carrière. Et ce n'est pas un enfant qu'elle a, mais quatre... bientôt cinq.

— Je te ferais remarquer que faire des tableaux dans une pièce de sa maison et devoir se déplacer pour des concerts, ce n'est pas du tout la même chose.

— D'accord. Mais je suis certain qu'on pourrait trouver des solutions. Il y a toujours une solution à tout.

— Mais moi, vois-tu, je ne veux pas de mesures qui auraient l'air de pis-aller. Pas pour un enfant, et laisse-moi te dire que je sais de quoi je parle. J'ai eu une mère qui m'a offert tous les pis-aller imaginables. Et même ceux qui sont inimaginables.

— Je te crois, Anne, je te crois.

— Alors, si tu me crois, n'insiste pas, s'il te plaît.

— Je n'insisterai pas... Je vais cependant ajouter qu'entre ta mère et toi, il y a un monde de différences. J'espère que tu en es consciente. Quand tu parles comme tu viens de le faire, j'ai l'impression que tu te compares à elle, ce qui n'a rien à voir... Non, n'ajoute rien, Anne. Je l'ai dit, je n'insisterai pas. Je te demande seulement de repenser à la possibilité d'avoir un enfant, et on en reparlera plus tard.

Ce n'est qu'hier, en fin de compte, que Robert était revenu sur le sujet. Après des mois de silence de sa part, Anne avait sincèrement cru qu'il avait oublié cette idée insensée.

Mais il n'en était rien, et l'insistance de son mari, teintée de tristesse et d'affection, avait été on ne peut plus claire. Un refus de la part d'Anne le peinerait profondément, d'autant plus qu'à ses yeux, ce refus était injustifié.

— Je t'aime, Anne. Et tu dis m'aimer. Alors, je ne comprends pas. Au début de notre mariage, je pouvais très bien m'expliquer le pourquoi de tes réticences. Tu étais si jeune et moi pas mal plus vieux. Je n'étais même pas certain que notre union allait survivre à quelques mois de vie commune. Mais aujourd'hui, après plus de dix ans... Pourquoi dire encore non, Anne, pourquoi ?

Que répondre à cela ? Anne ne le savait pas.

Du bout des lèvres, elle avait promis d'y réfléchir. Sérieusement.

Pour revoir, tout au long de la nuit, au lieu de dormir, sa propre enfance où les mesquineries, les erreurs, les injustices avaient remplacé les marques de tendresse et d'affection. Bien sûr, son père avait été là, aimant, attentionné. Mais lui aussi, à sa façon, il n'avait pas été honnête jusqu'au bout avec elle. À seize ans, apprendre que Jason, le fils d'Antoinette, était son demi-frère avait été une gifle en plein visage, d'autant plus qu'elle était amoureuse de Jason…

Son enfance avait été la pire période de sa vie, et de loin ! Anne détestait y revenir et ne le faisait que par stricte nécessité, parfois.

C'est donc sur l'image d'une petite fille se faisant traiter d'insignifiante qu'Anne avait enfin trouvé le sommeil. Un sommeil à fleur d'éveil, agité et peuplé de soubresauts.

D'où sa rage, ce matin, à faire des gammes.

Pour s'étourdir, pour arrêter de penser, au fond d'elle-même, que Robert avait peut-être raison.

Et si, par le plus curieux des hasards, la présence d'un petit bébé provoquait enfin cette déchirure dans le ciel ombrageux de la vie d'Anne ?

Alors, pourquoi cette hantise envahissante, cette peur vertigineuse qui la submergeaient chaque fois qu'elle envisageait la possibilité d'avoir un enfant ? Sa propre enfance pouvait-elle tout expliquer, tout justifier ?

Mais à qui en parler ?

Depuis son réveil, le nom d'Évangéline avait souvent traversé son esprit. Mais Anne considérait que le sujet était beaucoup trop intime pour le confier à une voisine. Même si cette voisine lui aurait plu comme mère et qu'elle avait confiance en elle.

Anne en était là, contemplant la rue éclaboussée de soleil, se demandant si un jour, elle finirait par être heureuse. Complètement et irrémédiablement heureuse.

Avec ou sans bébé.

Quant à se confier à sa mère, la larmoyante Blanche, il n'en était pas question. Les relations, entre elles, n'avaient jamais été bonnes. Et si, aujourd'hui, il leur arrivait de se parler civilement, le ton restait froid.

Son père vivait au bout du monde et ce n'est pas au téléphone qu'elle allait lui avouer ses états d'âme. Elle ne savait même pas si elle avait envie de lui en parler. Comme toujours, il dirait qu'il allait en discuter avec Antoinette, et Anne n'y tenait pas vraiment. Depuis qu'il vivait avec Antoinette, elle avait la sensation que son père ne prendrait plus jamais une décision tout seul.

Anne haussa les épaules avec fatalisme. Raymond Deblois était ainsi fait, à toujours vouloir ménager la chèvre et le chou. Et ce n'était surtout pas ce dont elle avait besoin en ce moment !

Puis elle pensa à Jason…

Entre eux, l'amour impossible avait spontanément cédé la place à une grande affection, à une confiance totale l'un envers l'autre. Cette relation privilégiée avait duré durant des années.

Mais aujourd'hui, Jason était marié, et Anne n'osait plus se confier à lui comme elle l'avait fait auparavant. Que dirait Audrey, son épouse, si Anne débarquait dans leur vie au moindre prétexte ? Qu'elle le veuille ou non, aujourd'hui, Jason avait sa vie, sa famille, et à ses yeux, Anne n'était probablement plus qu'une sœur comme Charlotte et Émilie.

Mais cela non plus, Anne n'en était pas sûre. Cela faisait des mois, maintenant, que Jason et elle ne s'étaient pas parlé. Depuis la naissance de ses jumeaux, Jason n'avait probablement plus de temps à lui consacrer.

— La vie continue pour tout le monde, murmura-t-elle en s'éloignant de la fenêtre. Même si la mienne stagne, les autres, eux, continuent d'avancer.

L'envie de ne pas être seule, d'être écoutée, de pouvoir parler avec quelqu'un brûlait en elle comme une urgence.

Anne tourna sur elle-même, son regard butant sur les murs, sur les quelques bibelots qui décoraient la pièce.

Elle en avait assez de toutes ces journées silencieuses, de tout ce temps qu'elle passait en solitaire devant le piano. Quand elle avait épousé Robert, ce n'était pas ce qu'elle avait espéré. Elle avait vu leur vie de couple comme une longue route enveloppée de musique. Une musique qu'ils auraient faite à deux et pas uniquement le soir, quand Robert n'était pas trop fatigué.

Quand elle avait dix-huit ans, Anne voyait sa vie se dérouler aux côtés de Robert qui composerait pour elle des pièces uniques qu'ils joueraient ensemble, par la suite. Si ce beau rêve s'était déjà concrétisé, les concerts à deux avaient été rarissimes, car Robert détestait se retrouver sur une scène.

— De toute façon, ma pauvre Anne, il y a la procure qui demande une grande partie de mon temps et c'est notre gagne-pain le plus stable, ne l'oublie pas ! Malheureusement, je ne peux pas me consacrer totalement à la composition comme tu voudrais que je le fasse. Si tu trouves le temps trop long, viens m'aider au magasin ! Comme ça, j'aurai peut-être plus de temps à te consacrer, à consacrer à la musique.

— Tu dis n'importe quoi, Robert ! Comme si ma présence à la procure allait changer les heures d'ouverture des commerces ! Le temps que tu dois passer là-bas ne changerait pas à cause de ma présence à tes côtés. De toute façon, tu le sais : je ne suis pas une commerçante dans l'âme. J'ai essayé et ça ne me plaît pas du tout ! Pas plus que le travail de maison, d'ailleurs.

C'est ainsi qu'entre deux contrats, Anne trouvait toujours

le temps long, comme présentement, et qu'en ces périodes-là, elle avait tendance à remettre bien des choses en question.

— Bon, ça suffit ! J'en ai assez de ruminer des pensées noires, toute seule dans mon salon… Je sors ! J'ai quand même deux sœurs, faut que ça serve à quelque chose !

Par contre, pas question pour elle d'aller chez Émilie même si, habituellement, Anne adorait passer du temps en compagnie de ses neveux et de sa nièce. Dans l'état d'esprit où Anne se retrouvait aujourd'hui, le ventre proéminent de sa sœur risquait plutôt d'envenimer les choses.

Ne restait donc plus que Charlotte.

— Même si, depuis le départ d'Alicia, ma grande sœur n'est plus que l'ombre d'elle-même, tant pis ! On sera deux à ruminer sur nos vies ratées ! La grande écrivaine au verbe tari et la musicienne sans musique !

La petite heure passée dans l'autobus ne changea rien à son humeur.

Et Charlotte n'avait pas la mine de quelqu'un susceptible de l'aider.

À l'instant où elle ouvrit la porte, Anne comprit que sa sœur aînée n'allait pas bien du tout et que ce n'était sûrement pas à son contact que son humeur personnelle allait s'améliorer.

Cela faisait quand même quelques semaines qu'Anne et Charlotte ne s'étaient pas rencontrées. Quelques appels téléphoniques avaient suffi pour partager les dernières nouvelles qui, dans un cas comme dans l'autre, n'étaient pas nombreuses ni très réjouissantes.

Au timbre de voix de Charlotte, à chaque appel, Anne se doutait bien que l'absence d'Alicia minait sa sœur, mais qu'aurait-elle pu y changer ?

En effet, depuis l'été dernier, sa nièce habitait essentiellement à l'hôpital où elle faisait son internat. Quand elle devait se présenter à la maison, Alicia attendait le moment propice pour pouvoir le faire en l'absence de sa mère et elle se contentait de traverser la maison en coup de vent, le temps d'une brassée de lavage, d'une razzia dans le garde-manger et de quelques câlins échangés avec sa jeune sœur, Clara. Puis Alicia repartait comme elle était venue, sans jamais laisser de message pour Charlotte.

C'est probablement pour cette raison que la femme qui, en ce moment, ouvrait la porte à Anne avait les traits tirés et d'immenses cernes bleutés sous les yeux. Pourtant, malgré une évidente fatigue, tant physique que morale, le regard de Charlotte avait une dureté qui surprit Anne. Ça ne ressemblait pas du tout à sa sœur d'être mauvaise. Or, en ce moment, il n'y avait qu'un seul mot qui venait à l'esprit d'Anne pour décrire Charlotte: méchante… Charlotte avait l'air presque méchante.

Anne tenta de faire abstraction de cette perception dérangeante et, sans même oser entrer, elle lança sur un ton qui se voulait léger:

— Bonté divine, Charlotte! On dirait que ça fait des mois que tu n'as pas dormi!

Cette dernière haussa les épaules avec indifférence.

— Ça ressemble à ça. Entre, Anne. J'étais à la cuisine en train de me faire un café. C'est ce qui me tient debout. Tu en veux un?

Anne emboîta le pas à Charlotte qui avait déjà fait demi-tour et se dirigeait vers l'arrière de l'immense maison qu'elle habitait depuis son mariage avec Jean-Louis.

— Pourquoi pas? Une fois n'est pas coutume… Avec

beaucoup de lait, s'il te plaît, et deux sucres.

Quelques instants plus tard, les deux sœurs étaient atta-blées à la cuisine, Charlotte ayant décliné la proposition d'Anne qui aurait préféré s'installer dans la cour, sur le bord de la piscine.

— La piscine a l'air d'un marais stagnant. Pas très invi-tant.

— La piscine n'est pas prête ? Bizarre ! D'habitude, dès le début du mois de mai, on peut se baigner.

Charlotte renvoya un regard noir à sa jeune sœur.

— Pas cette année. Clara n'y tient pas plus que ça et Jean-Louis non plus. En fait, celle qui en profitait le plus n'est pas là. Alors, pourquoi est-ce que je me presserais ?

— Oui, en effet… Je vais dire comme toi : pourquoi se presser s'il n'y a personne pour se baigner.

Suite à ces quelques mots désolants, un lourd silence s'abattit sur la cuisine et sur les deux sœurs.

Mal à l'aise, Anne se concentra sur sa tasse de café qu'elle tourna machinalement entre ses doigts.

Jamais elle n'avait vu Charlotte dans un tel état.

Bien au contraire, sa sœur aînée lui avait toujours donné l'impression d'être un roc, un phare sur lequel se guider.

Pourtant, la vie de Charlotte n'avait pas été facile. Dès son plus jeune âge, elle avait souvent remplacé leur mère qui, malade et alcoolique, n'avait de mère que le nom. À la maison, c'est encore Charlotte qui avait vu à Anne, alors que celle-ci n'était qu'un bébé.

Durant de nombreuses années, quand Anne tentait de s'imaginer à quoi pouvait ressembler une vraie mère, c'est l'image de Charlotte qui surgissait.

Charlotte avait été une mère pour elle à sa naissance, alors que Blanche était encore une fois malade; puis, elle l'avait été pour Alicia, dont elle s'était occupée seule durant quelques années; et enfin elle l'était pour la jeune Clara, la fille que Charlotte avait eue avec Jean-Louis et qui était aussi la filleule d'Anne.

Et voilà que cette même femme, assise de l'autre côté de la table, n'était plus qu'une pâle copie de ce qu'elle avait été. Même quand elle était revenue d'Angleterre, veuve à tout juste vingt-trois ans avec une petite fille de quatre ans à sa charge, Charlotte n'avait pas eu l'air aussi désemparée, aussi désabusée et rigide qu'en ce moment.

Oubliant momentanément les raisons qui l'avaient poussée à venir ici, Anne leva enfin les yeux.

Le regard vrillé sur le mur devant elle, sans boire, Charlotte tournait inlassablement, elle aussi, sa tasse de café entre ses mains.

Anne constata, le cœur serré, que Charlotte avait maigri. Beaucoup maigri. De toute évidence, l'absence d'Alicia bouleversait sa sœur encore plus que tout ce qu'elle avait pu imaginer. Elle ne put résister et demanda:

— Tu veux parler, Charlotte?

Alors qu'habituellement Anne était plutôt directe dans ses propos et qu'elle les exprimait d'une voix claire, de manière très franche, cette fois-ci, elle avait presque murmuré. Pourtant, Charlotte avait sursauté comme si Anne venait de crier.

— Je... tu dis?

— J'ai simplement demandé si tu avais envie de parler.

— Parler?

Charlotte regarda autour d'elle comme si la question d'Anne la surprenait.

— Parler de quoi? De qui? D'Alicia?

— Si tu veux… On peut aussi parler de la pluie et du beau temps si tu préfères.

— Je me fiche du temps qu'il fait! Paraîtrait-il qu'on a eu un hiver, cette année, comme d'habitude, mais je ne l'ai pas vu.

— Charlotte!

— Quoi, Charlotte? Qu'est-ce que tu lui veux, à Charlotte?

Charlotte mordait dans chacun des mots qu'elle prononçait avec agressivité et pour une première fois, Anne se sentit intimidée devant sa sœur et elle en oublia toutes les raisons qui l'avaient poussée à venir ici.

— Rien. Moi, je ne veux rien.

— Alors, qu'est-ce que tu fais ici? Habituellement, quand on vient chez Charlotte, c'est qu'on a quelque chose à demander. Elle a tout son temps, Charlotte, pour répondre aux questions, pour donner des conseils, pour écouter les malheurs de tout le monde. La riche madame docteur n'a que ça à faire dans la vie, s'occuper des autres! Ça vaut pour toi, ça vaut pour notre mère, ça vaut pour Émilie, ça vaut pour mon amie Françoise. Charlotte, elle, elle n'a besoin de rien puisqu'elle a tout, n'est-ce pas? Même Alicia pense comme ça puisqu'elle ne vient ici qu'au moment où je n'y suis pas… ou plutôt venait. Maintenant, je crois bien qu'elle ne viendra plus.

Alarmée, Anne fixa Charlotte.

— Comment ça, Alicia ne viendra plus? S'est-il passé quelque chose de grave que j'ignorerais?

— Tu n'es pas au courant?

— Mais de quoi, Seigneur? Parle, voyons!

— Non. Ça ne me tente pas de parler. On ne m'a jamais habituée à le faire, tu sais. Charlotte, elle écoute, elle ne parle pas. Surtout pas d'elle-même ! Lis ceci plutôt.

Plongeant la main dans une poche de son pantalon, Charlotte retira une enveloppe qu'elle avait pliée en deux. Sans hésiter, elle la tendit à Anne.

Celle-ci remarqua aussitôt que la lettre était adressée à Jean-Louis Leclerc, le mari de Charlotte.

— C'est une lettre pour ton mari ? Je ne sais pas si…

— Lis, je te dis. Tu vas peut-être comprendre bien des choses.

— Mais cette lettre est adressée à Jean-Louis, insista Anne.

— Oui et après ? Je n'ai pas l'intention de la lui cacher, ne crains pas. Il la lira ce soir, à son retour de l'hôpital.

— Es-tu en train de me dire que tu as ouvert cette lettre sans…

— Exactement. J'ai ouvert du courrier qui ne m'était pas adressé. Un comble, n'est-ce pas ? Mais j'ai osé et j'ai bien fait. Lis, maintenant… ou va-t'en. Aujourd'hui, c'est comme ça que je vois les choses. Ou on est avec moi ou on est contre moi. Est-ce assez clair ?

— Oui, je crois que…

Le regard d'Anne croisa alors celui de Charlotte. Dans les yeux de sa sœur, il y avait tellement de tristesse, emmêlée à une détermination de fer, que, sans hésiter plus longtemps, Anne tendit la main.

— Allez, passe-moi la lettre.

Décontenancée, Anne sortit deux grandes feuilles repliées, couvertes de l'écriture élégante de sa nièce Alicia.

« Rien à voir avec une écriture de médecin », pensa bizarrement Anne, songeant à Alicia qui ne devrait plus tarder à recevoir son diplôme maintenant.

Puis elle se pencha sur la lettre pour la lire.

Dès la première ligne, sans équivoque, la jeune fille s'adressait à son père, mais curieusement, elle l'appelait par son prénom.

Depuis quand Alicia appelait-elle Jean-Louis par son prénom ?

Anne savait fort bien que ce dernier n'était pas le père naturel d'Alicia, car celle-ci était née en Angleterre alors que Charlotte s'y trouvait comme infirmière, durant la dernière guerre. En fait, le père d'Alicia s'appelait Andrew Winslow. Malheureusement, celui-ci était décédé alors qu'Alicia n'était encore qu'une toute petite fille. Peu après, Charlotte avait décidé de rentrer au Canada, auprès de sa famille. C'est donc ici, à Montréal, qu'elle avait rencontré Jean-Louis, celui qu'elle devait épouser quelques mois plus tard.

Depuis, Alicia avait toujours appelé Jean-Louis *papa*.

Mais pas dans cette lettre.

Alors, que s'était-il passé pour provoquer un tel revirement ?

Anne se pencha sur les feuilles et reprit sa lecture.

Le ton de la missive, sans être froid, était tout juste cordial. Il y avait un certain détachement dans la manière de s'exprimer, une désaffection qui suscitait un malaise indéniable quand on songeait à celle qui avait écrit la lettre et à celui à qui elle était adressée.

En quelques mots, Alicia précisait qu'elle venait d'arriver en Angleterre. Dorénavant, elle comptait vivre chez Mary-Jane Winslow, sa grand-mère paternelle, celle qu'elle appelait affectueusement *grand-ma*.

« Je sais bien qu'elle n'est pas ma parente, mais dans l'état actuel des choses, grand-ma est celle que je considère comme ma vraie famille. La seule qui me reste. »

Anne allait de surprise en surprise.

Depuis quand Mary-Jane Winslow n'était-elle plus la grand-mère d'Alicia ?

Dix-huit mois auparavant, Charlotte et sa fille avaient fait ensemble le voyage jusqu'en Angleterre, justement pour être aux côtés de Mary-Jane qui venait de perdre son mari. Et à aucun moment, on n'avait laissé entendre que les Winslow n'étaient pas les grands-parents d'Alicia…

Alors ?

Anne leva les yeux un instant et se heurta au regard hermétique de sa sœur. Apparemment impassible, Charlotte la regardait lire.

— Va jusqu'au bout, Anne, insista-t-elle avant même que celle-ci puisse ouvrir la bouche pour demander quelques explications. Après, tu me poseras toutes les questions que tu as envie de me poser. Je le vois bien, va, que tu ne comprends rien à tout ça, mais j'aimerais que tu lises quand même cette lettre jusqu'au dernier mot.

Ravalant ses interrogations, Anne revint alors à la lettre.

Alicia écrivait aussi que si elle se décidait à terminer son cours, ce dont elle doutait grandement, elle le ferait en Angleterre. C'était le pays de sa naissance, elle en avait la nationalité et c'est là qu'elle avait choisi de vivre. Elle demandait donc à Jean-Louis s'il continuerait de payer pour ses études. Une réponse rapide et sans équivoque l'aiderait peut-être à prendre une décision éclairée.

Elle terminait en disant que plus tard, quand elle se sentirait capable de le faire, elle enverrait une lettre à sa petite sœur, Clara.

« Elle est mon seul regret dans tout cela. Je vais terriblement m'ennuyer d'elle. Dis-lui que je l'aime même si elle va probablement m'en vouloir beaucoup. Un jour, quand elle aura vieilli, j'espère qu'elle me comprendra. En attendant, je te remercie d'avoir permis que je puisse venir ici. Sans toi, le voyage aurait été impossible. »

Pour Charlotte, il n'y avait rien. Pas une ligne, pas un mot.

Anne replia lentement les deux feuillets et les glissa dans l'enveloppe. Puis, elle leva les yeux vers Charlotte.

— Et si tu m'expliquais maintenant ?

Charlotte inspira bruyamment.

— Oui, je vais t'expliquer ce qui se passe même si, malheureusement, je ne pourrai pas tout te dire.

Tout en parlant, Charlotte s'était relevée et machinalement, elle s'était postée devant la porte donnant sur le jardin.

En plein après-midi, le soleil éclaboussait de gouttes de lumière l'eau saumâtre de la piscine, la rendant presque jolie, comme un marais caché au fond d'un bois.

— Il y a certaines choses qui ne m'appartiennent pas, Anne, commença Charlotte. Certaines choses que j'ai promis de taire à jamais. Alors, je n'en parlerai pas. Et c'est ce qu'Alicia me reproche. Par contre, je ne pensais jamais que ça irait jusque-là… Voici donc ce qui s'est passé…

Charlotte soupira et s'arrachant à sa contemplation de la cour, elle revint s'asseoir à la table. Ce qu'elle avait à dire, elle le dirait en fixant Anne droit dans les yeux.

Cependant, quand Charlotte se mit à parler, elle le fit d'une voix monocorde comme si elle récitait un texte ennuyant, appris par cœur.

— Quand j'ai marié Andrew, j'avais déjà Alicia, expliqua-t-elle devant le regard ébahi d'Anne. En fait, c'est Mary-Jane qui s'est occupée de ma fille durant la première année de sa vie. Moi, je n'ai eu que quelques semaines de congé lors de sa naissance. Et c'est comme ça, quand j'allais voir Alicia le dimanche, que j'ai connu Andrew. Quand il m'a demandée en mariage, à quelques mois de là, j'y ai vu une merveilleuse façon de donner une famille à Alicia. Je n'étais pas vraiment amoureuse de lui, mais nous nous entendions bien, Andrew et moi. Alors j'ai accepté et Andrew a adopté Alicia dès le mariage célébré. À ce moment, j'ai eu la très nette et surtout très libératrice sensation qu'une page de ma vie venait d'être tournée et que jamais je n'aurais à y revenir.

— Mais alors, qui est le père d'Alicia ?

— Je ne peux pas en parler. J'ai promis de me taire et je vais tenir cette promesse même si elle me coûte la confiance de ma fille et sa désertion de la maison. Personne, hormis les principaux intéressés et Mary-Jane, n'est au courant de la situation. Même Andrew ne savait pas qui était le père d'Alicia et jusqu'à tout récemment, Jean-Louis non plus n'était pas au courant. Et c'était très bien comme ça.

— Tu crois ?

— Ce qu'on ignore ne fait pas mal, Anne. À preuve, on a vécu dans la paix et l'harmonie durant plus de vingt ans.

— La paix et l'harmonie, comme tu dis, ça va jusqu'au jour où éclate la vérité, articula Anne, complétant ainsi la pensée de Charlotte.

Ces quelques mots n'étaient pas une simple constatation ou une mise en garde, et le ton employé ne laissait aucun doute quant à l'expérience vécue par Anne. Elle se rappelait douloureusement le jour où elle avait appris que Jason était son frère et malgré le passage du temps, la déchirure n'était pas complètement cicatrisée.

— Pour moi, ajouta-t-elle avec une certaine lassitude, le silence est une forme de mensonge et il mine la confiance.

Sans qu'Anne ait besoin de le préciser, Charlotte comprit que sa jeune sœur faisait référence à leur père, Raymond Deblois.

Elle esquissa un demi-sourire amer.

— Exactement les mots qu'Alicia a employés, déclara-t-elle finalement.

— Elle a raison, Charlotte.

— D'accord, c'est peut-être une manière de voir les choses.

— Il n'y a pas d'autres manières d'envisager la vérité, Charlotte. La vérité sera toujours la vérité et même si la dire peut faire mal, elle vaut mieux que le silence.

— Je comprends ce que tu essaies de me dire. Mais quand la vérité ne dépend pas que de soi ? Quand on a promis de se taire à tout jamais ? Une promesse est pour moi tout aussi importante qu'une vérité qui ne changerait rien à la vie de quelqu'un. Mais cela, Alicia ne veut pas le comprendre. Depuis un an, elle fait une fixation sur le fait que je refuse de lui dire qui est son père. Si ma fille n'avait pas eu malencontreusement accès aux papiers de son grand-père Winslow, au moment de son décès, elle n'aurait jamais su qu'Andrew n'était pas son père et on n'en serait pas là aujourd'hui. Et elle ne s'en porterait pas plus mal, crois-moi. Bien au contraire !

— Cela, on ne le saura jamais. Ce qui est fait est fait et on ne peut revenir en arrière. De toute façon, ce qu'Alicia a appris à ce moment-là, elle l'aurait peut-être appris ailleurs et autrement.

— Peut-être. Cela non plus, on ne le saura jamais.

— Alors ? Qu'est-ce que tu comptes faire ? demanda Anne au bout d'un court silence d'introspection.

— Rien.

Tout en répondant, Charlotte avait haussé les épaules avec une certaine résignation dans le geste.

— Je ne vais rien faire parce que pour l'instant, il n'y a rien à faire, sinon essayer de m'en remettre après avoir parlé avec Jean-Louis. Parce que maintenant, à la lumière de cette lettre que j'ai osé lire, il est lui aussi impliqué dans toute l'histoire.

— Jean-Louis ? Pourquoi ? Il n'était pas là, lui, quand...

— Non, effectivement, coupa Charlotte, il n'a rien à voir avec ce qui s'est passé il y a des années de cela. Par contre, il a pris certaines décisions engageant l'avenir et pour cette raison, il va devoir me rendre des comptes. Il n'avait pas le droit de permettre à Alicia de partir comme ça rejoindre Mary-Jane en Angleterre, sans me consulter, sans au moins m'en parler.

— Es-tu bien certaine de ça ?

— Bien sûr ! Alicia est ma fille, malgré tout.

— Et celle de Jean-Louis, aussi, puisqu'il l'a adoptée, rétorqua Anne. Ne l'oublie surtout pas... Te rends-tu compte, Charlotte ? Alicia a été adoptée deux fois. C'est bien suffisant pour être perturbée, tu ne crois pas ? Et savoir qu'en plus, son père naturel est toujours vivant !

— Qu'est-ce que tu en sais ?

— Allons donc, Charlotte ! C'est justement parce qu'il est vivant et probablement assez proche d'elle que tu t'entêtes à taire son identité.

Devant tant de clairvoyance, Charlotte se mit à rougir.

— De toute façon, que tu aies raison ou pas, ça ne change rien au fait que Jean-Louis n'avait pas à autoriser ce voyage sans m'en parler.

— Allons donc ! interrompit Anne. Je crois que tu fais une tempête dans un verre d'eau. Pour moi, Jean-Louis a agi exactement comme il devait le faire pour rétablir un certain lien de confiance avec Alicia.

— Je ne comprends pas.

— Toi ? Toi, Charlotte Deblois, la femme de lettres, l'érudite des trois sœurs, tu ne comprends pas ce que je veux dire ? Je ne te crois pas. Ton attitude frise la mauvaise foi, et je pèse mes mots en disant cela. C'est clair comme de l'eau de roche que Jean-Louis, en agissant comme il l'a fait, sans t'en parler, cherche à rétablir le lien de confiance avec Alicia. N'est-ce pas là ce que tu veux ?

— Bien sûr, mais…

— Laisse-moi finir. C'est le genre de situation où, selon moi, il n'y a pas de *mais*. Ou tu aimes Jean-Louis et tu lui fais une confiance absolue. Ou tu l'as marié comme tu l'as fait avec Andrew, juste pour donner une famille à ta fille et tu ne l'aimes pas vraiment, et alors tu t'entêtes. Il n'y a pas trente-six solutions. Si, comme tu viens de me le dire, le silence peut avoir une certaine valeur à tes yeux, tu dois accepter qu'il puisse en être de même pour les autres… Je crois que je vais m'en aller, Charlotte. Et toi, tu devrais sauter dans ton auto et filer jusqu'à l'hôpital pour voir Jean-Louis. Si tu l'aimes, bien entendu. Quant à Alicia, donne-lui du temps. D'être loin d'ici, loin de toi, peut être bénéfique pour elle. Laisse-la s'ennuyer de Clara. Laisse-la s'ennuyer tout court ! Laisse-la regretter tout ce qu'elle a connu et aimé et le reste, tout le reste, viendra à son heure, j'en suis certaine.

À nouveau, Charlotte esquissa un sourire timide. Mais cette fois-ci, même s'il était toujours empreint d'une certaine tristesse, il était accompagné d'un petit éclat dans le regard. Un fragile éclat qui laissait supposer l'espoir.

— Voyez-vous ça ! Ma petite sœur qui me fait la leçon.

— Petite sœur peut-être, mais plus une enfant… Bon! Je m'en vais. Mais avant de partir, j'aurais une faveur à te demander.

— Laquelle?

— J'aimerais écrire à ta fille. À Alicia.

— Tu n'as rien à me demander. Alicia est ta nièce et tu as tout à fait le droit de lui écrire. Elle doit bien se douter que son absence ne passera pas inaperçue, n'est-ce pas? que les gens autour de nous vont poser des questions et finir par savoir où elle se cache.

— Sûrement… Et toi? Tu ne veux pas savoir ce que j'ai envie de lui écrire?

À ces mots, Charlotte échappa un rire, bref mais sincère.

— C'est sûr que je suis curieuse. Mais si tout ce que l'on a dit cet après-midi a un sens, je dois te faire confiance. C'est ça, n'est-ce pas?

— Oui, si on veut. Mais ça ne me gêne pas de te dire ce que je vais écrire, parce que dans un sens, ça se rapporte à toi. Je vais tout simplement écrire à Alicia de ne pas tarder à donner de ses nouvelles à Clara. J'ai, moi aussi, perdu une grande sœur un jour. Tout comme Alicia, elle était partie pour l'Angleterre et ça m'a fait de la peine. Pire que ça! Moi, celle que notre chère mère appelait «l'insignifiante», je croyais que j'étais en partie responsable de ce départ. Allez donc savoir ce qui se passe dans la tête d'une petite sœur! lança Anne gentiment.

Puis elle reprit plus sérieusement:

— Aujourd'hui, Clara vit sensiblement ce que j'ai vécu jadis. Bien sûr, elle n'a plus cinq ans, comme moi à l'époque, mais sait-on jamais… C'est pour cela que j'aimerais écrire à Alicia. Pour le reste, ça ne me regarde pas, même si je t'aime beaucoup et que j'aurais peut-être envie de secouer vigoureusement Alicia pour qu'elle ouvre les yeux, elle aussi, je ne le ferai pas…

Charlotte dévisagea Anne durant un long moment, puis elle pencha la tête sans parler. Il n'y avait rien à répondre. Anne avait raison et tout ce qu'elle venait de dire, Charlotte se le répétait depuis des mois.

En revanche, il y avait une mise au point à faire quand Anne se demandait si Charlotte aimait son mari.

Oui, Charlotte aimait Jean-Louis et elle trouvait important de le dire, puisque Anne se posait la question. Elle aimait son mari sincèrement et profondément, même si entre eux, il n'y avait jamais eu de véritable passion.

Cette autre facette de l'amour, les palpitations du cœur et les élans du corps, Charlotte l'avait vécue avec un autre alors qu'elle n'était qu'une toute jeune fille et personne d'autre, depuis, n'y avait eu droit. Gabriel, le peintre vivant au Portugal, serait à tout jamais la seule et unique passion de sa vie. Mais comme Charlotte savait depuis longtemps qu'on ne bâtit pas une vie sur la passion, parce qu'inévitablement, celle-ci finit par s'étioler, parce qu'elle savait aussi que le quotidien est surtout fait d'entente et de confiance, elle avait pu être heureuse avec Jean-Louis.

Très heureuse, même.

Il n'y avait qu'une chose, une seule, qui, à ses yeux, était rattachée à la passion et qui lui manquait terriblement, c'était l'inspiration pour écrire.

Mais cela était une autre histoire, une autre question, et il n'y avait qu'elle-même qui pourrait, peut-être, un jour, y apporter une réponse.

Alors, Charlotte releva la tête.

— Tu as raison, Anne. Jean-Louis serait incapable de mesquinerie. Je ne comprends pas que j'aie pu douter et être en colère après lui. S'il n'a rien dit à ce jour, c'est qu'Alicia le lui avait demandé. C'est clair… Et surtout n'aie aucune crainte : je l'aime et je sais qu'il m'aime. À deux, on finira bien par trouver une solution.

* * *

L'été battait son plein et la ville de Montréal vivait au rythme de l'Expo.

Laura aussi vivait au rythme de l'Expo, échevelée, jolie comme tout sous son calot, heureuse comme il y avait longtemps qu'elle ne l'avait été.

En fait, la famille Lacaille au grand complet vivait au rythme de l'Expo ! Même Antoine, qui était débordé par ses deux métiers et les toiles qu'il devait produire, n'avait pu résister à l'offre de son père.

Ça avait commencé dès le premier soir, celui de l'inauguration officielle, diffusée sur les ondes de Radio-Canada en avril dernier.

Toute la famille était réunie au salon devant l'appareil, écoutant d'une oreille distraite les discours du maire Drapeau et du premier ministre du Québec, monsieur Daniel Jonhson. Laura était la seule à manquer à l'appel puisqu'elle travaillait.

Devant l'ampleur du protocole officiel, devant la beauté des images qui défilaient devant lui et avec le tintement des cloches de l'église de la paroisse et de celles de l'église voisine qui se faufilaient jusque dans son salon, Marcel avait vite compris que s'ils ne faisaient rien, ils passeraient, lui et sa famille, à côté de quelque chose de grandiose et d'unique.

— Calvaire ! Les cloches pis les sirènes de pompiers,

astheure ! T'entends-tu ça, Bernadette ? C'est pas des farces, y' voit gros, le maire Drapeau. Ben gros. Demain, quand t'arriveras à l'épicerie, essaye don de savoir comment ça marche pour avoir un abonnement. Un passeport, comme y viennent de dire dans la tivi. Depuis le temps qu'on en entend parler, de l'exposition du maire Drapeau, on va toujours ben aller voir de proche de quoi ça a l'air, c't'affaire-là.

— T'es ben sûr de toé, Marcel ? Ça doit coûter cher en verrat, un passeport.

— Calvaire, Bernadette, allume ! Toutes les pays du monde sont en train de marcher sur notre rue pis nous autres, les caves, on resterait assis dans notre salon sans aller voir passer la parade ? Ça tiendrait pas deboutte.

— Ben regardez-moé don ça ! Marcel qui parle en paraboles, astheure ! T'auras pas le choix, Bernadette.

Évangéline avait l'air de bien s'amuser.

— Faut vraiment que tu te renseignes pour nous avoir une passe.

— Un passeport, la mère. C'est de même que la femme de la tivi a appelé ça. Un passeport, pas une passe comme…

— Viarge, Marcel, viens pas couper les cheveux en quatre icitte à soir, toé là, ça m'énerve ! Pis la femme de la tivi, a' s'appelle Louise Latraverse, tu sauras.

Insultée de s'être fait reprendre par son fils, Évangéline avait aussitôt répliqué. Et comme elle avait remarqué le nom de l'animatrice…

Satisfaite de voir un éclat de surprise traverser le regard de Marcel, Évangéline s'était calée dans son fauteuil et avait poursuivi sans attendre.

— Pis t'auras beau l'appeler comme tu voudras, la passe ou ben le passeport, ça change rien au fait que Bernadette a probablement raison: ça doit coûter la peau des fesses, c'te papier-là. Pis toé, si j'ai ben compris, tu nous annonces que t'as l'intention de nous en acheter un pour chacun de nous autres?

— Ouais! C'est mon intention.

Marcel avait eu alors un regard rapide en direction de Bernadette qui l'avait encouragé d'un sourire, tentée qu'elle était de mettre les pieds sur une île qui n'était pas là quelques années auparavant.

— L'épicerie va ben depuis un boutte. Ça fait que j'ai les moyens de payer ça à ma famille, avait lancé Marcel en reportant son attention sur sa mère. Chus pas un tout nu, vous saurez, la mère.

— J'ai jamais dit ça, pis je le pense pas non plus.

— Ben tant mieux. Vous voyez ben qu'on est faites pour s'entendre comme faut, des fois, vous pis moé... Wow! Regardez-moé ça! Y a même des feux d'artifice, calvaire!

Un œil indifférent posé sur l'écran de la télévision, Évangéline s'était permis de bougonner un peu.

— Des feux d'artifice... Ce qu'y a de beau là-dedans, c'est toutes les couleurs sur le noir du ciel. Je le sais, j'en ai déjà vu en vrai au parc Lafontaine quand j'étais plus jeune. En gris comme c'est là, ça dit pas grand-chose.

— Bon! Ça fait pas encore!

— C'est pas ça que j'ai dit, Marcel. Mais tu me feras pas accroire, par exemple, que t'aimes ça. Y' tomberait de la neige que ça serait pareil, viarge!

— C'est ben ce que je viens de dire, calvaire! Ça fait pas encore.

Sans tenir compte de l'intervention de son fils, Évangéline avait poursuivi sur le même ton.

— C'est Noëlla qui me disait dans le téléphône, pas plus tard qu'hier, que son gars vient d'acheter une tivi en couleurs, tu sauras. Au cas où tu le saurais pas, Marcel, ça existe, astheure, des tivis en couleurs. C'est pour ça que t'à l'heure, l'annonceur a dit : « Une émission couleur de Radio-Canada. »

— Pour qui c'est que vous me prenez, la mère ? C'est sûr que je savais ça, voyons don ! Pis comme ça, le gars à Noëlla a acheté une tivi en couleurs ? Ben vous pourrez dire à votre amie qu'y' sont ben chanceux. Ouais, ben chanceux. Mais icitte, c'est une tivi en noir et blanc qu'on a, en gris comme vous dites, pis on va s'en contenter pour un boutte encore, rapport que pour astheure, moé, c'est des passeports pour l'Expo que je veux. Pas une tivi en couleurs. Pis là, pour payer c'tes passeports-là, pis tout le reste, comme de raison, j'vas aller me coucher pour être en forme demain. C'est pas pasque le monde fête en ville que tout le monde est en vacances. Bonne nuitte, la mère. On se revoit au déjeuner.

Marcel était déjà debout et marchait vers le corridor. L'instant d'après, la porte de sa chambre claquait, faisant vibrer toute la maison.

— Veux-tu ben me dire ce qui y prend, lui, là ? C'est pas dans ses habitudes de se coucher de bonne heure de même quand c'est l'été pis que les fenêtres sont grandes ouvertes sur une belle soirée... Ça doit être la tivi en couleurs de Noëlla qui y est restée coincée en travers du gorgoton... Hein, Bernadette ? Tu penses-tu, toé, que c'est la tivi du plus vieux à Noëlla qui l'achale de même ?

Évangéline n'aurait su si bien dire !

Choisir entre une télévision couleurs ou des passeports pour la Terre des hommes, comme on appelait l'Expo 67, avait été un véritable supplice pour Marcel.

Malheureusement, il n'avait pas les moyens de s'offrir les deux et, après des jours de réflexion, il avait dû se résoudre à trancher.

C'est l'image de son frère Adrien qui avait fait la différence.

Adrien qui avait voyagé de par le vaste monde et qui, lorsqu'il en revenait, captait toutes les attentions avec ses récits de voyage.

Marcel, lui, ne connaissait rien de plus que son quartier et Saint-Eustache, là où habitait la famille de Bernadette. En ajoutant Pointe-Calumet pour quelques pique-niques et la basilique de Sainte-Anne, à Sainte-Anne-de-Beaupré, un peu à l'est de Québec, Marcel ne connaissait rien d'autre. Pas de quoi captiver les gens autour de lui.

— Mais moé, au moins, j'ai pas lâché ma famille pour voyager. J'ai toujours été là pis personne manque de rien.

N'empêche qu'il enviait son frère et que la venue de l'Exposition universelle lui avait semblé une opportunité intéressante, amenée à Montréal juste pour lui.

Jusqu'au jour où une immense publicité dans le journal était venue le titiller.

— Maudit calvaire! Veux-tu ben me dire pourquoi c'est faire qu'y' amènent la tivi couleurs en même temps que l'Expo? Voir que j'avais besoin de me casser la tête là-dessus! Mais calvaire qu'est belle, avec son beau meuble de bois verni pis ses pitons chromés!

Marcel, qui avait toujours fait figure de précurseur dans son quartier, n'avait pu s'empêcher d'aller admirer les nouveaux modèles de télévision, chez Eaton, un midi, parce qu'à cette heure-là, Bernadette n'était pas à l'épicerie.

La tentation était grande.

L'Expo ou la télévision ?

Marcel avait soupesé la question durant des semaines. Il avait aligné de plus belle les chiffres de son budget familial, le matin très tôt, quand il arrivait à l'épicerie avant tout le monde et qu'il s'enfermait dans la chambre réfrigérée de la boucherie. Il s'était torturé les méninges jusqu'au jour où, philosophe et réaliste, il avait décidé d'attendre que les portes de l'Expo ouvrent pour prendre sa décision.

— J'ai pas le choix, je peux pas payer les deux, calvaire. Mais, avec Laura qui va travailler là, on va savoir comment ça se passe. Si elle, a' nous dit que ça vaut la peine, ça sera l'Expo. Mais si a' nous dit que c'est ben juste un gros pétard mouillé, j'achèterai la tivi.

Une petite demi-heure de télévision, un certain jeudi soir d'avril, avait scellé sa décision avant même que Laura lui en parle.

Ce qu'il voyait, même en noir et blanc, était trop tentant.

Pourquoi, alors, avait-il fallu qu'Évangéline vienne tourner le couteau dans la plaie en lui parlant d'une télévision en couleurs ?

Le lendemain, encore une fois sur l'heure du midi, Marcel avait pris la peine de se rendre chez quelques détaillants d'ameublement.

Il s'était dit qu'Eaton vendait peut-être trop cher et qu'il trouverait mieux, et plus abordable, ailleurs.

Peut-être, en magasinant bien, avait-il les moyens de s'offrir à la fois un voyage autour du monde par le biais de Terre des hommes et une belle télévision en couleurs ?

Malheureusement, Marcel n'avait pas les moyens de ses ambitions, il en fut vite persuadé. Les chiffres ne pouvaient mentir. Par contre…

C'est en sifflotant qu'il était rentré chez lui, ce soir-là, une petite boîte étroite et plutôt longue à la main. Sans hésiter, il s'était dirigé vers le salon.

Sa mère voulait avoir une télévision en couleurs ? Eh bien, elle allait l'avoir, sa télévision en couleurs.

Le vendeur était formel, c'était à s'y méprendre !

Et Marcel n'y laisserait pas sa chemise !

Bernadette, surprise de le voir arriver si tôt, lui avait emboîté le pas.

— Pis c'est quoi, c'te boîte-là ?

— Tu vas voir ! Le vendeur m'a dit que ça serait ben beau.

— Ben beau... Je veux ben te croire, Marcel, mais ça me dit pas à quoi ça va servir, par exemple.

— Tu vas voir, que je viens de te dire ! Calvaire, Bernadette, laisse-moé lire l'emballage si tu veux que je le pose dans le sens du monde.

Du bout des fesses, Bernadette s'installa sur le divan. Pourvu que Marcel n'y passe pas l'heure à venir, car elle avait un souper à préparer. Mais en même temps, elle était curieuse. Comme s'il avait lu dans les pensées de sa femme, l'instant d'après, Marcel avait ouvert la boîte et précaution-neusement, il avait déroulé une feuille assez sombre qui sem-blait être faite de plastique souple. Puis, à gestes précis, il avait placé la feuille sur l'écran de leur vieille télévision. Comme par magie, celle-ci semblait adhérer assez facilement à l'écran même si les coins retroussaient.

— Pis ? Que c'est que c'est supposé faire, c'te papier-là ?

— Une tivi en couleurs.

— Ah ouais ? Une tivi en couleurs ?

Bernadette était on ne peut plus sceptique.

— Tu viendras pas me faire accroire qu'on peut changer

de même une tivi qui a toujours été en noir et blanc pour une tivi en couleurs avec juste un p'tit boutte de plastique.

— C'est ça que le vendeur m'a dit.

— Ben voyons don, toé ! Pourquoi c'est faire d'abord qu'y' vendent des tivi en couleurs aussi cher que ça ?

— Pour le monde qui a pas de tivi en noir et blanc, je suppose.

— Hé ben… Pis ça marche comment ?

Bernadette en avait oublié son souper à préparer.

— Tu le vois ben, calvaire ! En haut, c'est bleu pour le ciel, en bas, c'est vert pour le gazon, pis dans le milieu, c'est rouge pour la face.

— Pasqu'on a la face rouge ?

— Ben oui… Une sorte de rouge… drabe. Donne-moé deux menutes. Je m'en vas allumer la tivi pis on va voir ce que ça donne.

Le temps que prennent les lampes à réchauffer, Marcel vint s'asseoir près de Bernadette, sur le divan.

— Ben là, tu m'épates, Marcel. Si ça marche, ton affaire, c'est la belle-mère qui va rire de Noëlla pis de sa tivi neuve qui coûte je sais pas combien de cent piasses !

— Pourquoi ça marcherait pas ? Le vendeur avait l'air ben sûr de son affaire. Y' m'a même dit que lui avec, y' en avait un, plastique, chez eux.

Lentement, de plus en plus lentement parce que leur appareil était de plus en plus vieux, l'écran s'était éclairci.

Puis l'image avait paru, moins claire qu'à l'habitude. Gaétan Barrette, rouge comme une tomate, avec les mains vertes et les cheveux bleus, avait curieuse allure.

— Comment y' a dit ça, encore, ton vendeur ?

— Que c'était ben beau… Y' devait parler des paysages,

c'est comme rien. Pasque là… C'est pas vargeux, hein, Bernadette ?

— Ben…

Sans offrir de réponse plus élaborée, Bernadette avait haussé les épaules en esquissant une petite grimace qui pouvait avoir l'air soit d'une moquerie, soit d'une déception. Marcel, lui, retint la moquerie.

— Calvaire, je me suis faite avoir.

— Pantoute, mon Marcel, pantoute. Ça donne peut-être pas une vraie tivi en couleurs, mais c'est reposant pour les yeux.

— Tu trouves ?

— Ben ouais… Pas toé ?

— Je sais pas trop.

Marcel s'était calé contre le dossier du divan. Il avait cligné des paupières, puis penché la tête.

— Peut-être…

Marcel n'avait pas du tout l'air convaincu.

— Mais reposant ou pas, ça reste que c'est pas ben ben beau.

Marcel avait soupiré.

— On le laisse-tu là, c'te calvaire de plastique-là, ou ben on l'enlève tusuite pis on le jette aux vidanges ? Pasque, en plus, le vendeur m'a dit que c'était pas échangeable pis pas remboursable. Je commence à comprendre pourquoi.

De toute évidence, Marcel avait accepté son échec sans autre forme de discussion, avec un calme qui avait surpris Bernadette. Elle avait alors posé la main sur la cuisse de son mari et l'avait serrée gentiment, en signe de solidarité.

— Ça arrive à tout le monde de se faire avoir de même.

Puis, elle s'était relevée en soupirant.

— Fais ce que tu veux, rapport que c'est toé qui as eu l'idée pis qui l'as acheté. Mais moé, je demanderais à ta mère ce qu'a' l'en pense avant de l'enlever pour de bon. A' passe son temps à dire que ça la fatigue de regarder la tivi. Petête ben qu'avec ça, a' va moins fatiguer pis moins se plaindre. C'est pas des blagues que je fais quand je te dis que je trouve ça moins dur pour les yeux, c'est vrai. Mais tu devrais ajouter un boutte de *scotch tape* pour le faire tenir comme faut, ton plastique.

— Ben, si c'est de même... M'en vas attendre jusqu'à ce soir pour prendre ma décision. Astheure, vu qu'y' fait beau pis que chus arrivé de bonne heure, m'en vas en profiter pour aller lancer la balle au parc avec Charles pendant que tu vas faire à souper. Me semble que ça fait un moyen boutte qu'on a pas faite ça, lui pis moé ! M'en vas aller le rejoindre tusuite. Je l'ai vu, t'à l'heure. Y' s'amusait avec Daniel dans ruelle à côté de la maison des Veilleux. Je me change, je prends nos mittes pis la balle, pis j'y vas.

Devant l'envie sincère de Marcel de passer un moment avec Charles comme il l'avait si souvent fait lorsque son fils était petit, Bernadette n'avait osé souligner qu'à son âge, un garçon aimait peut-être mieux jouer avec ses amis...

Une déception par jour, c'était bien suffisant !

Et Charles était bien assez vieux et déluré pour exprimer ses désirs sans avoir besoin d'intermédiaire !

CHAPITRE 7

Demain l'hiver, je m'en fous
Je m'en vais dans le sud, au soleil
Me baigner dans la mer
Et je penserai à vous
En plantant mes orteils, dans le sable doux

Demain l'hiver
ROBERT CHARLEBOIS

Québec, samedi 15 juillet 1967

Jean-Marie était parti depuis plus de trois heures et Francine commençait à trouver le temps long.

— Que c'est qu'y' fait, sainte bénite, pour prendre autant de temps ? Me semble que d'habitude, ça va plus vite que ça.

Ce matin, même si on était samedi, il n'y avait pas eu de journal, et en partant, Jean-Marie lui avait ordonné de faire le ménage.

— Tu vas voir ! Quand je vais revenir, il y aura probablement une surprise pour toi. Prépare une chambre. Si tout se passe comme je le veux, on va en avoir besoin. Cueille donc, aussi, un bouquet de fleurs sauvages pour mettre sur la table. C'est plus accueillant, une maison fleurie.

Francine ne se l'était pas fait dire deux fois.

Après avoir épousseté et balayé toute la maison, elle changea les draps du lit de la seconde chambre, celle qu'elle occupait à leur arrivée, mais qu'elle avait délaissée depuis l'hiver à la demande de Jean-Marie.

C'était à peu près à l'époque de Noël.

Le Seigneur avait dit à Jean-Marie, en rêve, que Francine pourrait, désormais, partager son lit.

Francine, qui avait déjà commencé à imaginer un retour possible à la vie normale, avec son petit Steve, avait osé laisser entendre qu'elle préférerait garder sa chambre à elle.

La colère de Dieu n'avait pas tardé à s'abattre sur elle par la main de Jean-Marie.

— Comment oses-tu aller à l'encontre de la volonté de Dieu? Tu devrais accepter Ses choix avec humilité. C'est Lui qui sait ce qui est bon pour toi et ce qui ne l'est pas.

Trois heures de prière, à genoux sur le plancher glacé du salon, l'avaient convaincue de la véracité des dires de Jean-Marie, et Francine avait déménagé ses quelques effets personnels dans un tiroir du bureau de la grande chambre.

Cependant, à partir de ce jour-là, la jeune femme avait ajouté une supplique à ses prières quotidiennes.

— Faites que je tombe pas enceinte, mon Dieu. Ramenez-moi mon p'tit, pis faites que je tombe pas enceinte. Amen!

Depuis, la chambre d'en avant était libre et donc, ce matin, Francine avait pu mettre des draps fraîchement lavés dans le second lit de la maison. Puis, elle avait ouvert tout grand la fenêtre pour aérer la pièce qui sentait un peu l'humidité.

Pas question que son Steve dorme dans une odeur pareille.

Car Jean-Marie était bien parti chercher Steve, n'est-ce pas?

Il avait parlé de surprise. Elle n'avait pas rêvé cela. Jean-Marie avait bel et bien employé le mot *surprise*.

Pour Francine, il n'y avait qu'une seule et unique chose qui pouvait s'apparenter, de près ou de loin, à une surprise, et c'était l'arrivée de son petit garçon.

En effet, que pouvait-elle attendre de la vie hormis l'arrivée de son fils ?

Ici, en campagne, il n'y avait jamais de surprise, sinon l'humeur de Jean-Marie, qui fluctuait d'un matin à l'autre, ou un caprice de la température, qui elle aussi s'amusait à changer d'un réveil à l'autre.

Mais comme Francine faisait bien attention à tout ce qu'elle disait, à tout ce qu'elle faisait, ce n'était plus elle qui provoquait les sautes d'humeur de Jean-Marie. Le ciel et ses nuages s'en chargeaient sans difficulté et il suffisait d'une journée un peu sombre alors qu'on espérait du soleil et qu'on avait prié toute la soirée pour cela, pour assombrir aussitôt l'humeur de Jean-Marie.

Ces jours-là, Francine essayait de se faire aussi menue qu'une souris pour que Jean-Marie puisse oublier sa présence.

Certains jours cela fonctionnait, d'autres, moins bien.

— C'est ta faute s'il pleut. Le Seigneur t'en veut encore.

Alors, Jean-Marie se mettait à tempêter. Il fracassait vaisselle ou meuble, il frappait parfois Francine.

Puis il regrettait et jurait qu'il ne recommencerait plus.

Francine courbait alors la tête dans une remarquable parodie de soumission et sans attendre qu'on lui demande de le faire, elle se dirigeait d'elle-même dans le coin du salon que Jean-Marie avait baptisé *le sanctuaire.* Images pieuses et bougies s'y côtoyaient dans une laideur consommée, selon Francine. Mais jamais elle ne l'aurait avoué, même sous la torture.

C'est ainsi, à la suite de nombreuses heures de prière et de contemplation, que Francine avait appris à trouver un certain charme à ce coin de recueillement. Un charme indéniable dont elle s'était mise à abuser.

Quand elle priait, ou faisait semblant de le faire, Jean-Marie ne s'occupait plus d'elle, et c'est tout ce que Francine souhaitait: se faire oublier de Jean-Marie pour pouvoir, un jour, s'en aller d'ici.

Mais avant, il fallait que Steve vienne la rejoindre. C'était sa seule priorité, sa raison d'être. Une véritable obsession.

Steve devait venir ici avant toute chose.

Elle ne pourrait jamais fuir cette campagne maudite sans lui. Jamais. Francine avait trop peur des représailles de Jean-Marie. Les menaces à peine voilées de s'en prendre à Steve, si Francine ne lui obéissait pas au doigt et à l'œil, suffisaient aisément à calmer toute tentation de fugue.

Steve…

Il venait de fêter ses quatre ans sans elle.

Quatre ans déjà…

Francine commençait à avoir de la difficulté à se souvenir précisément de son visage de bébé. Saurait-elle le reconnaître maintenant qu'il était un grand garçon?

Les journées se suivaient donc inexorablement, en tous points semblables dans leur uniformité linéaire. Car c'est ainsi que Francine voyait la vie devant elle: un long ruban grisâtre avec une grande lumière au bout. La lumière, ce n'était ni le ciel ni le Seigneur, c'était son fils. Quand elle travaillait au jardin, à l'abri des oreilles indiscrètes, ou encore quand elle se savait seule dans la maison, Francine psalmodiait toutes les chansons enfantines qu'elle connaissait et qu'elle avait un jour chantées pour Steve.

Si elle ne les oubliait pas, elle pourrait les chanter à son petit le jour où elle le retrouverait, et ainsi, il saurait reconnaître sa mère.

Prières, repas, jardinage occupaient le plus gros de ses

journées d'été. Ménage et lavage revenaient à la semaine, quand Jean-Marie s'absentait.

Car Jean-Marie continuait de s'absenter, très régulièrement, sans que Francine sache où il allait.

Tous les samedis, à heure fixe, Jean-Marie se rendait au village et en revenait avec le journal qu'il épluchait lentement. Puis, il partait pour la ville et ne revenait que le soir.

Francine, qui avait tout son temps pour réfléchir, en était arrivée à la conclusion qu'il y avait probablement un message personnel pour Jean-Marie dans le journal du samedi.

Mais elle avait beau en lire toutes les pages, du mieux qu'elle le pouvait, elle n'avait jamais rien trouvé.

— Sainte bénite! Pourquoi, don, que je vois rien? Me semble que ça devrait être clair… Pis petête pas, non plus. Ça serait pour ça que même Jean-Marie a de la misère à trouver son message pis que ça y prend autant de temps à lire le journal.

Mais il était aussi vrai que Francine n'avait jamais été très bonne en français. Ni en calcul d'ailleurs.

Alors, quand la jeune femme, dépitée et déçue, refermait le journal du samedi sans rien avoir trouvé, elle regrettait amèrement la présence de son amie Laura. S'il y avait vraiment quelque chose d'écrit à l'intention de Jean-Marie dans ce fichu journal, Laura, elle, elle l'aurait trouvé.

Elle lisait si bien, Laura.

Et elle comprenait toujours tout ce qu'elle lisait.

Mais aujourd'hui, la présence de Laura aurait été inutile parce que la routine avait été bouleversée.

Il n'y avait pas eu de journal, ce matin, donc pas de message, mais Jean-Marie était parti quand même.

Pourquoi?

— Pasqu'y' avait pas besoin de message pour aller chercher mon p'tit, voyons don! Y' sait très bien c'est où, chez matante Lucie.

L'évidence d'une telle réflexion laissa Francine euphorique pour quelques instants. Puis, sourcils froncés, déambulant d'une pièce à l'autre dans la maison, elle s'arrêta brusquement de marcher.

— J'espère juste qu'y' a pensé à emmener de l'argent. Dix mois de pension, ça va y' coûter cher… Pis si y' veut pas payer? Oh non! Mon Dieu, faites que Jean-Marie aye pensé à emmener de l'argent pour matante Lucie. Faites que mon Steve reste pas là encore un boutte, juste pour une question d'argent. Sainte bénite, j'en peux pus, moé, de l'attendre. J'en peux pus, moé, de vivre icitte sans lui… Non, c'est sûr, Steve s'en vient. Sinon, Jean-Marie aurait acheté le journal comme d'habitude pis y' l'aurait toute lu avant de s'en aller, comme y' fait d'habitude le samedi matin. Pis en plus, y' a parlé d'une surprise avant de partir. Pis de la chambre qu'y' fallait que je prépare… Pourquoi c'est faire que Jean-Marie m'a demandé ça, hein? C'est sûr, mon p'tit s'en vient.

Alors, Francine flotta sur un nuage pour quelques instants avant de retomber sur terre, soucieuse, assaillie par les doutes et les interrogations.

Le vieux camion de Jean-Marie n'apparut au bout de l'allée qu'en fin d'après-midi.

Francine vit tout de suite que la benne était remplie de meubles.

À première vue, de loin, on aurait dit des vieux meubles en bois.

Peut-être un mobilier pour son Steve? Après tout, même s'il avait déjà quatre ans, ce n'était qu'un tout petit garçon avec des tas de besoins autres que ceux, très frugaux, permis par Jean-Marie.

Puis le camion s'arrêta et les deux portières s'ouvrirent en même temps.

Francine retenait son souffle, n'osant ni s'élancer ni appeler. S'il fallait que Jean-Marie n'apprécie pas ! S'il fallait que Jean-Marie décide de rebrousser chemin devant une attitude trop fébrile, jugeant qu'elle ne méritait pas son Steve !

L'objet de ses pensées et de ses hésitations fut le premier à descendre du camion.

L'instant d'après, alors que Francine s'attendait à voir descendre son petit garçon du camion, deux jeunes filles sortirent à tour de rôle par l'autre portière.

Puis, caché par les meubles, dans la boîte ouverte du camion, un homme, qui avait sensiblement l'âge de Jean-Marie, montra la tête.

Francine sentit littéralement son cœur cesser de battre.

Qui donc étaient tous ces gens ?

Et où se cachait son fils ?

La blague avait assez duré; Francine voulait voir Steve.

Elle se tourna vers Jean-Marie qui venait vers elle.

— Alors, Francine ? As-tu vu ? demanda Jean-Marie avant même que Francine puisse ouvrir la bouche. J'ai enfin réglé le problème d'argent que tu vois partout. On a du travail maintenant. On va rénover des vieux meubles et les revendre. Bonne idée, n'est-ce pas ? Viens, viens voir dans le camion. J'ai même une machine à coudre pour toi. Ça va nous permettre de refaire les rembourrages, au besoin. La couture, c'est bien ta spécialité, non ?

Francine était sidérée, pétrifiée.

— Des meubles ? arriva-t-elle à articuler même si sa gorge

était incroyablement serrée et que le cœur voulait lui sortir de la poitrine.

— Oui, on va réparer des meubles, ce qui peut laisser croire qu'il y a de l'argent en perspective. Ce n'est pas une belle surprise, ça ? Tu n'arrêtes pas de t'inquiéter à cause de l'argent qui pourrait manquer. Alors, j'ai voulu te faire plaisir et calmer tes inquiétudes. Après, tu diras que je ne t'aime pas… Maintenant, viens nous aider à vider le camion. On va mettre les meubles dans le salon. La pièce va devenir notre atelier.

Francine n'osa rétorquer que les petits oiseaux, eux, ne rafistolaient pas de vieux meubles pour survivre. Ils se fiaient tout simplement au Seigneur, comme Jean-Marie lui conseillait de le faire habituellement.

— Qu'est-ce que tu attends pour venir nous aider, Francine ? Tu es gênée ? Il ne faudrait surtout pas. Lucie, Odette et Gaspard sont ici pour partager notre vie. Ils sont comme nous et ils veulent revenir aux valeurs essentielles, celles enseignées par notre Père à tous. La nature, le labeur et la prière… Revenir à Dieu, source de toute vie. On va tous vivre ensemble, Francine ! N'est-ce pas merveilleux ?

Le regard de Francine passa d'une jolie brunette à une grande blonde efflanquée, sans véritable charme.

Lucie, Odette…

Francine se demanda qui était qui.

Puis elle revint à Jean-Marie. En compagnie de l'autre homme, Gaspard, il soulevait un vieux buffet délabré.

— Envoye ! Grouille-toi, Francine, lança impatiemment Jean-Marie, essoufflé. Moi qui pensais que tu serais heureuse d'avoir de la compagnie.

Au timbre de sa voix, Francine comprit que Jean-Marie

avait perdu le peu de patience dont il était capable de faire preuve.

Sans attendre, elle fit donc quelques pas dans sa direction, question de montrer sa bonne volonté.

Mais à l'instant où Jean-Marie passait près d'elle, et avant de joindre ses efforts à ces inconnus qui, selon toute vraisemblance, allaient vivre ici pour un moment, Francine ne put s'empêcher de demander :

— Pis... pis Steve, lui ?

Il y eut un long moment de flottement où le regard de Jean-Marie passa de l'un à l'autre, avec un vague sourire flottant sur ses lèvres, comme pour faire remarquer qu'il avait exactement prévu cette situation.

Puis, quand il arriva à Francine, son regard se durcit. Il détailla longuement la jeune femme, de la tête aux pieds, avec une moue de commisération.

— Steve ? demanda-t-il alors sans que Francine ne sente la moindre interrogation dans sa voix.

— Ouais... Mon p'tit Steve. À matin t'avais parlé d'une surprise. Ça fait que moé, j'ai tusuite pensé à mon p'tit.

Un grand éclat de rire déchira aussitôt la canicule de cette fin de journée de juillet, comme si Francine venait de faire une bonne blague.

Le soleil courtisait la cime des arbres, au fond du champ dans l'érablière, les ombres étaient longues entre les rangs de pommes de terre des voisins et Francine eut la certitude que tous les oiseaux du monde venaient de se taire.

— Steve ? redemanda Jean-Marie entre deux accès d'hilarité. Tu avais réellement pensé que j'amènerais Steve ici, avec moi, aujourd'hui ?

— Ben...

— Pauvre Francine ! J'irai chercher ton gars le jour où j'aurai l'argent pour payer sa gardienne. Faut pas avoir trop de discernement pour avoir pensé autrement. Mais ça te ressemble de ne pas avoir de jugement. Maintenant, viens m'aider, ça presse. Si tu travailles comme il faut, on aura peut-être bientôt assez d'argent pour aller chercher Steve. Ça dépend de toi, Francine, juste de toi !

Décontenancée, Francine resta d'abord immobile. Puis, sachant que Jean-Marie l'avait à l'œil même si rien n'y paraissait parce qu'il se dirigeait vers la maison en compagnie de Gaspard, Francine se dirigea vers le camion.

Au moins, Jean-Marie était conscient qu'il faudrait payer matante Lucie et elle n'aurait pas à l'affronter sur le sujet.

Tout en regardant autour d'elle à la dérobée, Francine aperçut quelques sourires qui s'échangeaient. Même Gaspard, maintenant proche de la maison, semblait sourire. Comme s'il existait une connivence de longue date entre Jean-Marie et les étrangers qui venaient d'envahir sa maison, son quotidien, son espace vital.

D'emblée, et de façon aussi viscérale qu'irrévocable, Francine sut qu'elle n'aimerait pas ces gens. Jamais.

Attrapant alors le rebord de la plate-forme de la boîte du camion d'une main ferme, Francine y grimpa. Tout au fond, à côté d'une chaise bancale, il y avait effectivement une machine à coudre. Une antiquité de machine qui lui arracherait probablement le dos parce qu'elle fonctionnait encore avec une longue pédale de fer cerclée de bois, une pédale à bascule, comme l'appelait sa mère.

Mais Francine était prête à tout.

Elle s'éreinterait jour et nuit s'il le fallait. Elle y laisserait son dos et sa vue, si c'était là la seule façon de retrouver son fils.

Jean-Marie n'avait-il pas dit qu'il n'en tenait qu'à elle de revoir Steve ?

Alors, elle allait revoir son p'tit.

Et plus vite, oh oui ! beaucoup, beaucoup plus vite que tout ce que Jean-Marie pouvait imaginer.

* * *

L'été filait et c'est tout juste si Laura le voyait passer.

L'été 67, c'était l'été de Montréal, la ville devenue le centre du monde le temps d'une exposition. Et Laura était au cœur de ce tourbillon.

C'était fou, démesuré, fabuleux.

En trois jours, plus d'un million de personnes avaient présenté leur passeport aux tourniquets d'admission et Laura avait compris qu'elle avait pris la bonne décision en abandonnant ses études.

« Momentanément », comme elle persistait à le dire autour d'elle.

— As-tu vu ça, moman ? Regarde, c'est écrit juste ici.

La tête enfouie dans le journal, une rôtie en équilibre sur une main, Laura suivait le texte d'un article du bout de l'index.

— De quoi c'est que tu parles, Laura ? Pis t'as ben l'air excitée.

— Il y a de quoi. En trois jours, il y a un million de personnes qui sont venues à Terre des hommes.

— Un million ?

Bernadette, affairée à son repas, lui avait jeté un regard plus que sceptique par-dessus l'épaule.

— T'es sûre que t'as ben lu ? Me semble que c'est un brin exagéré.

— Pantoute. Je le sais, j'étais là. Laisse-moi te dire que du monde, il y en avait partout. Un million, c'est pas exagéré.

— Eh ben... J'ai pas mal hâte d'aller voir ça en personne, tu sauras. Pis ton père avec. Une île, sortie du fleuve, c'est pas tous les jours qu'on a la chance de voir ça.

— C'est pas tant l'île qui est intéressante, moman. Une île, ça restera toujours bien une île. Ce sont les pavillons qui sont sur l'île Sainte-Hélène qui sont intéressants. Tous les pays du monde se sont donné rendez-vous chez nous ! As-tu une petite idée de la chance qu'on a de vivre ici, à Montréal ?

— Petête ben... Mais pour astheure, j'ai pas vraiment le temps de réfléchir à toute ça. C'est ben beau l'Expo pis ses îles avec ses pavillons, comme tu dis, mais moé, j'ai besoin de la table. Grouille-toé, Laura, pis finis de manger ta toast. Faut que je roule ma pâte. Je veux que mon souper soye prêt avant de partir pour l'épicerie. Comme ça, ta grand-mère aura juste à mettre la tourtière dans le four sur le coup de midi pis quand on va revenir, à soir, le souper va être prêt. Je peux pas m'en occuper moi-même pasque je travaille à l'épicerie toute la journée aujourd'hui. Tu le sais comme moé que ton père aime ben ça quand le repas est prêt quand y' arrive de sa job, pis ta grand-mère, elle, a' l'aime de moins en moins ça, faire à manger.

Une semaine plus tôt, Laura aurait envié sa mère d'être débordée d'ouvrage parce qu'entre janvier et avril, elle-même avait trouvé le temps passablement long. Sans études et sans travail, Laura n'avait eu que sa grand-mère pour lui tenir compagnie tout au long de l'hiver.

Pourtant, dès qu'elle eut avisé son directeur qu'elle prenait quelques mois de congé pour travailler à l'Expo, le cœur battant d'envie et d'espoir, Laura avait proposé à son père de travailler à l'épicerie. Ça occuperait son temps en attendant l'ouverture de l'Expo et ça comblerait une envie qu'elle entretenait depuis des mois déjà !

Malheureusement, Marcel n'avait pas affiché l'enthousiasme que la jeune fille espérait rencontrer. Bien au contraire ! Tout en écoutant la proposition de Laura, Marcel avait offert une mine plutôt circonspecte, hésitante.

— Comprends-moé ben, Laura, s'était-il hâté de lancer, comme pour se justifier de ne pas accueillir sa fille à bras ouverts comme celle-ci l'espérait. C'est pas que j'aime pas ça travailler avec toé, ben au contraire. Pis l'automne dernier, quand t'as remplacé ton frère aux livraisons, j'ai pas hésité une seconde avant de dire oui à ta proposition. Tu peux pas dire le contraire. Mais là, c'est pas pareil. Chus pus tuseul à travailler icitte. Y a ta mère, y a la tante Estelle, y a René, mon nouveau commis, y a toujours madame Légaré qui me donne encore quèques heures par semaine pis y a encore ton frère qui est là. Je peux pas bousculer toute c'te monde-là pour t'accommoder, Laura. René, tu sauras, y' a la charge de toute sa famille pis madame Légaré, elle, a' bouche les trous dans la p'tite pension de son mari. J'invente rien, c'est elle en personne qui me l'a appris. C'est plate à dire, mais c'est comme ça: pour astheure, j'ai rien pour toé. Surtout si c'est pour t'accommoder juste pour quèques semaines avant que tu commences à travailler à l'Expo pis qu'après, l'an prochain, tu vas retourner dans ton université. C'est ben ça que tu nous as dit, à ta mère pis moé, non ? Quand l'Expo va finir, toé, tu retournes étudier. Même que c'est avec c'te promesse-là que t'as réussi à arracher la permission de ta mère pour t'inscrire comme hôtesse. Pis c'est ben correct de même, va pas croire que je te fais un reproche en disant ça. On est ben fiers de toé pis de tes études, Bernadette pis moé. Ouais, ben fiers de toé. Mais pour ce qui est de travailler à l'épicerie, ça rend les choses plus difficiles. Du temps partiel, j'en ai pas ben ben pis pour astheure, c'est madame Légaré qui le fait, comme je viens de t'expliquer. Du temps plein, j'en aurais petête, surtout si c'est pour du long terme, pasque j'ai des projets en réserve, mais faut pas croire, par exemple, que chus en train de te dire de lâcher l'école. Pas pantoute! C'est important, l'école, ben important. D'autant plusse que ça fait ben de l'argent que ta mère, ta grand-mère pis toé vous investissez làdedans. Faudrait petête que ça finisse par servir à quèque chose, toute cet investissement-là.

Marcel n'avait jamais tant louvoyé entre les mots que ce matin où Laura s'était présentée devant lui, au comptoir de la boucherie, en demandant si elle pouvait reprendre du service à l'épicerie en attendant que l'Expo commence.

Ces deux mots, *en attendant*, avaient donné le ton à tout ce que Marcel avait répondu par la suite. Pourtant, il en rêvait, de voir Laura reprendre sa place. Il avait tellement de projets, concernant l'épicerie, qu'il ne voyait pas comment y arriver tout seul. Mais en même temps, il avait promis à Bernadette de ne jamais cesser d'encourager leur fille à poursuivre ses études.

— C'est ben important pour elle, Marcel, de sentir qu'on est en arrière d'elle. C'est de même qu'a' va garder son idée de retourner à l'université.

Situation précaire et inconfortable!

Marcel venait de parler comme Bernadette parce qu'il avait promis de le faire et que, dans un certain sens, il comprenait très bien ce que sa femme pouvait ressentir devant la situation. Néanmoins, en même temps, il était définitivement prêt à renier certains principes pour avoir Laura à l'épicerie…

Alors, c'est cela que Marcel avait mêlé, bien malhabilement, ce matin-là, espérant qu'à travers ses mots, Laura entendrait l'envie qu'il avait de l'avoir avec lui à temps plein. Tenter de dire, sans avoir l'air d'insister, pour sauver la mise devant Bernadette, qu'il aimerait bien avoir sa fille à ses côtés, pour de bon et non à temps partiel comme c'était le cas jusqu'à maintenant.

Malheureusement, Laura, elle, n'avait rien compris en ce sens, sinon que pour du temps partiel, son père n'avait rien pour elle, mais qu'en revanche, il était bien fier du fait qu'elle poursuive son cours.

Sur ce point, il n'était pas différent de Bernadette et finalement, il n'y avait là rien de bien nouveau sous le soleil: son père n'avait jamais voulu d'elle à l'épicerie sauf quand il avait l'urgent besoin de remplacer quelqu'un. ·

Laura était repartie vers la maison extrêmement déçue.

À cause de cela, entre une petite heure de remplacement au casse-croûte à l'occasion et quelques journées aux côtés de Bébert quand il avait besoin d'elle, Laura avait trouvé l'hiver passablement long et elle avait envié ses parents qui partaient ensemble, chaque matin, depuis que Charles, à grands renforts de cris, avait revendiqué le droit de partir seul pour l'école.

— J'vas avoir douze ans dans pas long, sapristi! Me semble que chus capable de traverser deux rues tuseul sans me faire écraser.

— Ben voyons don, Charles! C'est pas ça pis tu le sais. Sinon, je te laisserais jamais revenir tuseul le soir à quatre heures. Pis souvent, le midi, tu fais le chemin tuseul, l'aurais-tu oublié ? Pasque si c'est le cas pis que tu vois une différence entre le matin pis le soir, c'est là que c'est moé qui a raison pis tu feras pus jamais le chemin tuseul, mon gars !

— Ben non, voyons, j'ai pas oublié que souvent je fais le chemin tuseul.

— Bon ! Que c'est qui fait pas ton affaire, d'abord ? Me semble que t'es chanceux de pouvoir te rendre à l'école en char le matin. Surtout quand y' fait frette. C'est juste pour ça que je me donne le trouble de...

— Ben, je veux pus partir en char le matin. Chus capable de marcher, pis toé, t'auras pus de trouble à cause de moé.

— C'est pas ça que je voulais dire. Bâtard, Charles, faut-tu que je te fasse un dessin pour que tu...

— Ben si tu veux la vérité vraie, chus tanné de passer pour un bébé.

— Ben tu diras au monde qui te traite de...

— Ça suffit, vos deux ! Charles a raison. Ça fait un calvaire de boutte que je le dis. Laisse-lé un peu tranquille, Bernadette. C'est vrai que c'est pus un bébé.

Cela faisait un long moment que Marcel n'avait pas usé de son autorité paternelle et Bernadette, médusée, n'avait rien rétorqué à son intervention, d'autant plus qu'il n'y avait rien à répliquer, elle le savait fort bien. C'était elle, et uniquement elle, qu'elle gâtait en agissant ainsi, comme si elle s'achetait une dose de bonne conscience en continuant de voyager son fils tous les matins.

Deux semaines plus tard, elle avouait, cependant, qu'elle appréciait de partir un peu plus tôt avec Marcel. Elle gagnait ainsi une heure d'un temps précieux qu'elle pouvait consacrer à autre chose.

Et c'est ainsi que tous les jours ou presque, durant trois

longs mois, Laura avait regardé partir ses parents avec une pointe d'envie dans le cœur.

Mais plus maintenant. En accord avec la fébrilité joyeuse qui avait envahi Terre des hommes et toute la ville, Laura n'avait plus rien à envier à personne.

Quand elle prenait l'autobus pour descendre vers les îles, Laura estimait qu'elle était la plus heureuse des filles.

Elle aimait ce qu'elle faisait même si ce n'était pas tellement compliqué d'expliquer aux gens comment se retrouver sur le site de l'Expo. Entourée de jeunes comme elle, Laura avait l'impression de vivre toute sa jeunesse en accéléré. Elle qui n'avait pas vu les années passer, le nez collé sur les pages de ses livres et de ses cahiers, elle prenait maintenant les bouchées doubles.

À sa façon, elle participait à la grande fête qui avait envahi Montréal. Elle avait même l'impression d'être assise aux premières loges.

Bernadette aussi n'avait pu faire autrement que de voir le changement s'opérer chez sa fille.

— Je l'ai jamais vue de même, la belle-mère. Jamais. On dirait que c'est pus ma Laura. Non, c'est pas ça… On dirait que c'est toujours ma Laura, mais en mieux. Ouais, on dirait une Laura améliorée. Comme la lessive avec le nouveau savon qu'on annonce dans la tivi. Pensez-vous, vous, que c'est l'Expo qui fait ça ? Je veux dire, pensez-vous que c'est son travail à l'Expo qui fait ça ?

— D'après toé ?

Évangéline aussi avait remarqué le changement et petit à petit, son opinion sur l'avenir de sa petite-fille se précisait, s'affinait, même si elle était consciente qu'elle n'avait rien à décider.

— Veux-tu avoir mon opinion là-dessus, Bernadette ?

— Pourquoi, vous pensez, que je vous en ai parlé, la belle-mère ?

À ces mots, Évangéline se rengorgea. Rien ne pouvait lui faire plus plaisir que de constater qu'on tenait à avoir son opinion. Et peut-être ses conseils.

Elle était vieille, peut-être, mais elle pouvait encore servir !

Du bout du pied, elle donna un bon élan à sa chaise berçante qui avait repris son poste sur la galerie depuis quelques semaines déjà, et le regard perdu au bout de la rue, elle répondit enfin à Bernadette.

— Je pense, ma pauvre p'tite fille, que c'est ben la première fois que je vois Laura jeunesser. Pis je pense, avec, que c'est juste normal qu'a' passe par là. La vie des jeunes, de nos jours, est pas exactement pareille à celle qu'on vivait dans mon temps. Ben que, par bouttes, nous autres avec on savait s'amuser. Pis Laura, elle, ben je l'ai jamais vue s'amuser vraiment avant cet été. C'est pour ça qu'on devrait la laisser aller. J'ai pour mon dire, Bernadette, qu'y' faut que la jeunesse se passe au bon moment, au moment ousqu'a' doit passer. Sinon, c'est plus tard dans sa vie que ça va mal virer. Pis regarde-la aller ! Est toute belle de plaisir pis de contentement, notre Laura. Pis fine comme ça fait longtemps qu'a' l'a pas été. Pis en plusse, c'est une fille sur qui on peut se fier. A' l'a les idées pis le cœur à la bonne place, notre Laura. Je pense pas que c'est le fait de s'amuser un peu qui va venir changer ça.

Évangéline avait raison et Bernadette en avait convenu facilement.

Comme depuis les quelques semaines que durait l'Expo, Laura avait, à portée de main, toutes les raisons de « jeunesser », comme le disait si bien sa grand-mère, elle en profitait largement.

À commencer par la fréquentation d'Elena, la jeune fille qui partageait avec elle un petit kiosque d'information. Elena qui avait une nombreuse famille italienne et des tas d'amis.

— Viens avec nous, Laura !

Alors, Laura suivait.

Dans les boîtes à chanson qui s'étaient multipliées depuis le temps où elle allait au Chat noir avec Alicia. Au pavillon de la jeunesse à La Ronde, où elle avait eu la chance de voir Dominique Michel et Denise Filiatrault en personne. Laura suivait Elena jusque dans le salon de ses parents où se rassemblaient des tas de jeunes pour chanter, danser, boire une bière.

Aujourd'hui, Laura était de toutes les fêtes, de toutes les sorties.

La famille immédiate d'Elena ressemblait à la sienne: un père, une mère et deux frères, sans compter une grand-mère, une *nonna* comme l'appelait Elena, qui régentait son monde sur le même mode qu'Évangéline, taloches derrière la tête en supplément.

La différence entre les Falcone et les Lacaille se jouait sur le nombre de cousins, plus ou moins rapprochés, qui transitaient régulièrement par la cuisine des parents d'Elena. Laura n'en revenait tout simplement pas ! Ce n'est pas chez elle que les amis pourraient entrer et sortir comme dans un moulin !

Bob Dylan, Robert Charlebois, Louise Forestier…

Laura, qui avait toujours aimé la musique, se rendait compte que depuis quelques années, elle en avait perdu le fil conducteur. Avec Elena et ses amis, elle retrouvait ce monde avec ravissement.

Après le travail, les deux nouvelles amies s'inventaient des soirées à la hauteur de leurs attentes et contrairement à tout ce que Laura anticipait, Bernadette n'était jamais contre ses intentions de sortie.

— Profite de ton été, ma fille! Après toute, t'es pus une enfant.

De toute évidence, Bébert avait eu raison d'insister sur le fait qu'elle n'était plus une enfant...

Bébert...

Entre deux soirées en compagnie de ses nouveaux amis, Laura essayait de trouver quelques instants pour Bébert qui, débordé d'ouvrage, visitait l'Expo par le biais des journaux et des nouvelles télévisées qu'il regardait maintenant dans son nouveau salon.

Par contre, déménagé depuis quelques semaines déjà, Bébert se languissait encore du soir où il pourrait inviter Laura à venir manger chez lui.

— Ça me ferait vraiment plaisir, Bébert, d'aller souper chez toi, mais je n'ai pas le temps. Peut-être en octobre quand j'aurai fini de travailler?

En octobre! Aussi bien dire jamais!

Maintes fois, depuis avril, Bébert avait regardé la nouvelle Laura s'en aller, sur une pirouette, attendue par ses amis, et il regrettait amèrement de l'avoir encouragée à prendre son envol.

Pour s'en vouloir aussitôt après. Laura avait l'air si heureuse!

Alors, Bébert se mettait à regretter l'époque où Laura avait l'air heureuse sans avoir toute une bande d'amis autour d'elle.

Mai, juin, juillet...

Effarée, Laura trouvait que le temps passait trop vite. Elle aurait voulu que cet été de rêve ne finisse jamais.

Même s'il lui arrivait parfois de penser à ses études, ce n'était jamais de façon concrète. Janvier et ses décisions à prendre était si loin encore.

Et puis, une fois l'Expo terminé, ce serait du temps plein qu'elle pourrait proposer à son père. Ne sait-on jamais ce qui pourrait arriver.

Même s'il lui arrivait fréquemment de repenser à ses amies Alicia et Francine, la sensation d'accablement, d'épuisement, de démotivation, n'était plus au rendez-vous. Aujourd'hui, Laura réussissait à se détacher de problèmes qui n'étaient pas les siens.

Bien sûr, l'inquiétude restait présente, car après tout, elle n'avait toujours pas de nouvelles de Francine ou d'Alicia, mais ce n'était plus aussi lourd à porter qu'avant. Laura prenait conscience que la qualité de sa vie personnelle n'était pas tributaire de celle de ses amies et qu'elle n'était pas responsable de la destinée de tout le monde.

Peut-être bien, après tout, qu'elle pourrait devenir psychologue.

Peut-être...

Là aussi, la décision n'était pas pour tout de suite et Laura s'en félicitait.

— Plus tard, murmura-t-elle en entrant dans sa chambre. J'ai encore tout mon temps pour décider de mon avenir... Maintenant, qu'est-ce que je porte pour aller chez Elena ?

Ce soir, sa nouvelle amie allait lui présenter un autre cousin. Un cousin qui venait d'arriver d'Italie pour visiter l'Expo.

— Tu as aussi des cousins en Italie ?

— Des tas.

— Maudite marde ! T'as donc bien une grande famille.

— C'est comme ça, oui. J'ai des tas de cousins un peu partout. J'en ai à New York, aussi. Et même à Los Angeles. Mais tous ces cousins-là ne sont pas Roberto. Parce que mon cousin d'Italie, il s'appelle Roberto. C'est mon cousin, oui, mais c'est surtout mon ami. Quand on n'a pas la chance de se voir, on s'écrit de longues lettres, lui et moi.

La coïncidence fit rire Laura.

— Moi aussi, j'ai un ami qui s'appelle Robert.

— Tu as un ami, toi ? Cachottière ! Un amoureux ou…

— Non, pas un amoureux. Sinon, tu l'aurais déjà rencontré. Non, Robert, c'est un ami, un très bon ami. Tout le monde l'appelle Bébert.

— Qu'est-ce que tu attends, alors ? Invite-le à se joindre à nous !

Bébert ? Avec la bande des Falcone ?

Laura hésita une fraction de seconde avant de répondre évasivement.

— D'accord… Un de ces jours, je l'inviterai…

Depuis quelque temps, Laura avait la très nette sensation que sa vie était scindée en deux. Il y avait la partie d'avant et il y avait maintenant, son travail à Terre des hommes faisant office de lien entre les deux.

Et Laura n'était pas certaine d'avoir envie de mélanger les deux !

— Inviter Bébert ? On verra… Pour ce soir, c'est une grande fête ou une soirée comme d'habitude ?

— Comme d'habitude. Nous ne sommes pas des gens tellement cérémonieux. Tu as dû t'en rendre compte, non ?

C'est donc avec cette dernière remarque en tête que Laura faisait l'inventaire de sa garde-robe. Ce fut vite fait, comme d'habitude. Elle ne s'appelait pas Francine Gariépy, pour qui le soin de choisir le bon vêtement pour la bonne occasion découlait de la première importance.

À cette pensée, Laura esquissa un petit sourire un peu triste.

— Bonté divine, Francine, fit-elle, nostalgique, empruntant de façon délibérée le patois préféré de son amie, donne de tes nouvelles. Je m'ennuie de toi. On s'ennuie de toi, Bébert et moi. Et il y a Steve aussi.

Le temps d'un soupir et Laura secoua la tête avant d'opter pour un jeans et une camisole, car, ce jour-là, il faisait terriblement chaud et humide.

— Mais d'abord et avant tout, une bonne douche !

C'est au moment où elle refermait la porte de la salle de bain sur elle que le téléphone se mit à sonner.

Laura ne saura probablement jamais pourquoi elle se précipita vers la cuisine, alors qu'habituellement elle laissait le soin de répondre à quelqu'un d'autre. Peut-être une certaine intuition ou alors l'espoir que celle à qui elle venait de penser avec mélancolie l'attendait au bout de la ligne.

Ce n'était pas Francine, mais ça s'y rattachait.

De Québec, Cécile cherchait à joindre quelqu'un de la parenté du petit Steve.

— Enfin ! Ça fait depuis le matin que j'essaie de te rejoindre ou de rejoindre Bébert.

— Pour Bébert, je ne sais pas, mais moi, je travaillais. Tu as l'air fébrile, Cécile. Ta voix est tendue. Steve n'a rien, au moins ?

— Du tout. Steve est en pleine forme. C'est plutôt chez matante Gisèle que ça va moins bien. Laisse-moi te raconter et après, ensemble, on essaiera de trouver une solution.

La situation chez sa vieille tante s'était détériorée en quelques jours à peine. L'oncle Napoléon avait été victime d'un AVC. Heureusement, il s'en remettrait partiellement, mais la tante Gisèle, plus très jeune, aurait besoin d'aide pour s'occuper de lui.

— C'est ça ou alors, ils devront vendre leur maison. Ce qui, de toute évidence, leur fend le cœur à tous les deux. Comme tu le sais, mes cousins Fernand et Raoul habitent trop loin pour leur venir en aide. Il ne reste donc que moi pour prêter main-forte à matante ! Jusque-là, ça pourrait aller, mais avec Steve à la maison, je n'y arriverai pas. Un petit garçon de quatre ans, ça déplace de l'air, beaucoup d'air. Je ne peux donc pas penser à l'emmener avec moi quand j'irai chez matante Gisèle et mononcle Napoléon, et je devrai probablement y aller tous les jours. Parfois même deux fois par jour. Alors, qu'est-ce qu'on fait ? J'en suis là et j'ai besoin de toi et Bébert pour prendre une décision concernant Steve. Si vous habitiez à Québec, on pourrait s'entraider, mais là…

Brusquement, Laura n'avait plus le cœur à la fête. Tant pis pour Roberto, Elena et toute leur famille. À Québec, il y avait un petit garçon de quatre ans qui avait besoin d'elle.

Laura redressa les épaules, revoyant avec un pincement au cœur le beau sourire de Steve quand, tout fier, il avait soufflé les bougies de son gâteau d'anniversaire. D'être chez Cécile lui avait permis de moins souffrir de l'absence de sa mère, c'était indéniable.

Qu'allait-il devenir maintenant ?

— Il faut d'abord en parler à Bébert, décréta Laura avec assurance. Moi, je ne suis qu'une marraine. Je n'ai aucun lien de parenté avec Steve même si je l'aime comme s'il était mon neveu… Donne-moi le temps de rejoindre Bébert. Lui, il pourra prendre une décision. Il doit probablement avoir pris une journée de congé, tout simplement. Depuis qu'il a engagé un jeune apprenti, ça arrive assez régulièrement que Bébert reste chez lui pour faire ses chiffres, comme il dit. De ton côté, essaie peut-être de voir avec matante Lucie si elle a encore de la place et demande-lui si…

— Matante Lucie ? coupa Cécile avec un certain affolement dans la voix. Pauvre Steve ! Je ne suis pas du tout certaine que ça soit une bonne solution pour lui de retourner vivre chez son ancienne gardienne.

— Je suis bien d'accord avec toi, mais vois-tu autre chose ? De toute façon, ce n'est ni toi ni moi qui allons décider. C'est Bébert. Appelle matante Lucie, au cas où. Pendant ce temps-là, moi, je tente de retrouver Bébert et je lui fais part de la situation. Disons qu'on se reparle demain matin. Ça te va ?

— D'accord, ça me va. On se reparle demain.

Laura raccrocha, pensive.

Ce soir, ce devait être la fête, au lieu de quoi elle passerait une bonne partie de la soirée avec Bébert pour tenter de trouver une solution qui n'existait probablement pas en dehors de matante Lucie.

La première partie de sa vie rattrapait Laura, jouant du coude pour s'imposer.

Pourtant, Laura n'était pas malheureuse ni même déçue.

— Tant pis pour Roberto, murmura-t-elle en regagnant la salle de bain. De toute façon, il ne repartira pas demain pour l'Italie, maudite marde !

En pensée, elle revit le sourire éclatant du jeune homme dont Elena lui avait montré la photo.

— Je vais avoir des tas d'occasions de le rencontrer, poursuivit-elle à mi-voix. Bon, pour l'instant, je prends ma douche et ensuite j'appelle Elena avant d'essayer de rejoindre Bébert.

La décision de Laura était irrévocable et quand bien même Elena insisterait, au bout de la ligne, elle ne changerait pas d'avis.

— Crains pas, mon Steve, lança-t-elle un peu plus tard, à haute voix, parce que l'eau de la douche commençait à ruisseler sur sa tête et ses épaules. Matante Laura s'en vient, pis on va toute te régler ça !

TROISIÈME PARTIE

Été 1967 — Hiver 1968

CHAPITRE 8

There's a kind of hush all over the world tonight
All over the world you can hear the sounds of lovers in love
You know what I mean
Just the two of us and nobody else in sight
There's nobody else and I'm feeling good just
holding you tight

There's a kind of hush
HERMAN'S HERMITS

Québec, 13 août 1967

Bébert n'avait pas été difficile à convaincre. Même si Laura et lui n'avaient aucune solution à proposer pour régler le problème de Cécile — problème qui était, en fait, le leur aussi —, ils étaient en route pour Québec. Cécile les attendait pour dîner et en sa compagnie, ils allaient tenter de trouver quelque chose.

Ce dimanche était beau et particulièrement chaud.

Du coin de l'œil, Bébert reluquait les épaules nues de Laura qui avait revêtu, pour l'occasion, une jolie robe ample, sans manches et bariolée de toutes les couleurs.

— C'est une robe indienne, avait-elle spécifié quand Bébert l'avait complimentée sur sa tenue. Tout le monde en porte cet été ! Tu n'avais pas remarqué ?

Non, Bébert n'avait pas remarqué. Faute de temps, à cause

du garage qui occupait toutes ses journées, et faute d'intérêt à cause de Laura qui occupait toutes ses pensées. Malheureusement, même s'il se promettait de faire quelques efforts en vue d'un rapprochement entre eux, Bébert en perdait tous les mots adéquats dès qu'il apercevait son ancienne voisine. Il regrettait presque d'avoir choisi de déménager, car, depuis qu'il avait trouvé un logement pas loin de chez ses parents, il ne pouvait plus apercevoir Laura dans la rue quand elle avait à se déplacer !

Sérieuse comme un pape, assise bien droite, ce dimanche-là, Laura conduisait la vieille auto de Bébert.

— Allez, passe-moi les clés, avait-elle exigé à l'instant où l'antiquité s'était arrêtée devant chez elle. Ça fait une éternité que je n'ai pas eu l'occasion de conduire. Je ne veux pas perdre la main !

Le jeune homme ne s'était pas trop fait tirer l'oreille, sachant pertinemment que ce faisant, il pourrait, en toute impunité, contempler sa jolie voisine tout à loisir. Depuis avril dernier, les occasions de rencontre se faisant particulièrement rares, Bébert escomptait, également, profiter du trajet pour en apprendre un peu plus sur ces nouveaux amis, les Italiens qui avaient envahi la vie de Laura.

Mal lui en prit !

Le nom de Roberto apparaissait aux deux phrases !

— C'est drôle, hein ? Il porte le même nom que toi. En italien, comme de raison… C'est le cousin d'Elena. Est-ce que je te l'avais dit ? Tu devrais le voir, Bébert ! Un vrai Italien, avec des yeux noirs comme du charbon et des beaux cheveux lustrés, tout ondulés… Et sa manière de parler… C'est pas mêlant, quand il parle, on dirait qu'il chante, qu'il roucoule ! Mais pourquoi tu veux savoir ça, avec qui je passe mon temps ?

Un tel discours n'avait absolument rien pour inspirer un amoureux transi en manque de vocabulaire!

— Bof! Comme ça... Finalement, l'Expo, c'est bien?

— Bien? Ça paraît que tu n'y as pas mis les pieds! C'est pas mal mieux que bien, Bébert, c'est extraordinaire. Je ne comprends pas que tu ne sois pas venu encore. Roberto, lui, il est venu de l'Italie expressément pour...

Et c'était reparti avec des Roberto par-ci et des Roberto par-là, au grand désespoir de Bébert, qui ne savait pas du tout comment interpréter ce visible enthousiasme de la part de Laura.

C'est avec soulagement qu'il aperçut enfin le pont de Québec. Tout à côté, vers l'ouest, sur les rives du fleuve, on commençait à apercevoir les assises du futur pont en construction, le pont Frontenac[1]. Dans quelques minutes, ils seraient arrivés chez Cécile et ils pourraient enfin changer de sujet de conversation même si celui à venir n'avait rien de réjouissant en perspective.

Pauvre petit Steve! Qu'allait-on faire de lui?

Cécile avait mis la table dans le jardin qui embaumait les roses. Steve ne tenait pas en place, heureux de revoir son parrain et sa marraine.

— Pourquoi est-ce que vous ne venez pas me voir plus souvent? Je m'ennuie, moi, vraiment beaucoup!

Au contact de Cécile et de sa famille, Steve avait appris à parler comme une grande personne et il s'exprimait même dans un langage châtié. Si Laura était tout à fait d'accord avec

---

1 Note de l'éditeur: Il s'agit de l'actuel pont Pierre-Laporte, au départ destiné à s'appeler le pont Frontenac. Celui-ci a été renommé en l'honneur du ministre qui avait été enlevé puis assassiné pendant la crise d'Octobre, en 1970.

le principe, ayant elle-même apporté de nombreux change-
ments à sa façon de parler depuis qu'elle connaissait Cécile, il
n'en restait pas moins qu'elle eut un pincement au cœur en
pensant à Francine.

Comment le fils et la mère allaient-ils rebâtir un terrain
d'entente le jour où ils se retrouveraient ?

Car Francine et Steve finiraient bien par se revoir un jour,
n'est-ce pas ?

Sans avoir besoin de le spécifier, devant le petit garçon, on
se contenta de parler de la pluie et du beau temps tout au long
du repas qui, bien que léger, était succulent.

Charles, le mari de Cécile, s'était joint à eux et Denis, leur
fils, avait fait acte de présence le temps d'engouffrer une
énorme portion de salade au poulet avant de repartir, au pas
de course, rejoindre ses amis.

— J'ai parfois l'impression d'avoir un ouragan comme fils,
fit remarquer Cécile en riant, avec une grande tendresse dans
le regard. À seize ans, les amis ont nettement plus de poids et
d'importance que les parents ! Et le tennis aussi !

Puis, alors qu'elle revenait de la maison avec un pichet de
thé glacé et comme si le geste était en soi un signal, Charles
s'excusa en se levant de table. Il attrapa le petit Steve au vol et
tenta de regagner la maison avec lui.

— Toi, jeune homme, tu viens avec moi.

— Pourquoi ? Je veux rester avec mononcle Bébert et
matante Laura.

— J'ai bien peur que tu doives attendre un peu. Mais ne
crains rien, tu les reverras plus tard. Pour l'instant, les
grandes personnes doivent discuter de choses très importantes.

D'un petit coup sec, Steve dégagea son bras de l'emprise de

Charles et se retournant vers Cécile, perspicace, il demanda sur un ton grave:

— Vous allez parler de ma maman, n'est-ce pas? C'est pour ça que vous voulez que je m'en aille, n'est-ce pas? Je m'ennuie d'elle, moi aussi, même si je me rappelle pas tellement bien son visage.

Puis le petit garçon se tourna spontanément vers Bébert.

— Toi, mononcle Bébert, tu es grand et fort, serais-tu capable de la retrouver, ma maman? Si tu la vois, dis-lui que je veux qu'elle revienne.

Sur ce, le bambin emboîta le pas à Charles et s'engouffra dans la maison.

Les derniers mots de Steve laissèrent un malaise derrière lui. Comme si elle se sentait coupable de quelque chose, Cécile évita le regard de Laura et celui de Bébert. Elle se concentra un moment sur le liquide ambré qu'elle faisait tourner dans son verre tout givré, puis, portant les yeux sur le fond de la cour, là où poussait une somptueuse haie de rosiers sauvages, elle demanda:

— Alors? Qu'est-ce qu'on fait?

Nul besoin de spécifier ce qu'elle voulait dire par là. Laura et Bébert échangèrent un bref regard.

— Je pourrais te renvoyer la question, Cécile, rétorqua Laura, d'une drôle de voix, à la fois déterminée, déçue et froide.

Cécile se tourna vers sa jeune amie.

Depuis qu'elle connaissait Laura, Cécile entretenait une affection particulière pour celle-ci. À ses yeux, Laura représentait la petite fille qu'elle avait eue, jadis, et qu'elle avait été obligée de confier à l'adoption. Une petite fille qu'elle aurait appelée Juliette et dont personne ne connaissait l'existence, à l'exception de quelques très rares personnes dont son frère Gérard, qui habitait Montréal, dans la même rue que Laura, et la tante Gisèle, dont la situation délicate était à l'origine de leur rencontre d'aujourd'hui.

— Je sais que tu peux me renvoyer la question, Laura, exprima-t-elle enfin, tristement. Et je sais aussi que c'est un peu à cause de moi si on est réunis ici, ce midi, toi, Bébert et moi. Je veux que tu saches aussi que ce n'est pas de gaieté de cœur si je t'ai appelée, l'autre jour, même si je suis toujours heureuse de te voir. Mais je n'avais pas le choix. Malheureusement, pour l'instant, je ne peux plus garder Steve avec nous. Dans un premier temps, à sa sortie de l'hôpital, mononcle Napoléon va venir habiter ici. J'ai donc besoin de la chambre de Steve.

— Mais l'oncle Napoléon ne sera pas ici éternellement ! Il va bien finir par retourner chez lui, non ?

— Bien sûr, c'est évident. Après, quand il sera plus autonome, mononcle va retourner chez lui. Je suis d'accord avec toi. Mais c'est là que matante Gisèle va avoir besoin de moi tous les jours. Et peut-être même plusieurs fois par jour. Je ne vois pas comment je pourrais y arriver avec un petit garçon de quatre ans qui court partout et qui demande de l'attention comme Steve en demande. Il me fait penser à Denis au même âge, tiens ! Un véritable tourbillon !

Cécile avait parlé tout d'une traite, sans même reprendre son souffle, et au timbre de voix qu'elle avait employé, comme si sa gorge était étranglée, Laura comprit qu'elle l'avait blessée par sa réplique un peu sèche.

— Je sais, Cécile, s'empressa-t-elle alors de dire, détestant l'idée de savoir Cécile malheureuse à cause d'elle.

La voix de Laura était, cette fois, nettement plus chaleureuse. Il y avait même une pointe d'excuse dans l'intonation.

— Ce n'était pas un reproche que je te faisais. Loin de là. S'il y a quelqu'un de généreux et disponible, c'est bien toi. Mais tout comme toi, Bébert et moi, on n'a aucune espèce d'idée sur la solution à apporter et on se sent vraiment désemparés. Après tout, il y va du bonheur d'un petit garçon de quatre ans qui a vu sa vie basculer tout d'un coup avec le départ de Francine. Alors, qu'est-ce qu'on peut faire pour ne pas le bousculer une autre fois ? Il ne mérite pas ça. À part matante Lucie, l'ancienne gardienne de Steve, je ne...

— Justement, matante Lucie...

Cette fois-ci, Cécile avait franchement l'air mal à l'aise.

— On ne pourra pas compter sur elle. À moins qu'on accepte que Steve couche sur le divan du salon, il n'y...

— Pas question que mon neveu couche dans le salon d'une étrangère à la famille ! Même si pour astheure sa mère est pas là, Steve est pas un quêteux, sacrifice !

Bébert, qui, jusque-là, s'était contenté d'écouter, venait de lever le ton pour faire cette mise au point. Laura qui le connaissait bien comprit aussitôt que Bébert serait intraitable. Elle se tourna vers lui.

— Qu'est-ce qu'on fait, d'abord ? Pour moi, il n'y avait que matante Lucie pour nous sortir du pétrin, d'autant plus que Steve la connaît bien... Tu ne penses pas que le divan du salon, pour un certain temps, ça pourrait peut-être...

— Pas question ! Matante Lucie, c'était une solution, ouais. La meilleure, petête, si on tient compte des circonstances. Mais on dirait ben que c'est pas possible. C'est plate, mais c'est de même. D'un autre côté, matante Lucie est sûrement pas la seule femme à garder des enfants. On pourrait petête essayer de trouver quèqu'un d'autre.

— Pas sûre, moi, que c'est ce qu'il y a de mieux à faire pour Steve. Pauvre trésor! C'est pas une vie, ça, se faire trimbaler d'une place à une autre à tout bout de champ!

Exaspéré par la situation, Bébert ouvrit tout grand les bras, en signe d'impuissance.

— Que c'est que tu vois d'autre, ma pauvre Laura? Icitte, c'est pus possible, pis je le comprends très bien, se hâta d'ajouter Bébert en tournant brièvement la tête vers Cécile. Des fois, dans la vie, on fait pas exactement ce qu'on voudrait faire. C'est déjà ben en masse d'avoir gardé Steve durant toute une année. Pis j'aurai jamais assez de mots pour vous remercier. Mais une fois qu'on a dit ça, que c'est qui nous reste à part essayer de trouver une nouvelle gardienne? Moé, chus comme vous, Cécile, chus pas maître de mon temps. Pis toé non plus, Laura. Pour astheure, t'as une job que tu peux pas lâcher pis en janvier, tu retournes à l'université. Alors, je le répète: que c'est qui nous reste?

La question de Bébert resta un moment suspendue dans l'air chaud de ce bel après-midi d'été, enveloppée des effluves de centaines de roses et de thé glacé.

De la maison, en écho à toutes leurs interrogations, on entendit alors le rire de Steve, et Laura sentit son cœur se serrer.

Depuis un an, le petit garçon vivait entouré d'amour, d'affection, auprès du fils de Cécile qui avait tenu le rôle d'un grand frère. Il vivait aussi dans l'abondance offerte par une famille aisée. Un peu comme s'il avait été adopté.

À cette pensée, Laura sursauta.

Finalement, à la lumière des derniers événements, à la suite du départ précipité et imprévu de Francine, cette dernière aurait probablement mieux fait de confier son fils à une famille qui lui aurait offert amour et stabilité. Une famille qui serait devenue celle de Steve sans qu'il ait à chercher ailleurs ou à comprendre autre chose.

Pourtant, Francine aimait tellement son fils !

Qu'est-ce qui avait bien pu se passer ?

Laura laissa son esprit vagabonder dans tous les sens, comme elle se plaisait à le faire chaque fois qu'elle repensait à Francine.

Steve et sa maman. Francine disparue. Steve dans une nouvelle famille, celle de Cécile et Charles…

Mais en même temps…

Une autre pensée, comme une ultime possibilité, s'était présentée sans préavis, venue de nulle part, et le cœur de Laura se mit à battre la chamade.

Lentement, du regard, elle fit le tour de la cour de Cécile. La pelouse était fraîchement tondue, les rosiers soigneusement taillés, et les plates-bandes rivalisaient en couleurs, en parfums capiteux.

Puis, à son insu, subrepticement, dans l'esprit de Laura, c'est la petite cour en terre battue, coincée entre deux clôtures et située derrière la maison des Gariépy, qui se substitua au jardin de Cécile. Un terrain minuscule, à l'abandon, poussiéreux et sans charme, mais qui avait suffi à combler l'enfance de deux gamines. Qui avait suffi, avec sa vieille balançoire bancale, à entretenir les rêves de deux adolescentes.

Pourquoi chercher ailleurs ?

Steve avait une famille bien à lui. Ne s'appelait-il pas Gariépy ?

Pourquoi, alors, s'entêter à trouver une inconnue comme gardienne ?

Laura se tourna vers Bébert. Dans un premier temps, ce qu'elle avait à dire ne s'adressait qu'à lui.

— Et si on ramenait Steve à Montréal ? suggéra-t-elle en regardant Bébert droit dans les yeux.

Cette proposition prit un long moment à se frayer un chemin dans l'esprit de Bébert. Quand ce dernier prit conscience de l'ampleur qu'une telle suggestion donnait à entendre, il se redressa sur sa chaise.

— À Montréal ? Ben voyons don, Laura. Me semble que je viens de te le dire ! J'aimerais ça, prendre Steve chez nous, comprends-moé ben, c'est mon filleul pis je l'aime, mais je peux pas m'occuper de lui à journée longue. J'ai mon garage ! Pis toé, c'est encore pire. T'as pas juste ta job à l'Expo pis l'université en janvier, t'as aussi une grand-mère qui est pas capable de voir un Gariépy en peinture ! Astheure que c'est dit, faudrait pas s'imaginer que tu pourrais...

— Je n'ai jamais demandé que tu t'occupes de Steve, interrompit Laura, songeuse. Et je sais très bien qu'il ne serait pas le bienvenu chez nous. J'ai pensé à tout ça, Robert.

Robert...

Le moment était sûrement grave, aux yeux de Laura, pour qu'elle emploie le prénom de son ami. Ce dernier se laissa retomber contre le dossier de sa chaise de parterre.

— Alors, moé, je comprends pas, avoua-t-il. Si tu penses ni à moé ni à toé pour s'occuper de Steve, tu penses à qui d'abord ?

— À la famille de Steve. Il n'a pas juste une mère et un oncle, comme parenté, cet enfant-là ! Il a aussi des grands-parents et...

— T'es pas sérieuse, toé là ?

Comme mû par un ressort, Bébert avait bondi et se retrouvait encore une fois en équilibre sur le rebord de son siège, fixant Laura, les yeux écarquillés.

— Au contraire, Robert, je suis très sérieuse.

Encore Robert…

À un autre moment, Bébert en aurait été bouleversé. Mais pour l'instant, il n'était pas sensible à l'intimité que suggérait l'emploi de son prénom. Même s'il avait déjà dit aimer qu'on l'appelle ainsi, en ce moment, Bébert n'était pas à l'aise de l'entendre. Il y avait, dans toute cette discussion, et surtout dans l'emploi de son prénom, une note protocolaire qui l'intimidait.

De l'index, il visa Laura et sans lui laisser le temps de s'expliquer, Bébert se lança dans une longue diatribe échevelée.

— Es-tu malade, toé ? Tu t'imagines, Laura Lacaille, que j'vas pouvoir arriver de même, avec le p'tit par la main, le p'tit de ma sœur que les parents ont foutue à la porte quand y' ont appris qu'a' l'était enceinte, pis dire à ces mêmes parents-là qu'à compter d'astheure, c'est eux autres qui vont s'en occuper ? Toute ça pasque, en passant, Francine, elle, a' l'a disparu dans la nature, on sait pas trop où, pis qu'en plusse, on sait pas vraiment quand c'est qu'a' va nous revenir. Si jamais a' revient ! C'est ça que tu veux que je dise aux parents, Laura ? Des plans pour que je me fasse mettre à porte avec un pied au cul, oui… Oh ! Pardon, Cécile, je m'excuse pour le mot, mais c'est vraiment ça qui va se passer si je me pointe chez les parents avec le p'tit à Francine.

Laura avait écouté Bébert se vider le cœur sans intervenir. Tout ce qu'il prédisait était peut-être sensé, oui, et Laura le savait.

Sauf qu'il y avait peut-être une exception.

Et cette exception, c'était la mère de Bébert, celle dont Francine disait qu'elle avait un cœur de miel.

Laura attendit donc que Bébert se taise puis, dans un soupir, elle précisa :

— Tout ce que tu viens de dire, j'aurais pu le dire, moi aussi. Je connais suffisamment ta famille pour affirmer que tu en as dressé un portrait assez fidèle. Sauf peut-être pour une chose.

— Ah ouais ? Laquelle ?

— Ta mère.

— Ma mère ?

— Oui, ta mère ! Je suis persuadée que ce qui s'est passé, quand Francine a annoncé qu'elle était enceinte, ce n'est pas ta mère qui l'a choisi.

— Petête, oui.

C'est à peine si on avait entendu une légère hésitation dans la voix de Bébert. Ce fut donc suffisant. Prenant cela pour un appui, Laura en profita pour continuer.

— Et je sais aussi que jamais ton père ne va lever la main sur quelqu'un qui n'est pas de sa famille. Ni sur un enfant aussi jeune que Steve. Il ne l'a pas fait avec vous autres, il ne le fera sûrement pas avec son petit-fils.

— Ouais… Mais moé, dans tout ça ? Je le sais ben que le père s'en prendra pas au p'tit, mais y' peut s'en prendre à moé, par exemple. Pis en sacrifice à part de ça.

Cette fois-ci, la voix de Bébert était catégorique. Mais constatant que Laura le regardait avec un petit sourire, il se tut brusquement.

— Mais où c'est que tu veux en venir ? demanda-t-il finalement.

— Au simple fait que c'est moi qui vais présenter Steve à tes parents.

— Toi ? Toi, une Lacaille, après toutes les chicanes entre nos deux familles, tu vas avoir le culot de te présenter chez nous, avec Steve, pour dire aux parents de prendre leurs responsabilités ? Pasque dans le fond, si on veut être honnêtes jusqu'au boutte, c'est exactement ça que ça va vouloir dire, non ?

— C'est ça, oui. Mais c'est justement à cause de toutes les chicanes et de toutes les rancunes que je pense qu'il est temps que ça cesse. Je pense, aussi, que ça me donne un avantage sur tes parents. Après tout, la chicane entre nos familles, c'est un peu à cause des Gariépy qu'elle a commencé.

— Ouais… Si toute ce que tu m'as raconté, quand ta tante Estelle est venue vivre à Montréal, est vrai, c'est sûr que…

— Comment, si c'est vrai ? Serais-tu en train de me traiter de menteuse, toi là ?

— Pantoute. Va pas croire ça, pasque c'est pas ça que je pense… Comme ça, tu vas aller voir les parents pour leur demander de…

— Leur demander de s'occuper de leur petit-fils en attendant de savoir ce qui se passe avec Francine, interrompit Laura. Oui, c'est en plein ce que j'ai l'intention de faire. Pis pas plus tard que demain, parce que c'est la seule journée de congé que j'ai avant samedi prochain. Je ne suis quand même pas folle et je n'imposerai pas Steve à ma grand-mère comme ça, sans préavis, pour toute une semaine, et toi, je sais fort bien que tu es occupé. Alors ? Qu'est-ce que tu en penses, de ma proposition ?

— Ouais… Ça peut petête avoir de l'allure… C'est sûr que pour Steve, c'est ce qui pourrait arriver de mieux. Mais si ça marche pas ? Si jamais les parents voulaient pas que…

— Ça va marcher.

Laura n'aurait su dire d'où lui venait cette détermination, qui pouvait peut-être passer pour de l'entêtement, mais c'était là, en elle.

Cécile, qui avait compris à demi-mot, ne demanda aucune explication.

— D'accord, Laura, fit-elle après un court moment de réflexion. C'est assurément ce qui pourrait arriver de mieux à notre petit Steve. Mais je te demanderais d'y aller avec beaucoup de circonspection avec lui. Ce qui ne veut pas dire de lui mentir. Si tu n'y vois pas d'inconvénient, et toi non plus Bébert, j'aimerais lui parler moi-même. Après tout, ça fait un an que nous vivons ensemble, je pense avoir appris à bien le connaître. Si vous êtes d'accord, dans un premier temps, on va tout simplement l'aviser qu'il part avec vous deux pour Montréal. Ensuite, si l'idée d'un petit voyage le séduit, et ça devrait être le cas, je lui dirai de se préparer à rencontrer ses grands-parents. Je crois qu'il est inutile d'aller plus loin. Si jamais la situation tournait mal, malgré ce que tu sembles croire, Laura, il ne sera pas trop tard pour essayer de trouver autre chose et Steve, lui, ne se sentira pas rejeté. Qu'est-ce que vous en pensez ?

Qu'ajouter à cela, sinon dire qu'on était d'accord ?

Steve, dès qu'il fut mis au courant de la situation, poussa des cris de joie.

— Un grand-père et une grand-mère ? J'ai ça, moi ?

— Oui, mon bonhomme, comme la plupart des enfants.

— Et ils habitent à Montréal ?

— Oui, comme Laura et Bébert.

— Wow ! Comment ça se fait, d'abord, que j'en ai jamais entendu parler ? Pourquoi ma mère n'en parlait jamais ?

— Tu sais, mon grand, les grandes personnes ont parfois toutes sortes de raisons pour taire certaines choses. Et moi, vois-tu, je ne peux pas répondre à la place de ta maman. Il n'y a qu'elle qui peut te dire exactement pourquoi elle ne parlait pas de ses parents. Mais ça ne l'a pas empêchée de te présenter son frère, ton oncle Bébert, n'est-ce pas ? Ça doit vouloir dire que sa famille est quand même bien importante pour elle.

— C'est vrai. Et en plus, il est trèèèès gentil, mon oncle Bébert ! Et Laura aussi, elle est gentille.

— Bon, tu vois ! Maintenant, viens m'aider à préparer tes bagages.

La route se fit à travers les rires et les questions de Steve.

Pour une première nuit à Montréal, ils installèrent le petit garçon dans le lit de Bébert.

— Pis inquiète-toi pas, je vais être ici de bonne heure demain matin, annonça Laura à l'intention de Bébert.

— Chus pas inquiet pour ça, Laura. C'est tout le reste après qui me fatigue. Les parents pis leur réaction. Ta grand-mère avec, a' pourrait faire ben du sparage autour de ça. Après toute, ma sœur a pas été mieux que ta tante Estelle.

— Ma grand-mère ne dira rien parce que toute cette histoire-là ne la regarde pas. Pis tes parents, pour moi, ça se résume à ta mère. C'est elle que je veux voir, c'est à elle que je veux parler.

— Ben pour ça, va falloir que t'ailles chez les parents aux alentours de dix heures demain matin. Mon père est jamais là à cette heure-là… Tiens, prends mes clés. Tu vas garder le char pour t'en retourner chez vous. Y' est tard, y' fait noir pis moé, j'aime mieux pas laisser le p'tit tuseul en allant te reconduire…

Laura, qui était épuisée, ne se fit pas tirer l'oreille.

— D'accord, Bébert. Pis merci… Crains pas, je vais revenir, demain matin, le plus de bonne heure possible.

— Prends tout ton temps. En autant que j'ouvre les portes du garage pour neuf heures, ça peut aller.

Laura passa la pire nuit de toute sa vie. La belle assurance affichée chez Cécile durant l'après-midi avait curieusement fondu, quelque part sur l'autoroute 20 entre Québec et Montréal.

Qu'allait-elle dire à la mère de Francine? Comment se sentirait-elle devant cette dernière? Après tout, cela faisait maintenant plus de quatre ans que Laura n'avait pas mis les pieds chez les Gariépy.

De toute façon, nul doute que Gaétane Gariépy allait facilement deviner qui était le petit garçon que Laura tenait par la main.

À cette pensée, Laura se retourna dans son lit, une curieuse boule glacée encombrant son estomac.

À cause de son impudence, Laura aurait-elle droit à un accueil froid et ombrageux?

Probablement.

Il vaudrait peut-être mieux, alors, se présenter sans Steve. Un enfant de cet âge n'avait pas à vivre de rejet de la part de sa grand-mère. Le départ de Francine était déjà suffisamment lourd de conséquences.

Mais si Laura laissait Steve derrière elle, l'effet de surprise qu'elle escomptait utiliser disparaîtrait et, dans ce cas, il aurait peut-être mieux valu parler à la mère de Francine avant d'emmener Steve à Montréal.

Pourquoi susciter de faux espoirs?

À moins que ça soit exactement le contraire et que la mère de Francine fonde devant le petit garçon qui ressemblait tant à sa maman.

Après tout, Francine avait toujours soutenu que sa mère avait un cœur de miel.

Et Laura était à même de constater qu'en de nombreuses occasions, ça avait été le cas.

Alors ?

Si c'était vrai, Gaétane Gariépy avait dû vivre un véritable calvaire depuis le départ de sa fille.

Pourquoi, dans ce cas, n'avait-elle pas pris des nouvelles de Francine auprès de Bébert ? Elle devait bien le savoir, non, que tous les voyages de son fils en direction de Québec, c'était pour voir sa sœur ?

Laura en avait la migraine.

Elle se retourna encore une fois dans son lit et envoya valser ses couvertures sur le plancher. Mi-août, il faisait encore très chaud.

Le sommeil la prit par surprise, alors que l'aurore pointait à l'horizon et que les oiseaux reprenaient leur tour de chant.

Laura s'éveilla quelques heures plus tard, l'estomac vaseux et le cœur inquiet. À quoi avait-elle pensé, grands dieux, en trimbalant le petit Steve jusqu'ici ?

Laura aurait bien voulu en discuter avec sa mère, connaître son point de vue. La présence d'Évangéline dans la cuisine l'en avait dissuadée, d'autant plus que Laura avait à peine mis un pied dans la cuisine que la vieille dame levait un regard sombre et inquisiteur vers sa petite-fille.

— Veux-tu ben me dire ce que la minoune à Bébert fait dans la rue, juste en face de chez nous ? Tu viendras toujours ben pas me dire qu'y a un Gariépy à quèque part dans ma maison ! Déjà qu'y' faut que j'endure l'idée de te savoir avec lui quand tu vas à Québec, faut pas m'en demander plusse.

Laura, qui n'avait pas l'humeur particulièrement patiente ce matin-là, répliqua aussitôt et plutôt vertement.

— Non, y a pas de Gariépy dans ta maison, inquiète-toi pas. Ça fait assez longtemps que tu les dénigres, je n'irais pas jusque-là. Si l'auto de Bébert est là, c'est tout simplement qu'il a eu la gentillesse de me la prêter hier. On est revenus assez tard de Québec et il ne voulait pas que je rentre à pied.

Évangéline regarda Laura en affichant une moue dédaigneuse et moqueuse tout à la fois.

— En disant ça, ma pauvre Laura, tu viens juste confirmer ce que j'ai toujours dit: les Gariépy sont juste une gang de pas de talents.

— Pourquoi? Moi, au contraire, je trouve que c'est plutôt gentil d'avoir pensé à…

— Pis y' aurait pu, avec, penser à venir te reconduire. Me semble que ça aurait été plus logique, non, au lieu de t'obliger à te lever de bonne heure pour y ramener son char?

Comme Laura n'avait surtout pas envie d'entamer une interminable discussion avec sa grand-mère sur les mérites et les lacunes des Gariépy, pas plus que sur la situation qu'ils vivaient présentement, elle se contenta de hausser les épaules sans répondre, puis elle se concentra sur le café très fort qu'elle avait besoin de prendre, elle qui n'en buvait à peu près jamais.

Quinze minutes plus tard, Laura quittait la maison sans avoir reparlé à qui que ce soit.

Quand elle passa devant la maison des Gariépy, elle constata que l'auto du père de Francine n'était plus là. Elle le vit comme un heureux présage.

Steve l'attendait sur le balcon de l'appartement de Bébert, et cela aussi, Laura le vit comme un heureux présage. Un large sourire éclairait le visage du petit garçon.

— Enfin! lança-t-il en apercevant sa marraine. J'ai déjà déjeuné, tu sais! Et mononcle Bébert est presque prêt à partir, lui aussi. Il finit de laver la vaisselle et on va pouvoir s'en aller! J'ai hâte de voir son garage!

Malheureusement pour Steve, Laura n'avait pas la tête à visiter le garage de Bébert, loin de là ! Ce fut donc sur la promesse de revenir un peu plus tard qu'elle repartit en compagnie du petit garçon, se dirigeant, cette fois, vers la maison d'enfance de Francine.

À pied.

— Pas question que je conduise, Bébert, avait-elle rétorqué quand celui-ci lui avait proposé son auto encore une fois. Je me sens bien que trop nerveuse pour ça. De toute façon, il fait encore très beau. Ça va permettre à Steve de se familiariser avec le quartier !

— Comme tu veux... Tu reviens après, hein ? Pis tu laisses pas Steve tuseul avec ma mère si jamais a' semblait pas d'adon de le voir pis...

De toute évidence, Bébert n'en menait guère plus large que Laura.

— T'inquiète pas, Bébert, je tiens à ce petit bonhomme-là autant que toi. Je ne prendrai aucune décision qui risquerait de le rendre malheureux.

— Je le sais ben, Laura. Pis je te fais confiance, faudrait pas que tu penses le contraire. C'est juste que...

— C'est juste que des fois, j'ai des drôles d'idées ! lança Laura, coupant la parole à Bébert. Tu pourrais le dire, Bébert, et je ne t'en voudrais pas du tout. J'ai passé la nuit à me le répéter, ajouta-t-elle en échangeant un sourire moqueur avec Bébert. Mais y' est trop tard pour reculer, surtout que Steve s'attend à rencontrer ses grands-parents aujourd'hui, compléta Laura, redevenue sérieuse. On ne peut toujours bien pas les faire disparaître comme ça... Surtout pas après ce qui est arrivé avec Francine. Bon ! J'y vais... On y va, Steve et moi. Et je reviens te voir tout de suite après. Promis !

La curiosité de Steve, éveillée par les va-et-vient bruyants d'une grande ville comme Montréal, et ses questions incessantes évitèrent à Laura de s'inquiéter outre mesure quant à l'accueil qu'elle recevrait une fois rendue chez les parents de Francine.

Par habitude, parce qu'elle n'avait, pour ainsi dire, jamais utilisé la porte avant de la maison chez Francine, et par instinct, parce qu'elle avait imaginé la situation des dizaines de fois, la nuit dernière, Laura eut le réflexe d'emprunter la ruelle menant à la cour.

Un petit cabanon de métal tout brillant avait récemment poussé dans un coin de la cour. Il servait de tuteur aux habituels plants de tomates. De plus, quelqu'un avait eu la bonne idée de donner une généreuse couche de peinture blanche à la vieille balançoire. Ainsi paré, le terrain de terre battue avait presque fière allure.

Ce fut plus fort qu'elle: Laura ralentit le pas et serra affectueusement la main de Steve dans la sienne.

Que d'heures passées ici en compagnie de Francine!

Que de projets et de rêves entretenus à deux!

Que de chansons et de films débattus avec acharnement!

— On est arrivés, mon Steve, murmura Laura, étrangement émue. C'est ici qu'habitent tes grands-parents.

— Ah oui? C'est une drôle de place… Est-ce que ça veut dire que c'est ici que ma maman vivait quand elle était petite? chuchota alors le petit garçon, en écho aux derniers propos de Laura.

— Hé oui… Moi aussi, tu sais, je venais souvent jouer ici. Ta maman et moi, on s'installait dans la balançoire et on pouvait parler durant des heures, toutes les deux.

— Ça veut dire, alors, que ta maison à toi est proche d'ici?

— Pas très loin… Si tu veux, je te la montrerai tout à l'heure… Maintenant viens. On va voir s'il y a quelqu'un.

Le reste, tout le reste de cette curieuse matinée coula de source, comme dans les espoirs les plus fous de Laura.

Ayant l'impression d'entendre encore la voix de Gaétane Gariépy proposant un verre de limonade aux gamines qu'elles avaient été, Francine et elle, Laura frappa trois petits coups secs contre la porte de bois et entra avant même d'y avoir été invitée, comme elle l'avait toujours fait.

Curieusement, pour une fois, la cuisine était à l'ordre, et les deux bras enfoncés dans l'évier rempli de mousse, la mère de Francine faisait la vaisselle.

Elle se retourna.

— Oui ? Qui c'est qui est…

Gaétane Gariépy s'interrompit brusquement quand elle reconnut Laura. Puis, elle fronça les sourcils et laissa tomber la lavette au fond de l'évier avant de porter une main mouillée et couverte de mousse à sa poitrine en apercevant le petit garçon à ses côtés.

— Laura…

— Bonjour, madame Gariépy… Ça faisait longtemps, n'est-ce pas ?

— Trop longtemps.

— Je me suis ennuyée, vous savez.

— Moi aussi.

Comme un automate, Gaétane Gariépy répondait à Laura, mais elle n'avait d'yeux que pour le petit garçon qui, intimidé, se tenait sagement à côté de sa marraine.

Sagement peut-être, mais Steve n'en dévorait pas moins des yeux, lui aussi, cette grande femme à la voix grave qui lui rappelait vaguement sa mère.

Gaétane fit quelques pas puis, s'agenouillant, elle amorça le geste de tendre la main avant de changer d'avis et de ramener cette même main sur sa cuisse. Visiblement, elle était très émue. Nerveuse aussi. Après s'être raclé la gorge, elle articula lentement :

— Alors, c'est lui…

Puis, avec une légère pointe d'interrogation dans la voix, elle balbutia, sans quitter Steve des yeux :

— C'est mon petit-fils, n'est-ce pas ?

— Oui, c'est lui. C'est Steve.

— Steve… C'est un beau nom.

— Oui, c'est un beau nom. C'est pour ça que Francine l'a choisi.

— Francine…

En prononçant le prénom de sa fille, de grosses larmes coulèrent aussitôt sur les joues de Gaétane et Laura sut, sans la moindre hésitation, qu'elle ne s'était pas trompée. La mère de son amie avait été mise devant un fait accompli et n'avait pas eu droit de parole quand Francine avait annoncé à ses parents qu'elle était enceinte.

— Francine, répéta madame Gariépy en essuyant son visage. Elle aussi, ça fait ben que trop longtemps… Que c'est qu'a' devient ?

Laura hésita. Elle ne voulait pas parler de Francine devant Steve.

— On en reparlera, voulez-vous ? Pour l'instant, c'est Steve qui est important. Il est ici pour rencontrer ses grands-parents. Parce que, dans l'immédiat, il aurait grand besoin de ses grands-parents.

— Ah oui ?

De toute son intuition de mère, Gaétane comprit que sa

fille avait un problème, mais que pour l'instant, il valait mieux ne pas en parler.

De toute façon, si Laura était là, devant elle, et semblait ne pas trop s'en faire à son sujet, c'est que ce n'était pas trop grave, n'est-ce pas ?

Alors, sans insister, elle tendit enfin la main vers le petit garçon qui la dévorait des yeux depuis le début de ce court dialogue. Il avait glissé un bras autour d'une des cuisses de Laura et on pouvait lire une certaine crainte dans son regard.

Ainsi, c'était elle, sa grand-mère ? Une espèce de géante à la voix rude, un peu brusque. Bien sûr, sa mère aussi était très grande, mais elle, au moins, elle avait la voix douce.

C'est ce dont Steve se rappelait le mieux : la voix de sa maman lui chantant une berceuse le soir pour l'endormir.

Laura le sentit tressaillir quand Gaétane se remit à parler.

— Savais-tu, Steve, que tu ressembles beaucoup à ta maman quand a' l'était p'tite comme toé ?

Il y avait une certaine bienveillance dans la voix de Gaétane, une certaine gentillesse toute empreinte de patience.

C'était sans doute cette douceur occasionnelle qui faisait dire à Francine que sa mère avait un cœur de miel. Laura comprit qu'en ce moment, c'était cette femme-là qui était présente dans la cuisine et qu'elle était entièrement à l'écoute d'un petit garçon qu'elle ne connaissait pas, certes, mais qui était son petit-fils.

— Pis sais-tu quoi ? Quand Francine était p'tite comme toé, a' l'aimait ben ça, du sucre à crème. Tu connais-tu ça, toé, le sucre à crème ?

Steve se contenta d'un signe de tête affirmatif en guise de réponse.

De toute évidence, Gaétane commençait à se détendre.

Amusée, elle esquissa l'ombre d'un sourire.

— Une chose de réglée, tu connais le sucre à crème… C'est juste normal, hein, rapport que ta mère doit ben t'en faire de temps en temps… Ça te tente-tu, d'abord, de venir voir avec moé dans dépense, des fois que j'en aurais de caché ?

Au lieu de répondre, Steve leva les yeux vers Laura avec tant de confiance qu'elle en fut bouleversée. Le bambin s'en remettait aveuglément à elle pour prendre la décision, à savoir s'il devait ou non suivre cette femme qui était sa grand-mère.

Desserrant délicatement le bras qui entourait toujours sa cuisse, Laura s'accroupit à son tour pour être à la hauteur de Steve, puis elle emprisonna ses deux mains encore potelées entre les siennes.

Et c'est dans ce regard d'enfant posé sur elle avec confiance que Laura retrouva toute son assurance. Celle ressentie la veille, chez Cécile, mais aussi celle que ses cours lui avaient enseignée.

Ce petit garçon, elle l'aimait sans condition depuis sa naissance. Bien sûr, il n'était pas le sien, mais comme Laura n'était pas encore mère, c'était tout comme. Et là, il s'en remettait à elle avec spontanéité, car il se savait aimé.

Le cœur de Laura battait à tout rompre.

De l'index replié, elle caressa le rebondi de la joue enfantine. Dans le regard de Steve, elle reconnaissait le regard de Francine. Quand sa main se posait sur ses boucles, c'étaient les boucles de Francine qu'elle aurait pu caresser.

Aimer Steve et lui venir en aide, c'était aussi aimer Francine et continuer de l'aider. Malgré le silence, malgré l'absence.

— Aimerais-tu ça, avoir un peu de sucre à la crème ?

Une lueur gourmande fit scintiller le regard de Steve.

— Oui, j'aimerais bien ça. C'est bon ! Cécile m'en faisait des fois.

— Alors, suis madame Ga... suis ta grand-maman. Si je me souviens bien, il y a une petite cachette dans la dépense où elle garde toujours des bonbons.

Quelques instants plus tard, Steve était installé au bout de la table avec quelques morceaux de sucre à la crème et un grand verre de lait. Il ne semblait plus du tout se préoccuper des deux femmes qui le regardaient manger.

Laura en profita.

— Maintenant, Steve, j'aimerais ça aller dans la cour avec madame Gariépy. Tu peux nous attendre ici en mangeant, n'est-ce pas ?

— C'est sûr !

— Alors, je reviens dans deux minutes.

Et sur un regard, elle demanda à Gaétane Gariépy de la suivre.

Ce qu'elle avait à dire ne prendrait guère plus de deux minutes. On en savait si peu sur le sort de Francine.

La mère de son amie l'écouta attentivement, le regard embué, ses deux mains se tordant d'inquiétude.

— Un an, tu dis ? Ça fait un an que ma fille a disparu ? Sainte Apolline, c'est ben long ! Pis la police, elle ? Vous avez pas pensé à appeler la police ?

Laura reprit donc toute l'histoire depuis le début, ce qui ne prit, en fait, que quelques instants supplémentaires.

— La police est convaincue que Francine va nous revenir un jour. Le fait qu'elle soit partie avec tous ses meubles écarte la probabilité d'un enlèvement ou de quelque chose de pire. De toute façon, Jean-Marie, l'ami qu'elle avait au moment de sa disparition, a disparu lui aussi.

— Pis a' l'a laissé son p'tit en arrière d'elle ? Drôle de mère !

Il y avait une pointe d'amertume dans la voix de Gaétane. Une pointe de sévérité.

— J'aurais jamais pu faire ça, moé !

— Et je suis persuadée que Francine non plus n'aurait pas fait ça de son plein gré. C'est pour ça que Bébert et moi, on est inquiets. Ça ne ressemble pas à Francine de laisser son Steve comme ça. Elle l'aime tellement... Je... Je suis fière d'elle, vous savez. Francine s'est très bien débrouillée après la naissance de son fils. Elle avait un bon emploi et un bel appartement.

— Ah oui ?

— Oui... C'est ce fichu Jean-Marie qui est venu mêler les cartes.

— Pourquoi Francine est allée avec lui, d'abord ?

— Peut-être tout simplement parce qu'elle avait besoin de se sentir aimée.

Gaétane Gariépy détourna la tête, rougissante.

— D'accord, Laura. On viendra pas discuter de ça icitte à matin, pasque je le sais que t'as raison... Astheure, si j'ai ben compris, faudrait s'occuper de Steve pour un boutte, c'est ben ça ?

— Si ça ne dérange pas, ça serait ça, oui. Le temps que Francine réapparaisse.

— Ben tu peux compter sur moé. Sur nous.

— Pis votre mari ?

— Mon mari ? Y' dira rien. Je le connais, va, pis je sais très bien que c'est juste l'orgueil qui le mène dans toute cette histoire-là. Mais dans le fond, y' regrette de s'être emporté. Y' le dira jamais, mais moé, je le sais. Pis y' a toujours aimé les enfants. Ça sera pas différent avec le p'tit Steve. Surtout qu'y' ressemble ben gros à notre Francine.

— Vous êtes bien certaine de tout ça ?

— Aussi sûre que chus là devant toé.

— Il ne faudrait pas que Steve soit malheureux.

— Compte sur moé, cet enfant-là, m'en vas l'aimer comme si y' était à moé. Après toute, c'est notre premier p'tit-fils, rapport que Louise a toujours pas d'enfant pis qu'y' semblerait ben qu'a' l'en aura pas non plus. C'est le docteur qui dit ça… Mettons, pour Steve, mettons que tu reviens avec lui pour souper. Ça va me laisser le temps de préparer l'ancienne chambre de Bébert pour lui, pis ça va me permettre, avec, de parler à mon mari.

— Ben…

Laura était hésitante. Après toutes ces années, elle n'était pas du tout certaine de se sentir à l'aise devant le père de Francine. Après tout, devant la réaction de Gaétane, la situation était maintenant une histoire de famille. L'histoire d'une famille qui n'était pas la sienne.

— Et si c'était Bébert qui revenait souper avec Steve ?

La mère de Francine n'avait jamais été une femme de grandes émotions. Ce qui venait de se vivre ce matin était une exception. Devant la proposition de Laura, elle se contenta de hausser les épaules.

— C'est comme tu veux, ma belle. Même que je pense que c'est une bonne idée, ajouta-t-elle après un court instant de réflexion. C'est sûr que mon mari va se sentir plus à son aise avec Bébert que devant toé. Astheure, si ça te dérange pas, j'aimerais ben ça si c'était moé qui annonçais la nouvelle au p'tit Steve. Ouais, j'aimerais ben ça…

Quand Laura et Steve quittèrent finalement la cuisine de Gaétane Gariépy, Steve ne tenait plus en place. Comme il était habitué depuis la naissance à se faire garder régulièrement, l'idée de venir habiter chez ses grands-parents ne l'effrayait pas du tout.

— Pis en plus, je vais pouvoir visiter mononcle Bébert aussi souvent que je vais en avoir envie. C'est la madame qui l'a dit.

— La madame, comme tu l'appelles, c'est ta grand-maman.

— C'est vrai, j'avais oublié... Grand-maman. Je suis pas mal chanceux d'avoir une grand-maman...

Était-ce la consonance du mot qui rappela à Steve qu'il avait aussi une maman ? Laura sentit une petite main s'agripper à la sienne tandis que le petit garçon ralentissait le pas.

— Elle va revenir, hein, ma maman ? Même si je vais demeurer chez ma grand-maman, ma maman, elle, elle va revenir quand même, hein, Laura ?

— C'est sûr, ça, mon Steve. Ta maman va sûrement revenir un jour. Et peut-être plus vite que tu ne le penses.

Le bambin resta songeur un moment, puis il leva les yeux vers Laura, redevenu sérieux comme un adulte.

— Non, ça peut pas être vite parce que ça fait déjà beaucoup beaucoup de jours qu'elle est partie.

— C'est vrai.

Laura avait une grosse boule d'émotion dans la gorge, et les mots qu'elle disait sortaient tout déformés. Elle prit une grande inspiration avant de poursuivre.

— Mais aujourd'hui, tu viens de rencontrer ta grand-maman, lança-t-elle en essayant de mettre le plus d'enthousiasme possible dans sa voix. Et ce soir au souper, tu vas connaître ton grand-papa. Tu vois que malgré tout, tu es chanceux ! Et quand tu vas t'ennuyer, il y aura toujours

Bébert pour venir te consoler. Et moi aussi… C'est vrai, je voulais te montrer ma maison ! Retourne-toi, Steve. Tu vas voir que maintenant, on va habiter tout proche l'un de l'autre.

— Ta maison est ici ? Sur la même rue ?

— Hé oui !

Laura aussi se retourna et pour une seconde fois, elle s'accroupit pour être à la hauteur de Steve. Puis, elle tendit le bras devant elle, l'index pointé.

— Vois-tu la grosse maison grise au fond de la rue ?

— Celle avec le gros arbre devant ?

— Exactement, celle avec le gros arbre sur le parterre. Eh bien, c'est là que j'habite. C'est ma maison.

— Wow ! Est tellement grosse ! Encore plus grosse que celle de Cécile pis Charles. T'es pas mal chanceuse.

Laura s'était redressée sans quitter la maison des yeux.

— Oui, tu as raison, Steve, je suis pas mal chanceuse.

Laura n'avait pas envie d'entrer dans les détails et d'expliquer que si la maison était aussi grande, c'était parce qu'elle abritait trois logements. Ce que Steve venait d'exprimer, c'était ce qu'elle ressentait devant la vie en ce moment précis. Elle était chanceuse et rien d'autre n'aurait pu avoir plus d'importance.

Laura fixa une dernière fois l'imposante maison d'Évangéline, celle qui occupait tout le fond de l'impasse.

— Un jour, murmura-t-elle pour elle-même, oui, un jour c'est une maison comme celle-là que j'aimerais avoir.

Laura fut surprise d'avoir eu une telle pensée, elle qui ne jurait que sur les quartiers de banlieue.

Que se passait-il ce matin ?

Depuis qu'elle avait revu la mère de Francine, même l'université lui manquait. Le sourire de Steve, sa petite main dans la sienne lui avaient rappelé que ce qu'elle avait ardemment voulu, un jour, c'était d'aider des petits enfants comme lui. Aider des enfants qui avaient moins de chance que d'autres.

Moins de chance qu'elle en avait eu.

D'une certaine façon, ce qu'elle venait de vivre, ce matin, ressemblait à ce qu'elle espérait de la vie. Dans une épicerie ou un bureau de consultation, à l'hôpital ou à l'école, ce qu'elle aimait, Laura, c'était venir en aide aux gens autour d'elle, améliorer, d'une façon ou d'une autre, leurs conditions de vie.

— À moi de savoir où j'ai envie de le faire, murmura-t-elle encore.

Laura esquissa un petit sourire pétillant de malice tellement elle se sentait bien depuis quelques minutes, puis elle reporta les yeux sur Steve.

— Allons, jeune homme, on continue! Tu ne penses pas, toi, qu'on a oublié quelqu'un? Quelqu'un qui doit bien se demander ce que nous devenons, tous les deux?

Steve fronça les sourcils durant un instant, puis un large sourire illumina toute sa frimousse de petit garçon heureux.

— Mononcle Bébert! C'est vrai, je l'avais oublié, lui! Vite Laura, viens-t'en. Mononcle Bébert m'attend pour visiter le garage!

* * *

Adrien sortit de la maison en claquant la porte derrière lui.

Cela faisait trois fois en autant de mois que le projet était remis. À croire que Maureen le faisait exprès.

À grandes enjambées, Adrien se dirigea vers l'écurie transformée en garage pour les quatre jeeps qui servaient dorénavant aux longues randonnées sur le ranch. De la dizaine qui existait quand Adrien était arrivé ici, il ne restait plus que deux *box,* tout au fond du long bâtiment, un pour son cheval et un autre pour le cheval de Mark, son beau-frère.

En un tournemain, Adrien sella sa vieille jument et sans hésiter, il prit le sentier menant au bout des terres de son beau-père.

Il ne reviendrait qu'après s'être calmé.

Adrien n'arrêta sa monture qu'une fois arrivé en haut de la colline, là où le regard pouvait se perdre jusqu'au bout des terres des Prescott. À midi, le soleil tapait fort. Un voile de chaleur montait du sable ocre, et le ruisseau, tout là-bas, semblait presque à sec. Adrien se promit machinalement d'en parler à Chuck. Il faudrait peut-être revenir avec un camion-citerne. Puis, il attacha son cheval derrière un arbre bas mais suffisamment touffu pour procurer un peu d'ombre. Lui, il s'installa à même le sol sablonneux, en plein soleil, les genoux relevés entre ses bras et le regard perdu au loin sur l'horizon ondulant de chaleur.

C'est toujours ici qu'il venait quand il avait à faire le point, quand il devait prendre une décision d'importance. Ici ou sur la galerie de sa maison quand il ne voulait pas perdre Michelle de vue. Mais comme ce matin il sentait le besoin viscéral de s'éloigner de Maureen…

Adrien poussa un profond soupir.

La dernière année, cependant, avait laissé croire qu'avec le temps, la situation finirait par s'arranger.

Pourtant, au départ, c'est par respect pour Chuck, son beau-père, qu'il avait finalement changé d'avis et décidé de rester ici au lieu de repartir vers Montréal comme il en avait eu l'intention. En effet, à la suite d'une situation déplorable où la petite Michelle avait été traitée de façon humiliante par sa grand-mère Eli, Adrien avait claqué la porte de sa maison avec la ferme intention de retourner à Montréal. Malgré cela, malgré le fait qu'Adrien était furieux et révolté comme rarement il l'avait été dans sa vie, le vieil homme avait réussi à le persuader de donner une dernière chance à Maureen.

— Promis, *Adrian,* je vais parler à Eli. Ma femme n'interviendra plus. Jamais. Mais laisse une dernière chance à Maureen, je t'en prie. Ma fille aime sincèrement Michelle. Elle est juste maladroite.

— Ouais… Mais en attendant que Maureen apprenne à être une vraie mère, c'est Michelle qui en souffre.

— Pourtant, malgré ce que tu viens de dire, *Adrian,* Michelle aime Maureen.

— C'est vrai, avait alors reconnu Adrien. Vous avez raison. Et Michelle l'a senti. Elle s'est tout de suite attachée à sa mère.

— Tu vois ! Les liens du sang sont peut-être plus forts qu'on le croit. Donne-leur une chance. Parce que ce n'est pas uniquement à Maureen que je pense quand je te demande de rester. C'est aussi à Michelle.

Après une nuit de torture à s'interroger, à tourner la situation dans tous les sens, Adrien s'était finalement incliné : Michelle et lui resteraient encore un certain temps.

Et l'année avait passé.

Il y avait eu de bons moments. Il y avait eu des temps plus difficiles. Il y avait eu des rapprochements. Il y avait eu des disputes.

Il y avait eu surtout une petite fille qui semblait heureuse et cela avait suffi pour qu'Adrien ferme les yeux sur les épisodes plus difficiles, sur les gestes maladroits, sur les paroles parfois malencontreuses.

Puis, à la suite d'une lettre d'Évangéline les invitant à se joindre à la fête qui s'étendait sur la ville de Montréal depuis le début de l'Expo, il y avait eu le projet d'un voyage vers le Canada.

Michelle en rêvait, de ce voyage.

— J'ai hâte de revoir grand-maman Vangéline. Et Charles. Oh oui ! J'ai tellement hâte de revoir Charles. Ici, j'ai plein de cousins et de cousines, mais ce n'est pas comme avec Charles. Et il y a aussi matante Bernadette, et Laura, et Antoine, et matante Estelle…

Devant une telle exubérance, Adrien avait compris qu'il n'avait que trop tardé. Cela faisait maintenant deux ans que Michelle n'avait pas revu sa famille.

On devait partir en juin, mais Maureen avait été malade à la dernière minute. Une vilaine indigestion.

On avait alors remis le voyage au mois de juillet. Cette fois-là, Maureen avait eu une crise de foie. Crise bien réelle, puisque corroborée par le médecin.

On avait donc reporté le projet à la fin du mois d'août.

Malheureusement, hier soir, il y avait eu cette vilaine chute dans l'escalier qui avait engendré une entorse de première. Maureen avait la cheville toute bleue et enflée et elle n'arrivait plus à marcher. C'est quand elle avait demandé à Adrien de l'emmener à l'hôpital, au lieu de faire les valises, en vue de leur départ prévu pour le lendemain, que ce dernier avait quitté la maison en claquant la porte.

C'était peut-être exagéré de dire cela, mais il avait l'intuition que Maureen avait fait exprès pour tomber. Après tout, personne n'avait été témoin de l'incident et Adrien avait pu constater que de nombreux incidents du même genre s'étaient produits au cours de la dernière année.

Pourquoi ?

Chaque fois qu'un événement, même des plus banals, allait amener la petite famille à quitter les terres de la famille Prescott, pourquoi Maureen avait-elle un empêchement de dernière minute ?

Si Maureen avait appris à être une mère irréprochable dans l'intimité de leur maison, il en allait tout autrement dès qu'il était question de quitter les quatre murs sécurisants de cette même maison.

D'intuitions en soupçons, d'espoirs en déceptions, Adrien avait acquis la conviction que Maureen ne voulait pas être vue en compagnie de Michelle, comme si elle avait honte de l'infirmité de sa fille.

Il comptait sur ce voyage à Montréal, là où Michelle était acceptée et aimée sans réserve, pour ouvrir les yeux de Maureen, pour lui faire réaliser que leur fille ne pourrait vivre enfermée chez elle indéfiniment.

Pour que Maureen puisse admettre, une bonne fois pour toutes, qu'elle avait des tas de raisons d'être fière de leur fille.

Bientôt, il y aurait l'école, il y aurait les amies, il y aurait toute une vie où Michelle aurait à affronter des regards curieux, à entendre des remarques désobligeantes face à sa différence. Probablement, dans ces moments de difficulté et de frustrations, qu'elle aurait besoin d'appui, elle aurait besoin de sa mère.

Une mère qui n'arrivait pas encore elle-même à accepter d'être socialement associée à cette différence.

— *Damn shit !*

À force de vouloir aplanir les obstacles dans leur vie familiale, à force de vouloir que Michelle se décide enfin à parler anglais, alors qu'elle refusait toujours aussi obstinément de le faire même si, de toute évidence, elle en comprenait toutes les subtilités, Adrien en était venu à parler et à réfléchir très souvent en anglais.

Il n'y avait plus qu'aux moments où il pensait à Bernadette et à sa mère qu'il le faisait en français.

Évangéline, Bernadette…

Allait-il devoir les appeler à l'heure du souper pour annoncer que le voyage était annulé encore une fois ? Jamais il n'oserait leur prédire une autre date dont il n'était pas certain. Trois déceptions en quelques mois, c'était amplement suffisant pour sa mère qui ne cessait de lui dire, chaque fois qu'il l'appelait, à quel point elle s'ennuyait de la petite Michelle.

— J'ai passé trois ans de ma vie à m'en occuper pis tout d'un coup, pus rien, viarge ! Je peux-tu te dire que je trouve ça dur ? Comment c'est qu'a' va, ma belle Michelle ? A' l'a-tu encore grandi ? J'avais tellement hâte de la voir pis là tu me dis que c'est encore remis. Que c'est qui se passe, coudon, avec ta Maureen ? Tu y diras de ma part que chus déçue, ben gros déçue de pas vous voir comme c'était prévu.

C'était au mois de juillet dernier qu'Évangéline lui avait tenu ce discours et Adrien avait très bien compris la déception de sa mère. Il avait tenté d'en atténuer l'amertume en promettant leur visite pour la fin du mois d'août.

— Promis, maman. On va être là pour la fin de l'été.

Michelle aussi avait été déçue de ne pas partir tel que prévu et c'était cela, surtout, qui avait engendré impatience et irritation chez Adrien.

Et voilà qu'on allait encore remettre ça ?

Machinalement, pour contrer la colère qu'il sentait remonter en lui, Adrien ramassa un assez gros caillou et le lança au loin. Il l'entendit heurter un rocher, puis débouler la pente avant d'atterrir probablement dans un buisson des-séché, puisqu'il y eut un bruit de feuilles froissées.

C'est à cet instant qu'Adrien entendit un bruit de sabots frappant le sol. Il se retourna.

Encore droit et fier malgré son grand âge, Chuck Prescott, chevauchant la monture de Mark, avançait au pas vers lui. Digne représentant de cette génération de cowboys qui avaient défriché l'Ouest américain à la sueur de leur front, il souleva son chapeau à larges bords pour saluer Adrien.

— *Adrian! What a wonderful day!* Quelle belle journée!

Adrien était déjà debout et venait à la rencontre de son beau-père.

— Belle peut-être, mais trop chaude pour vous! Allons donc! Vous auriez dû prendre une jeep pour monter jus-qu'ici.

— *No way!* L'occasion était trop belle et ça faisait trop longtemps. Aide-moi à descendre maintenant que je suis arrivé, et ça va être parfait.

Quelques instants plus tard, les deux hommes étaient côte à côte et contemplaient l'immense étendue des terres qui s'of-fraient à leur regard.

— Toute cette terre que tu vois, je l'ai travaillée pied par pied. Je suis fier de ce que j'ai fait de ma vie, lança alors le vieil homme, à brûle-pourpoint. Et tous les hommes de mon âge devraient pouvoir en dire autant. *But...*

Chuck soupira.

— Malheureusement, ce n'est pas le cas... Pour trop de gens, la vie n'est que l'interminable poursuite d'un rêve irréa-lisable... J'ai été chanceux.

Chuck secoua vigoureusement la tête.

— *Well...* Je ne suis pas monté jusqu'ici pour faire le bilan de ma vie avec toi, *Adrian*. Je voulais tout simplement te remettre ceci.

Chuck retira une enveloppe de sa poche et la tendit à Adrien.

Ce dernier la reconnut aussitôt. Elle était ornée du sigle de la compagnie d'aviation American Airlines.

— Mais pourquoi voulez-vous me…

— Je t'ai vu partir de chez toi, coupa Chuck. Tu marchais vite, à longues enjambées, comme lorsque tu es en colère. Je savais que vous deviez partir demain, alors j'ai deviné qu'une autre embûche s'était présentée. C'est Michelle qui m'a dit, quand je suis arrivé chez toi, que sa mère s'était blessée hier soir. J'ai dit à Maureen d'arrêter de pleurer comme une enfant, d'appeler Eli pour se faire conduire à l'hôpital après avoir confié Michelle à une de ses belles-sœurs et moi, j'ai ramassé l'enveloppe des billets qui était sur la table. Après, je suis venu te rejoindre… Ça m'a rappelé mes jeunes années, venir jusqu'ici à cheval. Je devrais le faire plus souvent… Maintenant, toi, tu vas rebrousser chemin pour rentrer chez toi. Tu as des valises à préparer. L'avion est à l'aube demain.

— Je sais. Mais Maureen, elle ? Dans l'état où…

— Dans l'état où elle est, Maureen n'ira pas loin, j'en conviens. Mais ce n'est pas une raison pour priver Michelle de ce voyage. Après tout, ça fait deux ans qu'elle n'a pas vu sa grand-mère. Cette femme-là doit se mourir d'ennui. Et je sais de quoi je parle. Alors, allez visiter ta famille tel que prévu. Profitez de l'Exposition universelle dont on dit le plus grand bien dans les journaux et revenez-nous vite, Michelle et toi.

— Merci, Chuck. Merci d'avoir si bien compris la situation.

— Non, tu n'as pas à me remercier. Ça serait plutôt à moi

de le faire, pour avoir accepté de rester ici, avec nous. Et quand tu seras à Montréal, salue bien Évangéline pour moi. Je n'ai pas oublié le voyage qu'elle a fait chez nous, tu sais, à l'occasion de votre mariage ! J'ai gardé d'elle un excellent souvenir. Ta mère, c'est une grande dame. *Really !*

Adrien esquissa un sourire ému en pensant à sa mère. Chuck avait raison. Malgré une apparence brouillonne, Évangéline Lacaille était effectivement une grande dame. Puis il tourna les yeux vers son beau-père.

— Et vous, Chuck, vous êtes un homme bien, dit-il en posant la main sur le bras flétri du vieil homme. *Really !*

CHAPITRE 9

Il n'ira pas beaucoup plus loin
La nuit viendra bientôt
Il voit là-bas dans le lointain
Les neiges du Kilimandjaro [...]
Elles te feront un blanc manteau
Où tu pourras dormir, dormir, dormir

Kilimandjaro
PASCAL DANEL

Québec, dimanche 21 janvier 1968

Il n'y avait plus d'horloge dans la maison pour composer certains repères qui lui semblaient essentiels.

Il n'y avait plus de journal, le samedi matin, pour garder un illusoire contact avec le monde extérieur.

Et en plus, il n'y avait personne, autour d'elle, qui semblait se préoccuper de cette sensation déconcertante de vivre dans le vide, tant dans le temps que dans l'espace, par moments.

Ne lui restait, en fin de compte, que cette première vague de grands froids pour suggérer qu'on était en janvier.

Bien peu de choses, finalement, pour se rappeler qu'en dehors de cette maison délabrée, il y avait encore un monde qui existait.

Francine regrettait amèrement de ne pas avoir profité de cette nuit pas si lointaine où les cloches avaient sonné.

Si les cloches carillonnaient de plus belle, au beau milieu de la nuit, c'était sans aucun doute qu'on était au soir du réveillon de Noël, n'est-ce pas ?

Donc, on était, à ce moment-là, le 25 décembre.

À partir de ce constat, Francine aurait pu compter les jours, ou les dodos, comme elle l'avait déjà fait avec Steve, et utiliser cette date comme point de départ d'un calendrier bien personnel.

Mais non !

Comme trop souvent hélas, Francine n'y avait pas pensé.

Pourquoi ? Pourquoi ne réfléchissait-elle jamais quand il était vraiment important de le faire ?

Francine poussa un bruyant soupir, incapable de répondre pertinemment à cette banale question. Elle ne le savait pas, Francine, pourquoi elle était ainsi faite.

Ce midi encore, elle butait sur cette navrante constatation, le nez à la fenêtre, contemplant le champ couvert de neige durcie. Au loin devant elle, tout près de l'érablière, elle pouvait encore apercevoir les silhouettes de Lucie et Odette, enveloppées d'un tourbillon de petite neige folle, soulevée et rabattue par la brise. Les deux jeunes femmes, profitant de l'absence de Jean-Marie et de Gaspard, avaient décidé d'aller se promener en raquettes puisque leur travail était terminé.

Francine poussa un second soupir.

C'est quand le travail des autres se terminait que le sien commençait. Pour l'instant, elle avait trois coussins à rapiécer et un dossier à refaire. Hier, de retour de la ville, Jean-Marie avait rapporté du tissu pour le rembourrage et il avait laissé entendre qu'il voulait livrer le divan mardi matin.

— Que c'est tu fais là, d'abord, à niaiser devant la fenêtre au lieu de travailler ? murmura Francine pour elle-même.

Bonté divine! Que c'est que t'as dans la tête, coudon? Tu le sais comment ça va finir si ta job est pas faite à temps. Tu le sais ben, sainte bénite, que Jean-Marie va te sonner les cloches, pis te faire de la marde devant tout le monde en te traitant de niaiseuse pis de bonne à rien, pis que là, tout le monde va rire de toé pis que ça va encore te faire de la peine.

Malgré cela, Francine n'arrivait pas à se détacher de la fenêtre, enviant Lucie et Odette. Elle, elle n'avait pas mis le nez dehors depuis de longues semaines, sauf pour jeter les ordures à la poubelle.

Et tout ça à cause d'une paire de bottes!

Francine n'avait, comme bottes d'hiver, qu'une paire de couvre-chaussures à peine doublés d'une fine épaisseur de laine et qu'elle enfilait par-dessus ses souliers. Ces bottes de caoutchouc, ridiculement garnies de fausse fourrure, étaient peut-être suffisantes pour la ville quand on travaille à deux pas de chez soi, et surtout bien pratiques puisqu'on pouvait garder ses souliers à l'intérieur, mais elles étaient dérisoires en campagne, là où les distances sont parfois interminables.

Les longues promenades, dans le champ derrière la maison, lui étaient donc interdites depuis quelques semaines.

À peine quelques minutes dehors et Francine avait déjà les orteils gelés, et comme la longueur de ses pieds correspondait à sa grandeur — hors du commun —, il n'y avait aucune chaussure à son pied dans toute la maison.

Même les bottes pour hommes étaient trop petites pour elle.

C'est ainsi qu'au fil des dernières semaines, les bottes étaient devenues une véritable obsession pour elle, d'autant plus que Jean-Marie refusait obstinément de lui en procurer d'autres.

— On ne changera pas quelque chose qui est encore en parfait état. On a peut-être un peu plus d'argent qu'auparavant, mais on va le garder pour les choses essentielles. Et tes bottes n'en font pas partie ! De toute façon, tu n'as pas besoin de sortir ! Je ne vois pas en quoi ça aurait changé depuis l'hiver dernier.

Francine était prisonnière de Jean-Marie à cause d'une vulgaire paire de bottes d'hiver mal doublées.

Parce que si Francine avait eu des bottillons fourrés, comme ceux que Lucie et Odette portaient pour faire de la raquette, elle aurait pu envisager de s'enfuir.

Depuis quelque temps déjà, c'est tout ce qu'elle attendait de la vie, Francine : le bon moment pour quitter cette maison de fous.

Sa décision était prise et personne ne la ferait changer d'avis.

Par contre, cette fois-ci, elle devrait faire preuve d'un peu plus de discernement.

À commencer par ne pas se faire prendre par le voisin qui devait probablement continuer de la surveiller. Elle irait donc à travers champs, d'un boisé à une érablière, d'une grange à une écurie, d'un cabanon à un poulailler, suivant les caniveaux et longeant les longs foins qui devraient suffire à la cacher.

Elle profiterait d'une journée où Jean-Marie avait à s'absenter et une fois arrivée au village, elle irait de porte en porte jusqu'à ce qu'elle trouve quelqu'un qui lui permettrait de téléphoner. Ainsi, elle pourrait retrouver son petit Steve avant que Jean-Marie apprenne sa disparition et mette ses menaces à exécution, lui qui disait encore et toujours que si Francine ne lui obéissait pas, elle ne reverrait jamais son fils.

Sûrement qu'il y avait, au village, quelqu'un qui lui viendrait en aide, n'est-ce pas ?

— Quitte à me rendre directement au presbytère, sainte bénite !

C'est ce qu'elle aurait dû faire, d'ailleurs, il y a de cela plus d'un an maintenant, au lieu de revenir ici. Mais encore une fois, Francine n'avait pas réfléchi. La seule solution sensée, celle qu'elle aurait dû normalement et facilement trouver, ne lui était venue qu'après coup, alors qu'il était trop tard.

Aujourd'hui, elle avait eu tout son temps pour réfléchir et rien ni personne ne l'arrêterait. Dès l'hiver fini, Francine s'en irait.

À la ville, il y avait un petit garçon appelé Steve et ce petit garçon, malgré le temps qui avait passé, il devait sûrement continuer de l'attendre.

Francine s'était promis qu'elle fêterait les cinq ans de Steve avec lui, et sa fête était le dix avril. En avril, la neige aurait passablement fondu, la température serait plus clémente et donc, sa fugue serait réalisable.

Si un jour elle avait osé croire dans la sincérité des serments d'amour de Jean-Marie, cette période était bien révolue. Jean-Marie n'aimait personne à part lui-même, et la promesse d'aller chercher Steve pour l'emmener vivre ici avec eux n'avait été qu'un leurre pour la garder auprès de lui.

La religion, le respect des enseignements du Seigneur, leur rédemption, comme le disait Jean-Marie, n'avaient été, eux aussi, que des faux-semblants.

Du moins, c'est ce que Francine avait conclu après quelques semaines de vie commune avec les nouveaux amis de Jean-Marie.

Pourtant, matin et soir, il y avait encore de longues prières, faites à genoux sur le plancher glacial dans un coin de salon.

Régulièrement, Jean-Marie se lançait à corps perdu dans ses longs sermons échevelés que tout le monde devait écouter attentivement.

Et il y avait toujours des règles, plus ou moins obsolètes, à observer scrupuleusement sous peine de représailles.

Si Francine y adhérait par obligation, elle n'y croyait plus. Toute cette mascarade sonnait faux, comme une mise en scène bâclée servant à camoufler une tout autre réalité.

Et cette autre réalité, c'était la drôle d'odeur qui régnait de plus en plus souvent dans la maison. C'étaient aussi les fous rires incompréhensibles, les regards railleurs qui l'embarrassaient. Puis, depuis quelques semaines, c'étaient certaines habitudes qu'elle réprouvait vivement.

— Pourquoi être contre, Francine ? Ne sommes-nous pas une belle et grande famille ? Tu es la seule à toujours tout critiquer. Dans une famille, le partage est normal.

Si cette façon de faire semblait tout à fait convenir à Lucie, Odette et Gaspard, qui allaient de l'un à l'autre au gré des fantaisies et des nuits, Francine, elle, détestait cela.

Quand elle avait osé souligner que cette façon d'agir était contraire aux enseignements de la Bible, Jean-Marie avait même trouvé un passage qui, de façon un peu tordue, semblait affirmer le contraire.

Francine n'avait pas insisté. À ce petit jeu, Jean-Marie était nettement plus fort qu'elle et il tirait bien plus qu'une simple gloriole de ses affrontements avec Francine. Avec l'assentiment de ses nouveaux amis, qui selon Francine avaient toujours un sourire niais accroché au visage, Jean-Marie se jouait d'elle avec une évidente délectation.

Avec dégoût, Francine se pliait donc aux nouveaux usages

de la maison pour éviter les coups, les sarcasmes ou les humi-
liations, et elle confiait ses larmes à son oreiller, les nuits où
elle avait la chance de dormir seule.

Si elle avait eu un calendrier, elle aurait pu au moins
compter les jours la séparant de la liberté et de son fils.

Si elle avait eu des bottes confortables, elle aurait pu partir
tout de suite.

Si elle avait été moins écervelée, elle aurait déjà été loin
d'ici.

En attendant, Francine priait avec une ferveur renouvelée
pour que Steve l'attende toujours.

Pour que l'hiver soit bref.

Pour ne pas se retrouver enceinte une autre fois.

* * *

Laura avait repris le chemin des classes avec une certaine
appréhension. Qu'allait-elle trouver derrière les portes de
l'université ? Plaisir ou ennui ?

Finalement, c'était la nouveauté qui était au rendez-vous.
Nouvelles compagnes de classe, puisque la plupart des autres
avaient eu leur diplôme au printemps dernier. Nouveaux
professeurs aussi, parce que certains des anciens avaient pris
leur retraite.

De toute façon, heureuse ou pas, ce n'était que pour
quelques mois, comme l'avait placidement déclaré Bébert,
dimanche dernier, alors qu'ils mangeaient tous les deux au
casse-croûte de monsieur Albert, en compagnie de Steve.

— Sacrifice, Laura, arrête de t'en faire avec ça ! On dirait
que pour toé, les études vont durer pendant toute ta vie.
Voyons don ! Dans quèques mois, ça va être fini, pis si ça te
tente pas de travailler comme psychologue, t'auras juste à

faire d'autre chose. Y a pas personne chez vous qui va t'attacher sur une chaise en arrière d'un bureau si c'est pas ça que t'as envie de faire. Mais au moins, t'auras un diplôme, pis tu sais jamais quand c'est que ça va pouvoir te servir.

— Je le sais bien. Et ce n'est pas que la psychologie ne me tente pas. C'est juste que je ne sais pas encore dans quel domaine je devrais me diriger.

— Bon, v'là autre chose! Que c'est tu veux de plusse pour astheure? Prends don les choses une par une. Pis la première, c'est que dans pas longtemps tu vas avoir ton diplôme. C'est ça que tes parents veulent, non? Commence don par leur faire plaisir, pis à partir de là, tu feras ben ce que tu voudras. Tu verras à faire tes choix dans le temps comme dans le temps, sacrifice!

Pourtant, même si elle tergiversait à n'en plus finir, Laura n'avait même pas attendu la fin de son travail à Terre des hommes pour prendre sa décision, contrairement à ce qu'elle avait toujours pensé.

Cependant, à sa décharge, il faut dire que Roberto y avait été pour beaucoup dans cette attitude.

À partir de l'instant où Laura lui avait enfin été présentée, Roberto l'avait prise sous sa coupe.

Invitations au cinéma ou au restaurant, longues promenades à deux, à trois ou à plusieurs à travers la ville, visites des pavillons de l'Expo et soirées de spectacles à La Ronde, Laura était désormais la compagne attitrée de Roberto, sous l'œil amusé d'Elena qui voyait son amie fondre comme neige au soleil.

— Ne t'attache pas trop, Laura! Roberto est un Italien et il va bientôt repartir!

— Qu'est-ce que tu veux dire par là?

— Exactement ce que je viens de dire ! Les Italiens sont de grands parleurs et ils ont le sang chaud. Le jour où Roberto sera loin de toi, il risque de…

— Et alors ? l'avait interrompue Laura, qui ne voulait surtout pas entendre ce qu'Elena avait à lui dire. On s'écrira ! Je… j'irai le voir ou il reviendra.

Laura ne voulait surtout pas mettre un terme prématuré à son beau roman.

La main de Roberto tenait la sienne et Laura sentait son cœur s'emballer. Cela lui suffisait amplement pour entretenir les rêves les plus fous.

La veille de son départ, Roberto avait invité Laura à souper, seul à seul. On était en septembre et la soirée avait des allures de fin d'été. L'air était doux, la brise un peu fraîche et le ciel indigo.

— Avec Elena, pas moyen d'être sérieux ! avait expliqué Roberto quand Laura lui avait demandé si Elena se joignait à eux.

Et ce soir-là, Roberto semblait d'humeur plutôt sérieuse.

Il avait parlé de ses études en droit qui tiraient à leur fin, de sa mère décédée deux ans auparavant, de l'année à venir qui serait difficile, de son père vieillissant qui l'espérait à son bureau où dans quelques années, il prendrait la relève.

— Mais je vais t'écrire, Laura. Promis… Et un jour je reviendrai. Mais toi ? Que feras-tu après l'Expo ?

Surprise, Laura s'était alors aperçue qu'elle n'avait parlé de ses propres études à aucun moment. Fallait-il que l'université soit loin dans ses pensées !

— En janvier, je reprends mon cours en psychologie, avait-elle alors lancé un peu à son corps défendant. Je ne sais pas encore dans quel domaine j'aimerais travailler, mais les derniers stages devraient m'aider à choisir.

Ce soir-là, Laura y croyait vraiment. Pourquoi pas? Ce qu'elle avait vécu avec le petit Steve, quelques semaines auparavant, ne lui avait-il pas ouvert les yeux sur ce besoin intrinsèque qu'elle avait d'aider les autres?

La discussion qui s'en était suivie, fougueuse et enthousiaste, l'avait emballée. Pour une première fois depuis l'éloignement d'Alicia, Laura avait l'impression d'être vraiment comprise par quelqu'un. Roberto et elle avaient consacré une bonne partie de leur vie aux études et à quelques mois de leur conclusion, leurs attentes respectives face à la vie étaient immenses, démesurées.

L'un comme l'autre, ils se sentaient capables de réinventer le monde!

Et puis, Roberto était drôle, charmant, attentionné.

Le baiser qu'il lui avait volé, ce soir-là, en allant la reconduire n'avait rien à voir avec les accolades amicales qu'elle échangeait parfois avec Bébert.

— À mon prochain voyage, j'aimerais bien rencontrer tes parents.

Laura n'en avait pas dormi de la nuit.

Le lendemain, à son grand désespoir, Roberto avait pris l'avion pour l'Italie.

Heureusement, le bel Italien était reparti chez lui au moment où Adrien et Michelle étaient à peine arrivés à Montréal. Laura en avait donc profité sans vergogne. Pour s'étourdir, pour se changer les idées et moins s'ennuyer, elle s'était fait un devoir de leur faire visiter l'Expo durant ses journées de congé.

Laura avait même été surprise d'y prendre autant de plaisir.

Puis, à leur tour, Adrien et Michelle étaient repartis sous les regards humides de Bernadette, Estelle et Évangéline. Celle-ci était particulièrement émue de voir la petite Michelle s'en aller:

— Allons donc, on va revenir, avait alors promis Adrien.

— Ouais, on dit ça... Je le sais ben, va, que tu vas revenir un jour, mais dans combien de temps? Si c'est comme d'habitude, le jour où tu vas revenir icitte, à Montréal, ma p'tite Michelle va être en âge de se marier, viarge!

— Si tu as si peur que ça de ne pas nous revoir, viens nous visiter! Avec les avions, aujourd'hui, c'est rapide, facile et...

Évangéline avait jeté un regard horrifié sur son fils.

— T'es-tu malade, toé? Pas question que je mette les pieds dans un appareil volant. Si le bon Dieu avait voulu nous voir voler, Y' nous aurait fait des ailes. Pis ris pas, Adrien! Y a pas personne qui va réussir à me faire changer d'idée là-dessus. Si tu veux me voir, va falloir que tu reviennes, mon gars. Pis t'aurais intérêt à le faire un peu plus souvent que ces dernières années.

— OK. J'ai compris. Et tu as raison: on ne vient pas assez souvent.

Ce matin-là, c'est Bernadette qui s'était portée volontaire pour aller reconduire Michelle et Adrien à l'aéroport.

— Ça va leur éviter les frais d'un taxi, avait-elle expliqué à Marcel. Mais inquiète-toé pas, j'vas faire ça vite, pis j'vas être à l'épicerie ben avant midi.

— Chus pas inquiet, Bernadette. Pas une miette. Pis je trouve ça ben *blod* de ta part d'avoir pensé à ça. Tu vois, moé, c'est des choses de même que je pense jamais à faire. Jamais. C'est comme si j'avais ben assez de réfléchir à mes affaires personnelles pis qu'y' restait pus de temps pour les autres.

Mais si le monde me le demandait, petête ben que je dirais oui… Petête, même, que ça me tenterait de dire oui…

Tout en parlant, Marcel hochait la tête comme s'il analysait la situation en même temps qu'il parlait.

Puis, après un court silence, il conclut en souriant à Bernadette.

— Dans le fond, t'es une femme dépareillée, Bernadette. Tu penses à toute pis à tout le monde, tout le temps. En plusse de ton ouvrage, comme de raison. Calvaire! Je sais pas comment tu fais, mais moé, je serais pas capable. En attendant, sois ben prudente sur le chemin. C'est loin d'icitte l'aéroport de Dorval.

Puis, quelques semaines plus tard, Terre des hommes avait fermé ses portes.

La grande fête était finie; Montréal n'était plus sous les feux de la rampe.

Laura en avait profité pour prendre quelques jours d'un repos bien mérité et elle s'était occupée de Steve, au grand plaisir de madame Gariépy qui trouvait un peu difficile de reprendre du service à temps plein avec un si jeune enfant.

— Une chance que mon Serge est là! Quand y' revient de l'école, y' trouve ça le fun d'amener le p'tit au parc, pis moé, ça me donne un peu de temps de lousse pour faire mon ordinaire. Si toé avec tu fais ta part, on devrait arriver à ben s'en sortir! Pis? Toujours pas de nouvelles de Francine?

Depuis quelque temps, le nom de Francine n'était plus tabou.

Laura s'était alors engagée à faire sa part, comme le disait Gaétane Gariépy, deux ou trois fois par semaine, au ravissement de Bébert qui trouvait là prétexte à rencontrer Laura plus souvent, même si, à son goût, le nom de Roberto revenait un peu trop régulièrement dans leurs conversations. Tant pis. Bébert considérait qu'il était en partie responsable de cet état de choses et, pour cette raison, il faisait preuve d'une patience angélique face aux soupirs de Laura.

S'il s'était décidé avant, peut-être bien que Laura n'aurait jamais porté attention à ce Roberto Falcone.

Roberto Falcone !

Quel nom stupide…

À lui, maintenant, de faire oublier à Laura que durant quelques semaines, un idiot d'Italien avait croisé sa route.

Cinéma, restaurant, soupers chez lui… Bébert multipliait les occasions de rencontre, ce qui, de toute évidence, plaisait à Laura.

Malheureusement, ce que Bébert ne savait pas, c'est qu'aux yeux de Laura, ces moments à deux n'étaient que l'expression d'une belle amitié qui durait depuis des années maintenant ! La voyant mélancolique, Bébert s'ingéniait à lui changer les idées. Quelle délicatesse ! Alors, pourquoi ne pas en profiter et joindre l'utile à l'agréable ? C'est ainsi que, régulièrement, Laura se présentait à leurs rendez-vous en compagnie de Steve, au grand dam de Bébert qui aurait préféré des tête-à-tête.

Mais encore une fois, tant pis !

Cela faisait des années qu'il tergiversait ; quelques semaines de plus ou de moins n'y changeraient pas grand-chose. À lui de se montrer ingénieux et inventif pour que ses propositions de sortie ne conviennent pas toujours à un enfant.

Les soirées au cinéma se firent donc plus assidues.

Bonnie and Clyde, The Graduate, You only live twice…

Au diable l'anglais ! Ces films ne convenaient pas à un

enfant et c'est tout ce que Bébert voulait.

Puis, ne regardant pas à la dépense, il avait invité Laura à défoncer l'année, comme on le disait couramment. Une table leur avait été réservée dans un grand restaurant pour un souper dansant. Là non plus, Steve ne pourrait les suivre.

À minuit, Bébert en avait profité pour voler un baiser à Laura. Un vrai baiser, pas une accolade suivie d'un gros baiser sur la joue.

Par contre, il ne sut comment interpréter la réaction de sa compagne.

Contrairement à ce qu'il anticipait, Laura n'avait pas été effarouchée par l'intensité de ce baiser.

Pourquoi?

Jusqu'à ce jour, Bébert n'avait pas osé répéter le geste, préférant ne pas apporter de réponse à son interrogation.

— Dans le temps comme dans le temps, répétait-il inlassablement quand le fantasme d'une Laura blottie tout contre lui l'empêchait de trouver le sommeil. Dans le fond, chus quand même chanceux. Son imbécile d'Italien demeure trop loin pour venir y conter fleurette tous les jours.

Et c'est à cela que Laura pensait, elle aussi, alors qu'elle revenait de l'université, marchant à pas prudents à cause d'une récente pluie verglaçante qui avait rendu les trottoirs dangereux malgré le sable répandu à la va-vite.

Nonobstant trois lettres assez longues et une carte de souhaits pour Noël, Laura trouvait qu'en quatre mois, cela ne suffisait pas.

À elle, peut-être, de faire les premiers pas de cette année 1968 en faisant parvenir quelques vœux pour la nouvelle année?

Quand elle passa par la ruelle pour rentrer chez elle, Laura remarqua de la lumière dans l'ancien appartement de son oncle Adrien.

Nul doute, Antoine était en train de peindre. Comme le mercredi il n'y avait jamais beaucoup de livraisons, il était probablement déjà de retour.

C'était là, d'ailleurs, un chaud sujet de discussion autour de la table familiale des Lacaille : devait-on, oui ou non, abolir les livraisons du mercredi ?

À cette pensée, Laura esquissa un sourire.

Il suffisait de bien peu de choses pour enflammer les esprits quand on s'appelait Lacaille. Elle-même n'échappait pas à la règle et se mêlait avec un bonheur évident à l'argumentation sur le sujet. C'était sa façon de se rapprocher de l'épicerie sans trop en avoir l'air.

Quand elle entra dans la cuisine, Laura comprit, aux sons qui lui parvenaient, que sa grand-mère et son jeune frère Charles étaient au salon. Comme elle avait coutume de le faire, elle les salua de loin tout en se dirigeant vers sa chambre.

— Allô ! C'est moi.

— Laura ? Tu regarderas sur ton bureau. T'as reçu de la malle à matin. T'as reçu deux lettres différentes.

Deux lettres ?

Laura ferma la porte sur elle et se dépêcha de faire de la clarté.

Effectivement, sur sa table de travail, il y avait deux enveloppes. De celles qu'on utilise généralement pour envoyer du courrier par avion, liserées de bleu et de rouge. Donc, deux lettres qui venaient de loin.

Laura fronça les sourcils.

Qui donc, à part Roberto, pouvait lui écrire d'aussi loin ?

Son oncle Adrien ?

Francine ?

Lançant son manteau sur le pied de son lit, Laura se dirigea vers son bureau, heureuse d'avoir reçu une quatrième lettre de Roberto, mais surtout curieuse de savoir qui d'autre avait senti le besoin de lui écrire.

Effectivement, la première enveloppe venait d'Italie.

Le cœur de Laura eut un soubresaut de plaisir. Enfin !

Puis, elle se pencha sur la seconde lettre.

Cette fois-ci, son cœur se mit à battre à tout rompre.

L'enveloppe avait été oblitérée en Angleterre. Facile de deviner que la lettre venait d'Alicia, parce qu'il n'y avait qu'elle qui puisse lui écrire de là-bas.

Laura eut aussitôt une pensée pour Charlotte. Les relations entre Alicia et sa mère avaient-elles pris du mieux ou, au contraire, le fait que son amie soit outre-mer laissait-il présager que tout allait de mal en pis ?

Mais Laura eut à peine le temps de retourner l'enveloppe pour la décacheter sans détruire l'adresse de retour que, du salon, lui parvenait un cri étouffé, suivi d'un appel fébrile.

— Laura ? Viens vite, ma belle ! Viens voir c'est quoi qui se passe. Mon doux Jésus, faites que ça soye pas trop grave.

Lançant les deux lettres sur son pupitre, Laura se précipita vers le salon immédiatement.

Debout à la fenêtre, tenant la tenture entrouverte d'une main tremblante, Évangéline lui fit signe de venir la rejoindre.

— Regarde ! C'est le bruit de la sirène qui m'a fait venir voir. Ça me fait peur, Laura. Ça me fait ben peur.

Gyrophares allumés, une ambulance était stationnée devant la maison de madame Anne, la musicienne.

— Tu irais-tu voir, Laura, c'est quoi qui se passe ? J'sais ben que ça fait seineux, mais je pourrai jamais manger au souper si je sais pas c'est quoi qui arrive chez madame Anne. Pis des fois qu'a' l'aurait besoin d'aide… On sait jamais avec des affaires de même. Une ambulance, on rit pus ! Avec mes jambes pas fiables pis le verglas tombé en début de semaine, je peux pas y aller moi-même. Mais toé… Hein, ma belle fille, tu ferais-tu ça pour moé ?

— Mais je la connais à peine, moi, madame Anne…

Laura était indécise, un peu mal à l'aise. Puis, son regard croisa celui d'Évangéline.

— Non, c'est correct, grand-moman. Je vais y aller. Donne-moi juste deux minutes pour prévenir Antoine. Lui, il connaît bien notre voisine. On va y aller ensemble et si jamais madame Anne avait besoin d'aide, on sera deux pour le faire.

Quand Laura prit son manteau resté sur le lit, son regard se tourna spontanément vers le pupitre où l'attendaient les deux lettres.

Le temps d'une fraction de seconde, elle fut tentée de prendre celle venant d'Angleterre pour la lire tout en marchant.

Sa pensée était à peine formulée que Laura haussait les épaules.

— Niaiseuse ! Voir que c'est ça l'important pour l'instant !

Non, l'important pour Laura, en ce moment, c'était de rassurer une vieille dame qu'elle aimait beaucoup.

Elle quitta la maison en coup de vent.

En écho à cette pensée, quand elle passa devant la maison, quelques instants plus tard, la jeune fille leva le bras pour saluer sa grand-mère, restée à la fenêtre. Évangéline, tremblante et inquiète, leva la main à son tour.

Alors, Laura se détourna et elle accéléra aussitôt le pas pour rejoindre son frère Antoine qui, lui, déjà loin devant elle, courait à perdre haleine vers la petite maison à lucarnes, la maison de madame Anne.

À suivre...

Tome 9

Antoine, la suite
1968 –

À Éliot et Hubert, mes deux petits-fils tout neufs!

NOTE DE L'AUTEUR

Ce merveilleux Antoine!

Êtes-vous comme moi? Le voyez-vous courir à perdre haleine vers la maison de madame Anne? Tellement il fait froid aujourd'hui, quand il a traversé la rue en diagonale, il y a deux secondes à peine, la buée de son souffle s'effilochait derrière lui, laissant une trace visible de sa hâte et de son inquiétude.

Antoine ne s'est pas fait prier quand Laura s'est présentée à l'appartement qui lui sert d'atelier, lui demandant de la suivre pour aller voir ce qui se passait chez leur voisine. Lui aussi, il avait été alerté par la sirène de l'ambulance quand celle-ci avait tourné le coin de la rue. La curiosité l'avait aussitôt propulsé vers la fenêtre, tout comme Évangéline l'avait fait dans le logement du haut. Seule la gêne maladive d'Antoine l'avait retenu, l'avait empêché de se précipiter dehors pour aller aux renseignements. Quand Laura était entrée en trombe dans le salon, il était encore devant la fenêtre, hésitant, maugréant contre son habituelle timidité.

À la vue de sa sœur, le soulagement d'Antoine avait été immédiat.

Avec Laura, tout devenait plus facile, moins intimidant, moins menaçant, et en quelques secondes à peine, Antoine était déjà habillé, prêt à partir.

Antoine…

C'est bien lui, ça, d'être empêtré dans des émotions contradictoires, mais en même temps, je ne connais pas plus attachant, plus généreux, plus fascinant que ce jeune homme pétri de bonnes intentions et bourré de talent. Il m'arrive parfois d'envier Bernadette de l'avoir comme fils.

Antoine…

Nous savons, nous, pourquoi il est aussi compliqué, à la fois timide et décidé, craintif et violent, complexé et catégorique. Nous savons tous, n'est-ce pas ? qu'un certain Jules Romain a croisé son chemin alors qu'il n'était encore qu'un gamin. Cet homme a volé son enfance et le peu de confiance qu'Antoine avait alors en lui. Ce qu'il est devenu aujourd'hui, c'est au prix d'efforts constants qu'il a réussi à le bâtir.

Saura-t-il, un jour, se soustraire complètement à l'ombre que son ancien professeur a fait naître au-dessus et tout autour de lui ? Malgré les années qui passent, la peur de l'autre, de tous les autres, reste bien présente dans le cœur d'Antoine. Le dégoût de tout contact physique aussi. Comment, dans de telles conditions, peut-on arriver à vivre normalement, à être à l'aise dans sa peau ? Je l'ignore. Si vous saviez à quel point j'aimerais avoir une solution magique au bout du crayon. Malheureusement, la magie n'existe que dans les contes de fées et tout ce que je peux offrir à Antoine, c'est la peinture. À moins que la peinture soit une sorte de magie, je ne vois rien d'autre.

Voilà que j'écris ces mots et je sens un sourire bien involontaire se dessiner sur mes lèvres.

Dans le fond, pourquoi pas ? Pourquoi est-ce que la peinture ne serait pas magique ? Quand il peint, Antoine oublie vraiment tout le reste. Comme moi quand j'écris.

Dans le cas d'Antoine, est-ce que ce sera suffisant pour combler une vie entière ? J'ose l'espérer, car, à moins qu'il ne rencontre quelqu'un qui puisse l'aider, je ne vois pas d'autre façon pour lui d'approcher quelque chose qui ressemble au bonheur. Dommage, car il aurait tant à donner.

Pour Laura non plus, l'accès au bonheur ne semble pas facile à trouver. Les études, l'épicerie de son père et maintenant, un certain Roberto reparti vers son Italie natale...

Et que dire de Francine, d'Alicia, de Charlotte, d'Anne ?...

Avouons-le, le bonheur n'est jamais quelque chose de facile à trouver. Il faut d'abord savoir le reconnaître puis, ensuite, apprendre à l'accueillir. Parfois à bras ouverts pour ne pas en perdre une miette, mais parfois, aussi, du bout des doigts pour ne pas l'effaroucher. C'est tout un contrat. En fait, c'est le contrat qui occupe une grande partie de notre vie et malheureusement, au bout de la route, ce n'est pas tout le monde qui arrive à dire qu'il a été ou qu'il est heureux.

La famille Lacaille ne diffère pas des autres.

Évangéline s'en fait pour la petite Michelle qu'elle a trouvée moins épanouie qu'à trois ans. Bernadette est bouleversée d'avoir revu Adrien. Quant à Marcel, il s'inquiète encore et toujours pour son épicerie. S'il fallait que les grandes chaînes comme Steinberg et Dominion viennent chambarder sa vie et ses projets !

Que laisserait-il en héritage à son petit Charles si son épicerie ne valait plus rien ?

Je vais donc plonger encore une fois dans leur univers, l'oreille à l'affût du moindre mot, de la moindre confidence, et la main tendue vers tous ces personnages que j'aime comme s'ils faisaient partie de ma famille.

L. d.

11. 10. 04

Claudine Paquet:
Le temps d'après
Éclats de voix, nouvelles
Une toute petite vague, nouvelles
Entends-tu ce que je tais?, nouvelles

Éloi Paré:
Sonate en fou mineur

Geneviève Porter:
Les sens dessus dessous, nouvelles

Patrick Straehl:
Ambiance full wabi sabi, chroniques

Anne Tremblay:
Le château à Noé, tome 1: *La colère du lac*
Le château à Noé, tome 2: *La chapelle du Diable*
Le château à Noé, tome 3: *Les porteuses d'espoir*
Le château à Noé, tome 4: *Au pied de l'oubli*

Louise Tremblay-D'Essiambre:
Les années du silence, tome 1: *La Tourmente*
Les années du silence, tome 2: *La Délivrance*
Les années du silence, tome 3: *La Sérénité*
Les années du silence, tome 4: *La Destinée*
Les années du silence, tome 5: *Les Bourrasques*
Les années du silence, tome 6: *L'Oasis*
Entre l'eau douce et la mer
La fille de Joseph
L'infiltrateur
« Queen Size »
Boomerang
Au-delà des mots
De l'autre côté du mur
Les demoiselles du quartier, nouvelles
Les sœurs Deblois, tome 1: *Charlotte*
Les sœurs Deblois, tome 2: *Émilie*
Les sœurs Deblois, tome 3: *Anne*
Les sœurs Deblois, tome 4: *Le demi-frère*
La dernière saison, tome 1: *Jeanne*
La dernière saison, tome 2: *Thomas*
Mémoires d'un quartier, tome 1: *Laura*
Mémoires d'un quartier, tome 2: *Antoine*
Mémoires d'un quartier, tome 3: *Évangéline*
Mémoires d'un quartier, tome 4: *Bernadette*
Mémoires d'un quartier, tome 5: *Adrien*
Mémoires d'un quartier, tome 6: *Francine*
Mémoires d'un quartier, tome 7: *Marcel*

Visitez notre site: www.saint-jeanediteur.com

L'utilisation de 51 156 lb de Rolland Enviro 100 Édition plutôt que
du papier vierge a réduit notre empreinte écologique de:

614 arbres ;
24 283 kg de déchets solides ;
1 923 967 litres d'eau ;
63 080 kg d'émissions atmosphériques.

C'est l'équivalent de:
12,5 terrains de football américain couverts d'arbres ;
une douche d'une durée de 89,1 jours ;
les émissions atmosphériques de 12,6 voitures dans une année.

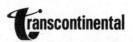

Transcontinental Gagné

 Sources mixtes
Groupe de produits issu de forêts bien
gérées, de sources contrôlées et de bois
ou fibres recyclés
www.fsc.org Cert no. SW-COC-000952
© 1996 Forest Stewardship Council
FSC

100%   PERMANENT

Imprimé sur Rolland Enviro100, contenant
100% de fibres recyclées postconsommation,
certifié Éco-Logo, Procédé sans chlore, FSC
Recyclé et fabriqué à partir d'énergie biogaz.